운명의 업

Karma of Fate

운명의 업 3

김해수 판타지 장편 소설

초판 1쇄 찍은 날 § 2002년 11월 22일
초판 1쇄 펴낸 날 § 2002년 12월 2일

지은이 § 김해수
펴낸이 § 서경석

편집장 § 문혜영
편집책임 § 이종민
편집 § 장상수 · 박영주 · 권민정
마케팅 § 정필 · 강양원 · 이선구 · 김규진

펴낸곳 § 도서출판 청어람
등록번호 § 제1081-1-89호
등록일자 § 1999. 5. 31
어람번호 § 제1-0319호

주소 § 경기도 부천시 원미구 심곡1동 350-1 남성B/D 3F (우) 420-011
전화 § 032-656-4452 팩스 § 032-656-4453
http://www.chungeoram.com
E-mail § eoram99@chollian.net

ⓒ 김해수, 2002

값 7,500원

ISBN 89-5505-516-1 (SET)
ISBN 89-5505-519-6 04810

김해수 판타지 장편 소설

운명의 업

Karma of Fate

3

| 나의 사랑하는 그녀는… |

도서출판
청어람

목

차

인물 소개

라니오스 : 이 글의 주인공. 얼마 전까지 본인마저 자신을 보통의 엘프라고 생각하고 있었으나 사실은 극히 적은 수만이 존재하는 하이 엘프 중 하나이며 현재 기억을 잃고 성별마저 바뀐 채 세인과 스프란을 따라다니는 중. 기억을 되찾은 뒤에도 성별이 바뀌지 않아 고민 중. 하지만 그것도 후에는 원래대로 돌아온다.

레아시아: 소브런 제국의 제4공주인 하프 엘프. 현 황제의 친딸이 아닌 양녀이다. 주가의 소질이 있는 듯하며 현재 라니오스와 서로 좋아하고 있는 사이임. 겉으로 보기에는 내성적이고 부끄러움을 많이 타는 성격으로 보일지 모르나 사실은 엄청난 내숭의 소유자이다. 더불어 하프 엘프인 줄로 알았던 그녀의 정체가 이번 권에서 밝혀진다.

티나: 라니오스를 살해했던 엘프 소녀. 본래 암살 길드인 '라트라'의 어쌔신이었으나 모종의 사건으로 현재 길드를 탈출해 라니오스에게 의지하는 중. 과거 임무 실패로 인해 혀를 잘려 그녀가 말을 할 때의 목소리는 보통 사람이 듣기에 상당히 거북하다. 남자로 돌아온 라니오스에게 반한 듯한 모습을 보인다.

란슬로: 또 하나의 '엘프답지 않은 엘프'. 엘프로서는 드물게 클레이모어를 사용하며 검술만으로는 라니오스를 능가하지만 마법을 쓰지 못하는 것이 큰 문제. 현재 여행 중.

쟈말: 라니오스의 삼촌이라는 것 외에 아무것도 밝혀지지 않은 정체 불명의 인물. 그의 동료들과 함께 어떤 일을 진행시키고 있는 듯하다. 모르는 이들에게는 매우 차갑지만 친한 인물에게는 매우 다정하게 대한다. 라니오스의 문제만 불거지면 지나치게 흥분하는 점이 문제라면 문제.

아아크: 영웅전쟁의 영웅 중 하나인 에아크 하스의 후손. 주가에 상당한

소질이 있으며 재가 프리스트로서 상당한 신성력도 보유하고 있다. 물리적, 또는 정신적으로 큰 충격을 받으면 순간 좀비와 같은 모습이 되는 문제가 있다. 현재 라니오스의 뒤를 쫓아 여행 중.

레미엘: 프로튼 왕국의 국왕. 젊은 나이에도 불구하고 상당한 수완을 가지고 있으며 여자를 밝히는 점이 문제인 인물.

제라드: 레아시아를 사모하는 소브런 제국 기사. 프로튼 왕국으로 가는 길에 그녀의 호위를 맡는다. 검술 실력만으로 따지면 라니오스 이상인 인물로 성격도 좋은 편이다.

이드: 쟈밀과 모종의 계약을 맺고 있는 인물로 이계에서 온 듯하다. 신계와 마계의 우두머리를 이길 정도인 것으로 보아 결코 만만치 않은 실력을 가진 인물로 보인다.

아리나스 & 아시아스: 크로이츠의 황제. 아직 10살을 넘긴 지 얼마 되지 않는 어린 황제이지만 상당히 총명하여 국정에 상당한 재능을 보인다. 서로 쌍둥이여서 그런지 마음이 잘 맞는다.

레노: 이드의 동료였던 듯한 엘프. 이드를 사랑하고 있으나 정작 당사자인 이드는 그런 그녀의 마음을 받아주지 않는다. 이드를 도와 그의 뒤를 따른다.

애거트: 이드의 부하 또는 동료로 추측되는 인물. 지름이 2미터에 달하는 거대한 챠크람, 인피니티를 사용한다. 그 실력은 현재의 란슬로 이상. 운명을 볼 수 있는 눈을 가졌다. 더불어 아아크의 친형이기도 하다.

세인: 이계에서 온 듯한 인물. 지금의 세계로 오기 전부터 라니오스를 알고 있었던 듯한 모습을 보인다.

스프린(레인): 세인의 가디언. 세인과 서로 좋아하는 사이인 듯하며 이드와도 무언가 관계가 있었던 듯하다.

리히타: 이드의 부하로 보이는 인물. 애거트와도 동료로 보이는 관계이며 그의 실력 역시 보통은 아닌 듯.

헤라즈: 이드의 부하이며 암살 길드 '라트라'의 현 길드 마스터. 티니를 좋아하는 듯한 모습을 보이지만 이미 그녀를 만난 지 수년이 지났다.

데잘: 테올의 동생, 본래는 쟈밀의 부하나 동료가 아닌 듯하지만 현재는 쟈밀에게 협력하고 있다. 아무래도 테올의 영향력이 짙은 듯……

테올: 데잘의 형인 줄 알았으나 사실은 누나였던 존재. 일전에 쟈밀에게 사랑을 고백한 적이 있었으나 거절당한 이후로 남자의 모습으로 살아간다. 이번 권 마지막에서 그녀 본래의 모습으로 쟈밀과…

● 제9장
새로운 시작, 그리고 어긋남

"또…너에게 목숨을 구원받았군."

"…정신을 차렸구나."

"저기… 우욱……!"

"움직이지 않는 게 좋아. 아직 완전히 나은 것은 아니니까."

"…한 가지 질문해도 되겠나?"

"말해 봐."

"어째서 나를 돕는 거지?"

"글쎄."

"글쎄… 라니?"

"유감이지만 지금 말해 줄 수는 없어. 하지만 굳이 나에게 그 대답을 듣
지 않는다 해도 시간이 지나면 자연히 알 수 있을 거야."

"……."

"나도 질문 하나 해도 돼?"

"해라."

"이곳에서 나는 무엇으로 불리고 있지?"

"팬텀."

"훗."

"어째서 웃는 거지?"

―이드와 팬텀이라 불렸던 자의 대화 中에서.

야간 침투

"자, 준비됐어요?"

"…네."

나에게 준비 여부를 묻는 세인의 질문에 나는 조금은 얼굴을 붉힐 수밖에 없었다.

그 이유는…

"저기……."

"네?"

"꼭 이런 옷을 입어야 하나요?"

그들이 내게 준 옷은 검은색의, 몸에 딱 달라붙는, 입는 감촉이 상당히 묘한 옷이었다. 게다가 옷감 자체가 매우 얇아서 입고 나서 보니 속옷을 입은 부분이 두드러져서 속옷조차 벗어버린 채 이 이상한 옷만 입고 있으니 굉장히 얼굴 붉어지는 상황이었다.

"하지만 어쩔 수 없었어요. 나들이 복을 입고 잠입할 수는 없잖아요?"

하지만 그런 레인의 대답은 설득력이 없었다. 왜냐하면…

"그럼 세인의 저 옷은 뭐예요? 그리고 레인은……."

세인의 경우에는 나의 경우와 큰 차이가 없는 검은색 옷에 이상한 갑주를 몇 군데 달아놓은 복장이었다. 그 갑주는 어깨와 허리, 다리와 가슴 부분을 가리는 갑옷이었는데 그 무게가 굉장히 가벼웠고 색깔도 반투명한 무색이었다. 세인에게 물어보니 '육전 특수 부대에 주어지는 장비 중 하나'라고 하던데… 그것은 레인의 복장도 비슷했다.

왜 나만 이런 복장을 해야 하냐고 따졌더니…

"세인의 것은 남성용이라서 착용 불가능이고… 제가 입고 있는 것은 이것뿐이거든요. 예비로 가지고 온 건 그 슈트뿐이고 더 가져온 갑옷이 없어서요. 저도 그것과 똑같은 슈트를 속에 입고 있어요. 그 위에 이렇게 갑옷을 두른 거예요. 게다가 저희는 유사시에 전투를 해야 해서 이런 걸 입은 거구요."

라고 말하고 있으니 차마 '제가 그 갑주를 입으면 안 될까요?'라고 말할 수도 없게 되었다. 나는 그들 말대로 비전투 인원이니까.

"일단 라니오스님도 체술은 뛰어나시니까 만약 전투가 벌어지면 저희 근처에서 숨어 계시고 이럴 일은 없겠지만 만약에 저희가 불리해지면 빨리 도망치세요. 알았죠?"

"네."

그들 말대로 나는 상당히 몸놀림이 빨랐었다. 나도 몰랐던 사실이지만 그들이 '라니오스님도 같이 들어가야 하니까 기본적인 몸놀림 정도는 익혀야 해요'라고 했을 때 의외로, 아니, 굉장히 빠른 내 몸놀림에 나도 놀랐었다. 오히려 세인과 레인은 알고 있었다는 듯한 표정이었고.

아마도 기억을 잃기 전의 나는 상당한 전투 능력도 가지고 있었던 것 같았는데…

문제는 지금인 것이다.

'이 옷, 정말 싫어. 마치 알몸인 상태에 검은 칠을 한 것 같잖아.'

이런 등의 생각이 자꾸 들었고 그럴 때마다 얼굴이 화끈거렸다. 생각할수록 발가벗고 있는 것 같은 생각이 들어서이다.

그때 레인과 세인을 보니 레인이 세인의 옆구리를 꼬집으며 뭐라고 하고 있었다.

청력을 한껏 돋우어 그들의 대화를 엿들어보니…

"어쩌자고 여성용을 하나만 가지고 온 거예요?! 이 변태."

"미, 미안. 실수로 남성용을 두 개 가져왔다구……."

"누가 몰라요? 혹시 라니오스님과 제 몸매가 같으니까 저 대신 라니오스님의 몸매를 보려고 그런 건 아니겠죠? 세상에 누가 저렇게 기본 슈트만 입고 다니겠어요?!"

"난 변태가 아냐. 어디까지나 실수였다구."

"*·@$·!*&$)$$"

"……."

그런 식으로 계속 티격태격하다—둘이 저렇게 다투는 것은 처음 보았다—내가 빤히 바라보고 있음을 느끼고는 재빨리 하던 싸움(?)을 멈추었다.

"아, 아하하. 그, 그럼 가볼까요?"

"…네."

쟈밀의 집무실, 쟈밀은 기쁨의 환성을 지르고 있었다.

"완성이다~!"

완성이다아~ 완성이다아~ 성이다~ 이다아~ 다아~ 다아~ 아아~

넓은 방 전체에 그의 목소리가 메아리가 되어 울려 퍼졌다. 쟈밀의 손에는 작은 빛의 구가 들려 있었다. 그것은 강렬하지는 않았지만 따뜻한 느낌의 빛이 새어 나오고 있었다.

"흐음, 그건 그렇고……."

하지만 쟈밀의 기쁨은 오래가지 못했다. 또 다른 과제가 생겼기 때문이다.

"무슨 방법으로 이걸 란에게 사용한담?"

이것이 그의 고민이었다.

그때 그의 집무실 문이 열리며 레이가 들어왔다.

달칵―

"아, 쟈밀. 다 끝내신 것 같네요?"

'저 쉐이는 꼭 이럴 때면 등장한단 말야.'

누가 봐도 '너 따위 하나도 안 반가우니까 빨리 사라져!' 라는 의미를 담은 눈빛을 사정없이 쏘아 보냈지만 레이는 언제나처럼(…) 간단히 그의 시선을 무시해 버렸다.

"…왜 왔냐?"

불쾌하다는 감정이 끈적끈적하게 묻어 나오는 쟈밀의 질문에도 레이는 여전 싱글거리는 웃음을 지은 채 대답하였다.

"왜긴요. 제가 언제나 존경하는 쟈밀이 곤경에 빠졌는데 안 도와드릴 수 있나요?"

'너만 없으면 만사형통이야!' 라는 대답을 입 밖으로 내지 못한 채 쟈밀은 레이를 쏘아보았지만 어디 노려보기만 한다고 레이의 기를 죽일 수 있을 리가 없었다. 물론 그것은 쟈밀 자신도 너무나 잘 아는 사실이었지만…….

"쟈밀이 지금 손에 들고 있는 저것을 어떻게 라니오스 군에게 전달할지에 대해 걱정하고 있다는 건 잘 알고 있습니다.”

“그래서?”

‘그래서 어쩔 건데?’ 를 줄인 거지만 레이도 이미 방금 전 쟈밀의 말의 전체적인 의미는 알고 있었다.

“도와드리러 왔죠.”

“놀구 있네. 네가 날 도와준다고? 훼방이 아니라?”

“하하, 설마요?”

하지만 이미 레이의 표정은 ‘하하, 들켰네요’ 라고 말하고 있었다.

“……”

“……”

쌍방에 잠시 동안 침묵이 흘렀다. 그리고 그 침묵이 끝나는 순간…

“나가!!”

뻥—

쾅!

쟈밀은 레이를 방 밖으로 걷어차 버린 뒤 문을 잠거 버렸다.

레이는 엉덩이를 매만지며 쓰러진 자리에서 일어났다.

“아야야. 쟈밀, 갈수록 심해지는군요.”

그때였을까? 짧은 순간이나마 레이의 눈이 빛난 것은. 물론 그것이 장난기가 발동했음을 예고하는 눈빛임은 두말할 필요도 없었다.

“하지만 역시 가만히 보고만 있으면 재미없죠.”

하지만 그조차도 모르고 있었다(어쩌면 알거나 예상했으면서도 신경 쓰지 않았거나 노린 것일지도 모른다는 가설이 훗날 쟈밀에 의해 세워졌다). 그가 일으킬 장난의 파급 효과가 의외로 크게 벌어짐을……

“이상해.”

막 잠자리에 들려는 아아크는 순간 느껴지는 묘한 느낌에 다시 침대에서 일어났다.

"흐음, 이 느낌은 전에 신탁을 받을 때와 비슷하기도 한 것 같고……."

물론 아아크 본인이 직접 신탁을 받은 것은 아니었다. 그러기에는 아직 자신의 신력과 신앙이 너무나도 모자랐기에. 하지만 그의 신앙심은 신의 뜻을 감으로써 느낄 수 있을 수준은 된 것이다.

한참을 턱에 손을 댄 채 이리저리 방 안을 걸으면서 생각하던 아아크는 마침내 자신의 감의 느낌을 파악하는 데 성공했다.

"흐음… 란 형의 숙소인가?"

그곳에 라니오스의 유품(?)이 놓여 있었다. 그리고 더불어…

그 방에는 레아시아도 있었다.

더불어 아아크 본인은 아직 모르고 있었지만 그곳에는 현재 초대받지 않은 손님들이 몇 명 와 있었다.

이미 사방에 어둠이 깔린 크로이츠의 황궁, 그곳의 정원 구석에 움직이고 있는 세 명의 인영이 있었다.

"저기… 여기가 맞나요?"

그들 중 금발소녀의 상당히 가냘픈 목소리가 낮게 공기를 울리자 옆에 있던 다른 소녀가 대답해 주었다.

"네, 정보대로라면요."

대답하는 은발소녀의 목소리는 먼저 질문했던 소녀의 목소리와 상당히 흡사했다. 외모도 거의 같아서 머리카락 색깔을 제외하면 둘은 마치 도플갱어와도 같다고 생각할 정도였다.

"정보라니요?"

"이거요."

궁금함을 표시하는 소녀의 질문에 옆에 있던 청년이 대신 대답해 주었다. 그가 손목에 차고 있는 무언가를 만지자 허공에 영상이 떠올랐다. 그 영상은 3차원적으로 황궁의 구조를 간략하지만 상당히 정확하게 나타내 주고 있었다.

이제 조금만 가면 목적지였다. 그야말로 눈앞이었던 것이다. 그들이 목적지를 향해 걸음을 옮기려는 순간 은발의 소녀가 앞서 가던 청년의 팔을 잡았다. 청년이 의아함의 표정을 얼굴에 비추자 소녀는 다시 정원의 수풀 속으로 그를 끌어들이며 대답했다.

"이상해요. 누군가 신성력으로 이 주변을 탐색하고 있어요. 그것도 이 주변만 지속적으로."

청년은 상당히 당황한 표정을 지었다. 여기까지 오는 동안 자신들을 눈치 챈 이는 아무도 없었다. 그런데 이제 와서 누가 자신들의 행동을 눈치 챈 것인지 불안했다.

하지만 아직 은발소녀의 설명을 끝나지 않았다.

"하지만 이상해요. 지금 감시하고 있는 인원은 한 명뿐이에요."

"함정이 아닐까? 한 명만 있는 척하면서 우리를 끌어내리는……."

"그럴지도 모르겠지만 아닐 것 같은데요? 분위기로 봐서 지금은 저 탐색을 하는 사람 혼자만 어림짐작을 하는 것 같아요. 감이 좋은 사람이군요."

둘의 얼굴에 난감한 표정이 스쳤다. 만약 누군가에게 발견되면 상당히 일이 귀찮아지기 때문이다.

"스… 아니, 레인. 저 신성력의 근원이 어디 있는지 알아낼 수 있겠어?"

청년의 질문에 은발소녀는 잠시 짧은 주문을 외웠다. 그리고 잠시 후

은발소녀는 고개를 끄덕이며 정면에 보이는 문의 양 옆에 세워져 있는 기둥을 가리켰다.

"저 기둥 보이시죠? 아마 저 두 기둥 중 한군데의 뒤에 있는 것 같아요. 아니면 저 방 안에서 방문 쪽에 서 있는지도 모르겠지만요."

그녀의 대답에 청년은 두 주먹을 꽉 쥐었다.

"헤헤, 그럼 저 녀석이 눈치 채기 전에 기절시켜 주지."

"무리예요. 저 정도 신성력이면 아마 우리가 다가갈 때의 대비도 되어 있을 거예요."

또다시 고민에 빠지는 둘, 잠시 후 무언가 방법이 생각난 듯 은발소녀가 손바닥을 치며 말하였다.

"아, 방법이 하나 있어요."

그때 이미 전 라니오스의 숙소에 들어와 있는 이들이 있었다. 쟈밀과 루나였다.

쟈밀은 루나에게 예의 그 작은 빛의 구를 건네주었다.

"그럼 부탁해, 루나."

"네, 맡겨주세요."

방 안에는 레아시아도 있었으나 이미 잠이 든 채 침대 위에 누워 있었다.

루나는 빛의 구를 탁자에 올려져 있는 스팅에 가져갔고 빛의 구와 스팅이 맞닿는 순간 두 개의 물체는 강한 빛을 내었다.

"이런, 너무 밝아."

방 안이 너무 밝음을 느낀 쟈밀이 급히 자신과 루나의 주변에 어둠의 막을 형성시켰다. 그 어둠의 막은 스팅과 빛의 구에서 나온 모든 빛을 흡수하였다.

빛의 구가 서서히 스팅의 안으로 녹아들어 가기 시작했다. 마치 얼음이 녹듯이.

그리고 빛의 구가 완전히 스팅의 안으로 스며든 후에야 빛이 사그라들었고 쟈밀 역시 어둠의 막을 거두었다.

"끝났어요. 이제 남은 것은 그 아이가 이것을 잡는 것뿐이네요."

"수고했어. 그런데 밖에 있는 저 녀석은 어떻게 하지?"

문밖을 가리키는 쟈밀을 보며 루나는 부드러운 미소를 머금었다.

"그건 저 밖의 아이들이 알아서 하겠죠. 하지만 조금 도와주기는 해볼까요?"

루나의 말에 쟈밀도 고개를 끄덕이며 동조했다.

"그러지."

그렇게 막 '작은 도움'을 주려고 하는 쟈밀에게 루나가 한마디 덧붙였다.

"쟈밀."

"응?"

"너무 고전적인 방법이에요."

"…그런가?"

쟈밀의 뒤통수에는 커다란 땀방울이 흘러내리고 있었다.

"응?"

계속 라니오스의 방 주변에 신경을 곤두세우던 아아크는 돌연 라니오스의 방 안에서 잠깐이지만 강한 힘이 발생함을 느꼈다. 이상한 점은 그것이 신력도 마력도 아니라는 점이었다. 적어도 자신의 느낌으로는 말이다.

"뭐지?"

의아함을 느낀 아아크가 방문 쪽으로 몸을 돌린 순간…

텅—

"제길, 또 등이… 야……."

그래도 이번에는 자신이 기절한다는 것을 확인할 수 있다는 점이 다행일까? 의외의 일로 인해 간단히 아아크를 기절시킨 세인은 자신의 무기 마나 블래스터를 다시 허리춤에 집어넣으며 일어섰다.

"자, 의외로 일이 잘 풀리려나 보다. 가볼까?"

"네, 주인님."

정말 의외의 사태였다. 막 자신들이 짠 계획을 실행시키려고 했는데 저 문제의 인물, 아아크가 스스로 움직인데다가 스스로 허점까지 노출한 것이다.

그들이 막 몸을 옮기려는 무렵 그들의 뒤에 서 있던 라니오스가 그들에게 말하였다.

"세인, 레인……."

"네?" ×2

"…고마워요."

조금은 갑작스러운 라니오스의 감사의 말에 세인과 레인(스프린)은 어색한 미소로 화답하였다.

그들의 속마음은 이랬다.

우선 세인,

'처음 만났을 때부터 저분이 저렇게 좋은 분이었으면 소원이 없었을 텐데…….'

그리고 레인(스프린),

'역시 본성은 따뜻하신 분이었어.'

짧은 시간이나마 그런 감상을 가져 보며 라니오스의 숙소였던 방으로 걸음을 옮기는 그들이었으나 운명의 여신의 장난은 가혹했다.

세인과 레인(스프린)이 크로이츠의 황궁에 잠입하기 몇 시간 전, 레이는 또다시 악독한 장난을 시도하기에 이르렀다.

"아, 아, 이드 군. 이드 군. 아… 있으신 것 다 알고 있으니 응답해 주시겠습니까?"

지익─

레이가 적지 않은 시간 동안 수정구에 대고 연락을 시도하자 그제야 수정구 안에 이드의 모습이 비추어졌다.

"무슨 일인지……?"

"아, 뭐 그다지 대단한 일은 아닙니다. 단지……."

레이는 언제나처럼 웃는 표정을 유지하며 말을 이었다.

"이드 군, 아니, 정확히 말하자면 이드 군의 부하 분에게 부탁이 하나 있거든요."

"부탁? 그대가?"

이드는 의이해할 수밖에 없었다. 기의 쟈밀과민 이야기를 했었고 요새는 그나마도 거의 없던 서로 간의 연락인데 오늘은 무슨 일인지 저 사내가 연락을 해온 데다가 자신, 레이의 말대로 좀 더 정확히 말하자면 자신의 부하에게 부탁할 일이 있다고 하니, 이게 웬일이겠는가?

일그러지는 이드의 표정을 본 레이는 제법 능글맞아 보이는 미소를 지었다.

"아아, 그렇게 수상하다는 표정 안 지으셔도 됩니다. 당신의 부하 중 헤라즈 군에게 작은 부탁 하나만 할까 해서요."

"……?"

이드는 더욱 의구심이 생겨나기 시작했다. 헤라즈에게 대체 무슨 볼일이란 말인가?

"무슨 일이기에 그러는 건지 이해가 안 가는데……."

"하하하, 헤라즈 군의 부하 한 명을 잠깐만 빌릴 수 있을까 해서요."

"음?"

더욱더 의아해졌다. 하지만 레이는 여전 웃는 표정을 유지할 뿐이었다.

"아, 그 있잖습니까? 예전에 저희 라니오스 군을 한 번 죽인 그……."

"누군지 대충 알겠군. 알았다. 헤라즈에게 이야기해 두지."

이드의 대답에 레이의 입꼬리가 올라갔다.

'이제 좀 재미있겠군.'

"아, 감사합니다, 이드 군. 그럼 전 이만."

그 말을 끝으로 레이는 통신을 끊었다. 방금 전까지 이드의 모습을 비춰주던 수정 구슬은 이제 원래의 투명함을 되찾았다.

레이는 자신의 사무실 밖으로 나갈 준비를 했다. 그는 나가면서 몇 가지 기계를 챙겼다.

"아아, 미안합니다, 쟈밀. 하지만 이 고약한 취미 생활은 아무리 해도 고쳐지지가 않는군요."

사무실을 나서는 레이의 입가에는 이런 장난(!)을 칠 때마다 생기는 예의 그 미소가 걸려 있었다.

피잇—

미세한 공기의 마찰음과 함께 한 가닥의 빛이 세인을 향해 날아갔다.

"위험해요, 주인님!"

와락—

털썩—

레인(스프린)에 의해 간신히 방금 전의 공격을 피한 세인은 곧바로 벌떡 일어섰다. 물론 그것은 레인 역시 마찬가지였다. 둘은 각자의 감각을 발휘해 상대방의 다음 공격에 대비했다.

피잇—

또다시 아까의 섬광이 그들을 향해 날아왔으나 이미 대비를 하고 있는 그들에게 그것은 그리 큰 위협이 되지 못했다.

"라이세린!"

세인의 외침과 함께 그의 양손에서 검이 생겨났고 세인은 바로 자신을 향해 날아오는 빛을 향해 검을 휘둘렀다.

치잉—

가는 마찰음과 함께 세인의 검에 가는 실 같은 것이 걸렸다. 세인은 그 실을 보며 히죽 웃었다.

"이봐, 누군지는 모르겠지만 여기는 판타지 세계라구. 무협 세계가 아냐. 이런 데에 대체 은사가 나오는 이유가 뭔지……."

하지만 세인이 투덜거리는 동안 몇 개의 표창이 세인에게 날아들었고, 세인은 하던 말을 멈추고 옆으로 몸을 피했다.

"이런, 남이 얘기할 때엔 좀 들으라고. 말 끊지 말고."

하지만 역시나 그 입담이 어디 갈 리는 없었다. 그때 레인이 상대를 향해 달려갔다. 세인이 상대의 움직임을 제한시키고 있을 때 해치우려는 생각이었다.

하지만 상대도 그렇게 멍청하지는 않았다.

툭.

휘청—

"어, 어라라?"

상대가 갑자기 은사를 끊자 한쪽으로 무게가 쏠린 세인은 앞으로 휘청거렸고 상대는 그 순간을 놓치지 않았다.

풋—

상대는 허리에 차고 있던 활로 세인을 겨누었고 곧바로 활에 걸려 있던 화살은 세인을 향해 날아갔다.

챙!

하지만 레인 역시 가만히 있지는 않았다. 그녀는 손목의 방어구로 상대의 화살을 튕겨내었다.

레인의 도움에 목숨을 건진 세인은 자신의 검에 엉킨 은사를 떼어내며 말했다.

"아, 레인, 고마워."

"주인님, 다친 데는 없죠?"

"물론이지."

레인은 자신들이 싸우는 것을 보며 안절부절못한 채 어설프게 숨어 있는 라니오스를 보며 소리쳤다.

"라니오스님! 빨리 저 방 안으로!"

"네? 네, 네!"

계속 어쩔 줄 몰라서 안절부절못하던 라니오스는 그제야 눈앞의 방문을 향해 달려갔다.

그리고 그녀를 본 자객은 크게 놀랄 수밖에 없었다. 분명히 죽었을 텐데 저렇게 살아서 뛰어다니고 있으니, 자객이 받은 충격은 보통이 아니었다.

"허점!"

상대가 놀라는 바람에 생긴 잠깐의 빈틈을 세인은 놓치지 않았다. 그는 허리춤에서 마나 블래스터를 꺼내 상대를 향해 쏘았다.

파앙—

펵!

둔탁한 소리가 나며 상대는 뒤로 나가떨어지고 말았다. 상대는 일전에 라니오스가 보았던 작은 여자 아이였다. 체격은 전체적으로 라니오스와 비슷했다. 비록 얼굴을 복면으로 가리고 있었지만 가리지 않은 길게 튀어나온 귀는 그녀가 엘프임을 짐작하게 해주었다.

"뭐, 뭐야? 저런 꼬마였어?"

"조심해요, 세인. 아무리 어린아이라고 해도 적은 적이라구요."

하지만 이미 상대 소녀에게 있어 자신들을 무력화시킬 힘은 남아 있지 않았다. 그렇다고 도망칠 수도 없었다. 세인의 마나 블래스터 때문이었다.

그때 돌연 신음 소리가 들려왔다. 운이 좋은 건지 나쁜 건지 쓰러져 있던 아아크가 깨어난 것이다.

"우으음… 아야야. 이거 심하구만."

처음엔 언제나처럼 여유있는 모습을 보였지만 곧 주변 분위기가 아직 심각한 상태임을 눈치 채고는 곧바로 싸움 자세를 잡고 주변을 살폈다.

그러자 암살자들이 입을 듯한 검은 옷을 입은 소녀와 또 ㄱ 소녀와 대치하고 있는 남녀, 그리고 자신의 옆에는…

"……!!"

아아크는 놀라지 않을 수가 없었다. 그도 그럴 것이 일전에 꿈에서 본 괴소녀(…)가 자신의 옆에 서 있으니까.

그리고 그로 인해 그날 밤의 악몽이 되살아나는 바람에 순간적으로 정신에 심각한 타격을 입은 아아크는…

"우어~"

유체 이탈로 인한 좀비 현상이 일어나고 말았다.

"……."

갑작스러운 좀비의 출현(…)으로 인하여 라니오스는 순간 깜짝 놀랐지만 이내 뛰는 가슴을 진정시키고 그를 무시하며 지나쳤다. 그리고 마침내 문 앞에 도달한 그녀는 왠지 모르게 흥분되는 감정을 누르며 방문을 열었다.

달칵.

"아아……."

그녀의 눈에 가장 먼저 들어온 것은 테이블 위에 놓여진 채 은은한 빛을 발하고 있는 스팅과 침대 위에 누워 잠들어 있는 레아시아였다.

"들어갔는데요?"

"응."

쟈밀과 루나는 상공에서 라니오스가 방 안으로 들어가는 것을 보고 있었다. 라니오스를 바라보는 쟈밀의 입가에는 묘한 웃음이 매달려 있었다.

"그런데 오히려 남자일 때보다 여자애일 때가 더 어울리는 것 같다는 이 생각은 뭘까?"

"…풋."

그때 그들 옆의 공간이 일렁이며 레이가 나타났다. 물론 쟈밀은 그를 보자마자 대뜸 인상을 쓰고는 그를 노려봤다.

"너, 또 쓸데없는 장난을 쳤더군."

"아하하, 그렇습니까? 전 잘 모르겠는데요."

"크아악!"

역시나 언제나처럼 능청을 떠는 레이의 모습에 언제나처럼 쟈밀은 폭주 상태에 들어가려고 했고, 그런 그를 언제나처럼 루나가 말렸다.

"쟈밀, 이런 데선 좀 진정해요."

"아차차, 내가 또 무슨……."

루나가 옆에 있음을 알고 언제나처럼 능청을 부리는 것도 언제나처럼 이었다.

"아, 그런데 그거 아십니까, 쟈밀?"

또다시 무언가 수상한(?) 분위기를 풍기는 레이의 모습에 쟈밀은 또다시 긴장되었다.

"…뭔데?"

쟈밀이 불안한 표정을 지을수록 그의 앞에서 손가락을 치켜들고 있는 레이의 모습은 밝아지기만(?) 했다.

"아직 안 끝났어요, 장난."

"……."

엄청 흉악해진 쟈밀의 모습은 그야말로 한 폭의 추상화 이상이었고, 한 번도 본 적이 없을 정도로 흉악해진 쟈밀의 분위기에 루나마저 순간 놀라서 뒤로 물러설 정도였다.

"총 세 가지를 준비했었는데요. 하나는 지금 일어난 저것이고, 두 번째는… 글쎄요. 그저 재미있게 볼 구경거리 정도니까 괜찮을 거예요. 그리고 세 번째는……."

돌연 말을 흐리며 긴장을 유도하는 분위기를 만드는 레이를 향해 쟈밀은 버럭 소리를 질렀다.

"G랄하지 말고 빨랑 말해!"

낮지만 드래곤조차 감히 흉내 내기 힘든 위압감이 실린 목소리임에도 레이는 눈썹 하나 꿈쩍하지 않았다.

"아, 왜 그렇게 화를 내십니까? 세 번째는 오히려 쟈밀이 맘에 들어할지도 모르는 건데……."

"응?"

'말도 안 되는 소리'라고 생각하면서도 은근히 관심이 가는 쟈밀이었다. 레이가 저렇게 말하는 것은 매우 드문 일이기 때문이다.

숫—

세인과 레인(스프린)이 눈앞의 소녀를 무력화시키기 위해 막 움직이려는 순간 낮게 공기를 태우는 소리와 함께 그들 사이로 한줄기 붉은 빛의 실이 지나갔다. 그 빛은 실과 같이 너무나도 가늘었지만 세인과 레인은 본능적으로 저것이 매우 위험한 무기임을 알아챌 수 있었다.

슥—

발에 땅을 딛는 소리조차 거의 나지 않았다. 소녀와 비슷한 복장을 한 사내가 소녀의 앞에 나타난 것이다. 키는 180㎝ 정도, 나머지 전체적인 외모는 복면을 해서 알아볼 수가 없었다.

"흐음……."

세인은 내심 놀라고 있었다. 자신이 눈치 채지 못할 정도의 은신술이라니.

'그런데 이거 갈수록 무협틱해지는군… 상대가 엘프인 걸 빼면 말야…….'

물론 이럴 때도 이런 식의 넉살 좋은 생각은 빼놓지 않는 그였다.

방금 나타난 사내 역시 엘프인지 귀가 뾰족했다. 하지만 순수 엘프가 아닌 하프 엘프인지 레아시아와 같이 보통의 엘프보다 귀가 짧았다.

사내는 자신의 뒤에 있는 소녀에게 가벼운 손짓을 하였고, 그의 손짓에 소녀는 순간 망설이는 기색을 내었지만 이내 자신을 바라보는 사내의 시선에 고개를 끄덕이며 달아났다.

그 모습을 보고 사내가 원하는 바를 대충 안 레인은 그에게 말을 걸었다.

"아, 혹시 저희와 싸울 의도가 없으시다면 저희도 싸울 생각은 없으니까 그냥 물러가 주시면 안 될까요?"

레인의 의외의 질문에 사내는 잠시 당황한 듯하였으나 그것은 순간이었다. 평정심을 찾은 사내는 살짝 고개를 끄덕임으로써 긍정을 표시했다.

"아, 의심하지 않으셔도 돼요. 저희 먼저 무기를 집어넣죠."

평소처럼 웃으며 자신의 검, 라이세린을 역소환시키는 세인의 모습에 사내는 조금씩 뒤로 물러서다 어느 정도 거리가 확보되자 등을 돌려 순식간에 멀리 날아갔다.

"후우, 대충 정리된 건가?"

"그런 것 같네요."

문득 한 가지에 생각이 미친 세인은 방금 사내가 사라진 방향을 가리키며 레인에게 물었다.

"아, 레인. 하나 물어볼게."

"뭔데요?"

"이끼 전의 저 상대 있잖아. 어느 정도 강한 거야? 만약 나와 1:1로 싸우면 이길 수 있을까?"

세인의 질문에 레인은 부드러운 웃음을 머금으며 대답해 주었다.

"으음… 순수한 실력은 아마도 주인님과 비슷한 정도이거나 저쪽이 조금 더 강할 거예요. 하지만 주인님은 라이세린이 있으니까 그것도 계산에 넣으면……."

세인은 이미 다 이해하고는 고개를 끄덕였지만 레인은 설명을 다 해주었다.

"그리 어렵지 않게 주인님의 승리가 예상되겠는데요?"

"헤헤, 그렇지?"

마치 어린아이 같은 세인의 모습에 레인은 웃음을 머금으며 그의 머리를 쓰다듬어 주었다. 하지만 세인의 키가 훨씬 크다 보니 조금은 부자연스러운 모습이 되었다는 것이 문제이긴 하지만 그리 큰 문젯거리는 아니었다.

"이럴 때 주인님을 보면 참 어린애 같아요."

"그래? 어쨌든 이렇게 스프린… 아, 라니오스님은 지금 이런 데 신경 쓸 상황이 아니겠지? 어쨌든 레인이 이렇게 머리를 만져 주니까 기분 좋은데? 계속 만져 줘."

"우훗, 네."

어느새 세인과 레인은 복도 바닥에 앉아 있었고 라니오스가 나올 때까지 레인은 계속 세인을 쓰다듬어 주며 서로 이야기를 나누었다.

"저기… 레인."

"네?"

"아까 전에 본 건데… 저 방 안에 있는 여자 분이 혹시 라니오스님의 아내 되시는 분이야?"

"후후."

확실한 대답은 하지 않고 웃음만 지어 보이는 레인이었으나 이미 그녀의 의도를 안 세인 역시 웃으며 고개를 끄덕였다.

"레인."

"이번엔 왜요?"

"우리가 원래 세계에 돌아가면……."

"……?"

궁금한 표정을 짓는 레인의 모습에도 세인은 잠시 말이 없었다. 잠시 후 세인은 조금 붉어진 얼굴로 레인을 정면으로 바라보며 말했다.

"우리도 결혼할까?"

"……!"

조금은 갑작스러운 세인의 말에 레인은 당황했다. 하지만 세인은 여전히 진지한 표정을 하고 있었다.

그런 그를 보며 레인은 띄엄띄엄 입을 열었다.

"하, 하지만… 주인님과 저는……."

"알아! 하지만 난 네가 좋고… 너도 내가 싫지는 않잖아?"

"네……."

발그레한 얼굴로 슬며시 고개를 돌리는 레인을 보며 세인은 따뜻한 미소를 지었다.

"그럼 됐잖아?"

"하, 하지만 저희는……."

하지만 여전히 말을 흐리는 레인의 모습에 세인은 그제야 그녀의 말뜻을 이해하고는 고개를 끄덕였다.

"아, 그렇지. 너는 그런 것까지 생각해 주는구나. 고마워."

"……."

"알았어. 하지만 그래도 결혼하자는 말은 취소하지 않을 거야."

"……."

"하지만 결혼식은 안 할게. 그냥 우리 둘이서만 영원의 서약을 하는 거야. 그 정도면 너도 싫다고 하지는 않겠지?"

전에도 이런 적이 없지는 않았지만 이상하게도 오늘따라 세인이 적극적으로 보이는 레인이었다. 그런 생각을 하며 레인은 부끄러움과 기쁨이 섞인 채 여전히 붉은 얼굴을 하며 고개를 끄덕였다.

"네, 주인님."

"하아… 이 '주인님'이라는 호칭부터 어떻게 하면 안 돼?"

한숨을 쉬는 세인의 모습에 레인은 웃으며 고개를 저었다.

"으응… 하지만 이건 안 돼요. 이것은 그 어떤 것도 뛰어넘는 가디언의 규칙. 설사 세인이 저의 낭군님이라고 해도 이것은 어찌할 수 없어요. 이건 제 기분에 따라 할 수 있는 게 아니라… 하나의 절대적 규칙이니까요."

"…그래?"

아쉽지만 오늘 이렇게 자신의 마음을 받아준 레인에게 고마워하며 고개를 끄덕이는 세인이었다.

세인은 손을 뻗어 레인의 어깨를 잡아 자신의 품으로 당겼다. 레인도 순순히 세인의 품속에 자신의 몸을 맡겼다.

"스프린… 좋아해."

"저도요……."

이미 몇 번은 했던 말이지만 아무리 해도 질리지 않는 말 중의 하나가 이것일 것이다. 그렇게 생각하며 세인은 살며시 눈을 감았다.

"조금 쉴게. 무슨 일 있으면 깨워줘."

"네."

그 말을 끝으로 세인은 잠이 들었고 레인은 부드럽게 웃으며 잠든 세인의 머리를 자신의 다리 위에 뉘어준 뒤 그의 머리칼을 쓰다듬어 주었다.

"주인님, 주인님에게는 이야기하지 않았지만 그날, 전 주인님과 생명을 공유하는 사이가 되었답니다."

레인은 하늘을 올려다보았다. 한여름의 밤하늘은 많은 별들이 떠 있어 별의 바다라는 말을 실감나게 해주었다.

"전 언제나 주인님과 함께예요. 죽음까지."

재회

눈앞에 있는 은은한 빛을 발하는 한 쌍의 검, 그리고 그 옆의 침대 위에 누운 채 잠을 자고 있는 한 소녀.

이 둘은 모두 나에게 친근한 것이었다. 왠지 그런 느낌이 온다.

사박

조용히 한 걸음을 내디뎠다.

사박—

그리고 또 한 걸음. 어느새 나는 테이블 위에 놓여진 그 한 쌍의 검 앞에 서 있었다.

그리고 천천히 내 손이 그 검을 향해 뻗어갔다. 왠지 저것을 잡아야 한다는 생각이 들었다.

스르륵—

검날끼리 가벼운 마찰음을 내었지만 크게 신경 쓸 정도는 아니었다. 그리고 내가 그 검을 양손에 잡자 돌연 강한 빛이 주변을 휘감았다.

"아앗!"

분명 강한 빛이었다. 덕분에 순간 놀라며 눈을 감으려 하였는데 이상하게도 눈을 뜬 상태에서도 전혀 눈부시지 않았다.

묘한 느낌. 말로는 표현하기 힘든 그런 느낌이 내 몸 전체를 휘감았다.

'따뜻해. 하지만 차가워. 날카롭고… 부드러워.'

말로 표현하면 분명 모순되지만 나는 지금 이 감정들을 한꺼번에 느끼고 있었다.

그리고 어느 순간.

나는 되찾았다.

라니오스가 있는 곳에서 나온 강한 빛은 밖의 복도에 있는 레인(스프린) 역시 똑똑히 볼 수 있을 정도로 강렬했다. 그녀는 여전히 세인을 무릎에 뉘인 채 그 광경을 바라보았다.

"라니오스님……."

어딘지 감상적인 감정이 담긴 목소리. 그녀는 빛이 새어 나오는 곳에서 시선을 떼지 않은 채 중얼거렸다.

"하지만 그래도 당신은 모르시겠죠? 저희가 누구인지……."

그녀는 포근한 표정으로 계속 세인을 쓰다듬어 주고 있었다. 그녀는 세인을 바라보며 덧붙였다.

"하지만 그래도 나중에는 알게 되겠죠. 그때는 다시 잘 부탁드려요."

이제는 왠지 성스러운 느낌까지 나게 하는 빛이 새어 나오고 있음에도 그 주변을 배회하고 있는 한 마리(…)의 좀비 덕분에 그 품위는 크게 떨어지고 있었다.

"아아, 제 계획보다 너무 재미없게 끝나는군요. 이럴 수가……."

레이의 한탄 섞인 말에 쟈밀은 그와는 반대로 안심한 표정을 하고 있었다. 그도 그럴 것이 이번에는 별 탈 없이 일이 잘 마무리되었기 때문이다.

"으으, 저 두 남녀 분들, 의외로 방해물이었… 악!"

따악─

레이의 말에 순간 발끈한 쟈밀은 강하게 레이의 뒤통수를 후려쳐 버렸고, 갑작스러운 기습에 레이는 앞으로 크게 휘청거렸다.

"아야! 무슨 짓입니까, 쟈밀?"

"몰라서 묻냐?"

쟈밀은 언제나 레이를 대할 때의 그 표정(…)으로 그를 바라보며 윽박질렀다.

"그래, 넌 그렇게 내 조카 목 자르는 게 재미있냐? 내가 네 목 좀 따볼까?"

또다시 추상화 같은 표정으로 레이를 위협하는 쟈밀의 모습에도 레이는 굴하지 않고 자기 할 말은 다 했다.

"하하, 설마 그런 걸 즐길 리가 없잖습니까? 저를 너무 나쁜 녀석으로 생각……!"

콰쾅!

마치 천지를 찢어발길 듯한 굉음과 함께 레이는 저 멀리 날아가 버렸다.

보통의 생물체는 물론 드래곤조차도 직격으로 맞으면 맞은 부위가 갈기갈기 터져 나갈 정도의 강렬한 폭발에도 레이는 얼굴을 그슬린 정도의 경상으로 버티고 있었다.

"하하, 오랜만이군요, 쟈밀의 테라 플레어."

"…죽어!"

"쟈밀! 참아요!"

품속에서 각종 대형 화기들을 꺼내 들고 레이를 향해 달려들려는 쟈밀을 루나가 간신히 말리는 데 성공했다. 쟈밀은 흥분으로 인해 가빠진 숨을 조절하면서도 예의 그 추상화 같은 면상(…)으로 레이를 째려보고 있었다. 다행히 루나는 쟈밀의 뒤에 서 있어 아직까지 쟈밀의 그 얼굴을 본 적이 없었다.

"너… 너! 다음에 또 이딴 짓 벌이면 그땐 정말 사생결단 낼 줄 알아!"

"아하하, 그 말도 벌써……!"

"크아악!!"

"이런, 이런 이유로 저 먼저 도망가겠습니다, 루나 양."

우웅— ×2

"후우, 저 둘은 언제쯤 그만둘까……?"

결국 폭주한 쟈밀과 그에 따라 자신의 목숨은 물론 이 대륙의 존속조차 위협할지도 모른다는 판단에 의해 도망치는 레이, 그리고 언제나처럼의 진풍경을 바라보며 한숨짓는 루나였다.

맞잡고 있는 서로의 손.

그리고…

맞닿아 있는 서로의 입술.

"으음……."

어째서인지, 언제였는지 기억은 나지 않는다.

하지만 내가 스팅을 잡고 나 자신을 되찾은 뒤 정신을 차리고 나니 어느새 내 입술은 레아의 입술과 맞닿아 있었다.

입술로 느껴지는 달콤한 감촉. 그 황홀함에 나는 나도 모르게 가는 신음성이 흘러나왔다.

짧지만 마치 영원과도 같은 시간이 지났다.

그리고 내가 정신을 차리고 간신히 맞닿아 있던 입술을 떼는 순간에 맞춰 레아는 깨어났다.

"흐으음……."

매우 긴 잠을 자고 일어난 동화 속의 공주님이 이럴까? 너무나 오랜만에 만나서 그럴까? 지금 내 눈앞에 비춰진 그녀의 모습은 자다가 일어나 부스스한 모습임에도 너무나 아름답게 보였다.

그녀가 한껏 기지개를 켜고는 주변을 둘러보았고, 그러다 결국 그녀의 시선은 나에게서 멈추었다.

"……!!"

또다시 잠깐의 정적. 그리고 그 정적을 깬 것은 나도 모르게 흘러나온 내 목소리였다.

"레아."

"……!!"

더욱 놀라는 그녀를 보며 나는 미소를 지어 보였다.

"만나고 싶었어."

"란… 오빠?"

그녀의 눈 밑에 눈물이 고인다. 그리고 고인 눈물은 이내 그녀의 볼을 타고 흘러내렸다.

"울지 마. 이렇게 만났는데."

"흐윽, 으흑. 흑."

…….

나는 이렇게 소중한 이의 마음에 상처를 입혔던 것일까?

나는 그렇게도 레아에게 소중했던 사람이었을까?

문득 그 전쟁이 소녀의 말이 떠올랐다. '당신의 소중한 인연 . 그 인연은 나에게 단지 친구가 아닌…

사랑이었을까?

어느새 나는 흐느끼고 있는 레아를 안아주고 있었다.

"울지 말라니까."

"흐윽, 하지만… 으흑."

그녀의 머리카락을 매만져 주었다. 부드러운 에메랄드 빛 머릿결이 내 손을 따라 찰랑인다. 내 몸을 따라 전해지는 그녀의 고동이 들려오는 듯 하였다.

"으흑, 다시는… 다시는 절 두고 어디 가지 말아요. 전 란 오빠가 좋아요. 사랑하고 있다구요. 같이 있고 싶어요"

"……."

이 정도면 그 누구라도 짐작할 수 있을 것이다. 그녀의 마음이 어떠했는지.

기뻤다. 그녀가 나를 이렇게 소중한 이로 생각해 주고 있었다는 것이.

그리고 나 자신이 한심스러웠다. 지금까지 이런 그녀의 마음을 눈치 채지 못한 내가.

나 역시 그녀가 좋았기에, 사랑하기에 그녀의 마음에 대한 나의 마음을 보여주었다.

"물론이지. 난 레아가 좋아. 사랑해. 언제라도 같이 있을 거야."

"…정말이죠?"

"응."

그렇게 우리는 잠시 동안 서로를 껴안은 채 멈춰 있었다. 그리고 내가 다시 고개를 들어 그녀의 얼굴을 쳐다보았을 때 그녀도 나의 얼굴을 쳐다보았다.

"…레아."

"…란 오빠."

서로의 눈을 보며 우리는 어떤 생각을 했을까? 자세히 표현할 수는 없어도 아마 그 뜻은 같았을 것이라고 생각한다.

그녀의 얼굴이 가까워진다. 아니, 내 얼굴이 그녀의 얼굴에 가까워지는 것일까?

그녀의 눈이 감긴다.

그리고 내 눈도 감긴다.

그녀의 입술과…

나의 입술이…

다시 한 번…

"우어어~"

화들짝!

순간 들려오는 괴음향에 우리 둘은 깜짝 놀라며 떨어졌다. 아니나 다를까, 그 괴성의 주인공은 조금 전에 좀비 화했던 아아크였다.

"우어어~"

낄끔한 외모의 사제복을 입은 좀비라… 누가 상상이나 해봤을까? 왠지 모르게 웃음이 나왔다.

"푸훗."

그때 레아는 나를 보며 무언가 이상하다는 듯한 표정을 짓고 있었다.

"왜 그래, 레아?"

"아, 아뇨… 저기……."

그녀가 나를 빤히 바라보고 있자 나는 나도 모르게 얼굴이 빨개졌다. 지금 내가 입고 있는 옷은 옷이라고 하기에는 내 몸의 윤곽을 너무나 뚜렷하게 보여주는 것이었으니까.

게다가 그녀의 말은 꽤나 충격이었다.

"저기… 란 오빠, 가슴이 나온 것 같은……."

"……!!"

나는 황급히 양팔로 가슴을 가렸다. 그만 잊고 있었다. 지금의 내 몸은 여자였다는 것을. 비록 어린아이 체형이라 그다지 발달하지는 않았으나 그래도 여자인만큼 가슴이 나왔다는 것 정도는 알아볼 정도로 내 가슴은 발달해 있었던 것이다.

"저, 저, 저, 저……."

"레, 레아… 이건……."

"우어어어~"

말을 잇지 못하는 레아, 그런 그녀에게 상황 설명을 하기 위해 부단히 노력하는 나. 그리고 여전히 우리의 주변을 배회하는 좀비 한 마리(…)는 그렇게 아침을 맞고 있었다.

"흐음… 그러니까 네 말은 내가 이렇게 멀쩡하게 다시 살아난 것은 하이 엘프이기 때문이라는 거야?"

"제 생각으로는 그것밖에 마땅한 이유가 없군요."

확인차 한 나의 질문에 레미엘은 씨익 웃으며 고개를 끄덕였다. 그리고 나뿐만이 아니라 다른 이들 역시 어느 정도 수긍이 간다는 듯 고개를 끄덕였다. 하지만 그러면서도 아직은 내가 하이 엘프라는 것을 믿지 못하는 것인지, 아니면 아직 현실감이 없는지, 그것도 아니면 내가 하이 엘프인 것이 신기해서인지는 모르겠지만 어쨌든 조금은 묘한 시선으로 나를 보고 있었다. 사실 나도 내가 하이 엘프라는 것에 그다지 현실감이 와 닿지가 않고 있을 정도이니 다른 이들은 오죽하겠는가?

하이 엘프, 엘프들의 수호자라고 알려진 그들이지만 이미 수백, 수천 년 전부터 그들은 이 세상에 모습을 드러내지 않고 있다고 한다. 게다가 무한의 수명을 살고 드래곤 이상의 능력을 가지고 있다고 알려진 그들은 죽는다 해도 이전까지의 기억과 능력 등을 그대로 가진 채 다시 하이 엘프로 환생한다고 알려져 있다.

내가 그런 전설 속의 존재라고 알려져 있는 하이 엘프라니. 내가 생각해도 전혀 아니라는 생각이 들었지만 아까 레미엘이 말한 방법대로 지금으로써는 그것 외에 내가 어떻게 해서 이렇게 멀쩡하게 살아났는지에 대한 해명을 할 방법이 없었다.

"내 참, 살다 보니 별 황당한 일을 다 겪는구먼."

"그러게 말입니다."

란슬로 형은 발갛게 부은 뺨을 어루만지고 있었다. 아까 전에 내가 좀 세게 때렸기 때문이다.

"원 참, 사내 녀석이 가슴 한번 만졌다고 멀쩡한 엘프 볼을 이렇게 만드냐?"

"말이 될 소리를 해!"

란슬로 형은 대뜸 내 가슴에 손을 대더니 '진짜 여자 됐네?' 라고 말하는 것이었다. 덕분에 거의 반사적으로 손이 날아갔고, 그렇게 날아간 내 손은 여지없이 란슬로 형의 뺨에 작렬했었다.

"허 참, 전설로만 나오던 하이 엘프를 이렇게 실물로 보니 감회가……."

흥미롭다는 시선으로 나를 보는 레미엘의 눈은 회심으로 빛나고 있었다. 그는 눈웃음을 지으며 검지를 세워 보였다.

"참으로 어처구니없군요."

"……"

이런 식으로 각자의 반응을 살피면…

우선 레아,

"흐응… 오빠라고 해야 하나요, 아니면 언니라고 해야 하나요?"

"…솔직히 나도 모르겠어……."

그리고 아아크,

"우어어~"

"작작 좀 해라! 이놈은 날 볼 때마다 좀비 화야! 라이트닝 볼트!"

"꾸에엑!"

…제라드,

"아, 저……."

"…됐어."

네이란 누나,

"까아~ 남자 아이일 때보다 훨씬 어울려. 이번에야말로 이 언니랑 옷 입으러 가자~"

"…그럴게요."

"진짜지? 정말이지? 약속한 거다!"

솔직히 여자인 채로 몇 달을 지내니 나도 모르게 여자로서의 습관이 몸에 배어버렸다. 덕분에 지금 많이 혼란스럽다.

예쁜 옷을 좋아한다든가 그런 거 말이다.

계속해서 아리나스와 아시아스,

"아, 안녕하세요……? 혹시 애인 없으신가요?" ×2

그때 그들이 얼굴 붉히던 모습은…

전체적으로 나나 저들이나 나를 대하는 것에 어려움이 생겼다. 남자로 대할지, 여자로 대할지. 하지만 얼마 안 가서 정리될 것이라고 생각한다.

세인과 레인은 그날 이후로 만나지 못했다. 뭐, 아직 그들과 헤어진 지 며칠 안 지났지만 내가 기억을 잃었을 때 받은 그들의 도움을 생각하면 꽤 서운했고, 나도 나중에 그들을 만났을 때 꼭 답례를 해야겠다고 다짐

했다.

"그런데 어떻게 여자가 된 걸까요?"

"아, 한 번 더 죽으면 남자로 돌아오지 않을까?"

짜악!

"…아파. 훌쩍."

그러게 맞을 짓을 하지 말지… 하여튼 란슬로 형도 참.

가만, 그러고 보니 나도 란슬로 형을 이제는 란슬로 '오빠'라고 해야 하나……?

그런데 문제가 또 발생했음을 느꼈다. 나도 모르게 이럴 때 주먹보다 따귀가 먼저 날아가는 것이다.

'…이거 큰일인데? 갈수록 나부터 나 자신을 여자로 자각하고 있어!'

그때 누군가 나를 끌어안는 것을 느꼈다. 레아가 나를 자신의 품에 끌어안은 것이다.

"말이 될 소리를 하세요!"

"아아, 농담이라고, 농담. 아가씨."

난처한 표정을 지으며 레아에게 사과하는 란슬로에게 아아크가 한마디 쏘아붙였다(오늘 아침에야 간신히 나를 보고도 좀비로 변하지 않게 되었다).

"헤헤, 전에 이렇게 말한 것 같았는데. 누구 죽는 것에 관한 농담은 엘프 최고의 악담이라고."

"아, 아하하. 실수야, 실수."

어색한 웃음을 지으며 상황을 만회하려고 하는 란슬로 형을 보며 레아는 더욱 나를 품 안으로 끌어안았다. 내 체격이 그녀보다 상당히 작다 보니 내 몸은 그녀의 품 안에 쏙 들어가 버렸다.

"하하. 그렇게 계시니까 라니오스 형이 마치 인형이나 레아시아 공주

전하의 동생 정도로 보이는군요."

"……."

나와 레아는 동시에 얼굴이 붉어지며 재빨리 서로에게서 떨어졌다. 하지만 레미엘은 뭐가 그렇게 좋은지 연신 싱글거리고 있었다.

"하하, 그날 밤에 무슨 일이 있었는지 모르겠지만 잘된 것 같군요. 두 분 모두 축하드립니다."

"레미엘!"

"전하!"

나와 레아가 동시에 외쳤으나 레미엘은 여전히 웃는 표정으로 한마디 덧붙였다.

"하지만… 두 분 모두 여자 분이신 것이 조금 걸리는군요. 뭐, 어떻습니까? 사랑이 뛰어넘지 못하는 건 없다고 성별쯤이야……."

짜악! ×2

"…하하하. 아프군요."

레미엘은 빨갛게 부은 양 볼을 부여잡고는 잠시 방 밖으로 나가더니 다시 들어올 때에는 원래대로 돌아와 있었다. 마법으로 치료했군… 보아하니 한두 번 당한 일이 아닌 듯한데…….

하지만 이런 행동은 오히려 우리 둘의 심정을 더욱 잘 나타내 준 셈이었고, 그런 우리의 모습에 주변의 모두는 축하한다는 표정으로 우리 둘을 바라보았다. 하지만 개중에는 난처, 또는 곤란하다는 식의 시선도 섞여 있었다.

이래서 빨리 남자로 돌아가야겠는데…

"아, 란 누나가 하이 엘프라는 사실에 저와 아리나스 황제 폐하, 그리고 아시아스 황제 폐하 셋이 함께 이곳의 도서관을 조사해 보았습니다. 그랬더니 역시 고대의 나라라는 별명에 걸맞게 하이 엘프에 관한 기록도 있더군요."

잠시간의 농담에 이어 이번에는 무언가 제법 진지한 이야기를 하려고 하는 레미엘의 모습에 나는 다시금 긴장이 되었다. 그리고 그것은 레아나 아아크 등도 마찬가지인지 모두들 궁금함이 가득 드러나는 표정으로 레미엘의 말을 기다렸다.

"하이 엘프는 아무리 죽어도 다시 부활한다는 것, 그리고 그 부활의 시간은 일정하지 않다는 것과 그들은 드래곤에 필적할 정도의 강대한 힘을 가지고 있다는 것 정도는 알고 계시겠죠?"

엘프의 수호자라고 불리우는 하이 엘프. 그들은 방금 레미엘이 말한 대로 무한의 생명과 강대한 힘을 가지고 있다. 하지만 역시 그가 말한 대로 이 정도는 여간한 상식을 가지고 있는 이들은 다 알고 있는 일이었기에 우리는 이제 막 본론을 이야기하려는 레미엘의 말에 귀를 기울였다.

"그런데 그 하이 엘프들에게는 속성이라는 것이 있었다고 하더군요. 유감스럽게도 책이 많이 훼손되어서 다 알아낼 수는 없었습니다만… 일단 확인된 속성은 죽음, 생명, 사랑, 물, 바람, 번개, 땅, 어둠이었습니다. 그리고 지금 현재 대부분의 하이 엘프들은 어딘가에 봉인되어 있다는 것 정도까지가 저희로서 알아낼 수 있는 것이었습니다."

"흐음……."

안타깝게도 레미엘이 말한 것은 나도 이미 알고 있는 것이었다. 이미 일전에 그것에 관한 기록이 있는 것을 본 적이 있다.

하지만 그 기록 역시 상당히 훼손된 상태였기에 레미엘이 설명해 준 것과 내가 아는 것에는 그다지 큰 차이가 없었다. 때문에 아직 무슨 이유로 하이 엘프들이 봉인당했는지, 그리고 그들이 어디에 봉인되어 있는지에 대해서는 전혀 아는 바가 없었다.

그리고 문득 나도 나중에는 봉인당하는 것인가 하는 등의 조금은 불안한 생각도 들었다.

"어떻습니까, 쟈밀?"

레이는 수정 구슬 속의 라니오스의 모습을 보여주며 싱글싱글 웃었다. 쟈밀은 이런 광경에 웃지도 화내지도 못한 어정쩡한 표정을 짓고 있었다.

"그, 글쎄… 그런데 이렇게 할 것까지 있었을까?"

"에이, 외모만 여자 아이면 재미없지 않습니까? 그래서 무의식의 영역에 여성으로서의 자각에 대한 내용을 좀 집어넣었죠."

"……."

웃지도, 울지도, 화내지도 못한 채 쟈밀은 한숨만을 푹푹 쉬었다.

"후우, 그래도 이건 좀 심한 것 같은데……."

"그런가요? 그럼 지금 가서 원래대로 고쳐 놓을까요?"

라지만 쟈밀은 냉큼 결론을 내릴 수 없었다. 전의 남자 아이 라니오스도 예쁘고 귀여웠지만 지금의 여자 아이 라니오스도 예쁘고 귀엽기는 매한가지였기 때문이다. 아니, 그 이상이라고 해야 할까?

"…조금 놔둔 채 보고 결정하자."

"하하하, 역시 쟈밀도 싫지는 않은가 보군요."

"……."

이번만큼은 냉큼 화를 내지 않는 쟈밀이었다.

하지만 쟈밀은 의외로(…) 사고관이 바른(…) 인물이었다.

"그래도 우리가 저 아이에게 함부로 손을 댈 수는 없지. 원래대로 고쳐 놔."

"정말로요?"

"그래."

단호한 쟈밀의 목소리에 레이는 서운함을 느꼈다.

하지만 쟈밀의 그런 단호함도 잠시였다.

"…대신 얼마간만 저 상태로 보자. 저 상태도 너무 예뻐."

"그럼 언제 원래대로 되돌릴까요?"

"으음……."

레이의 질문에 턱을 괸 채 심각하게 고민하기 시작한 쟈밀이었다.

"자, 이제 출발해 볼까?"

"네."

이제 남은 곳은 머츠론뿐. 그곳만 들르면 이 지독하게 길었던 신탁 알림도 끝이다.

나는 레아를 바라보며 속삭이듯 말했다.

"이 일이 끝나고 나면 마족들이 쳐들어오기 전까지 우리 둘이서만 지낼까?"

내 말에 레아의 얼굴은 순식간에 붉어졌지만 싫지는 않은 듯 부끄러워하면서도 웃고 있었다. 그리고 그런 우리의 모습을 보고는 레미엘이 또 한마디 던졌다.

"하하, 좋으실 때군요. 나중에 꼭 저희 프로튼에 들러주십시오."

"그럴게요."

그날 밤 이후로 우리 둘은 거의 공인 커플이 되어버렸다. 뭐, 나야 좋지만.

문제는 나나 레아나 일단 겉으로 보면 둘 다 여자라는 것… 덕분에 우리를 위험하다는 시선으로 보는 이들도 가끔 있었다. 이대로 가면 '미숙아'에 이은 '엘프 최초의 동성연애자'라는 오명까지 뒤집어쓰게 생긴 것이 앞으로의 심각한 당면 과제이긴 하지만…

그리고 이렇게 모든 일이 정리되자 우리는 서로에게 아쉬움의 인사를 남기며 헤어져야 했다.

　레미엘은 크로이츠에 용무가 있었고 이미 자신의 용무가 끝났으므로 우리보다 하루 먼저 자신의 기사단을 이끌고 돌아갔다. 그리고 레아의 경우에는 이미 나와 서로 사귀는 사이임이 확정되었으므로 물론 나와 같이 간다고 했다. 제라드야 임무가 레아의 호위였으므로 역시 따라오고…

　"…넌 왜 오는데?"

　내 질문에 아아크는 언제나처럼 실없이 웃으며 대답했다.

　"하하하, 제가 가야지 남자 둘, 여자 둘로 인원수가 맞… 으악!"

　퍼억—

　"헛소리 좀 작작 해라!"

　아, 그러고 보니 간만에 펀치가 나왔군. 이걸 다행이라고 해야 하나?

　"레아, 가자."

　"네."

　우리 둘은 아아크를 무시한 채 말을 출발시켰고 제라드도 우리 뒤를 따라왔다.

　"아, 같이 가요! 매정하게 나는 떼놓고 가는 거예요?"

　그리고 덤으로 쫓아오는 아아크였다.

한에게 노예가 생겼다?

"언니, 이것도 입어봐요."

"하지만 레아, 이것도 예쁘지 않을까?"

"흐음… 그것도 그렇네요. 그럼 그것부터 입어봐요."

아직 우리는 크로이츠를 벗어나지 않았다. 우리는 지금 크로이츠는 물론이고 전 대륙 최고의 의류가 있다고 하는 레루릴의 한 매장에서 옷을 고르고 있었다. 뭐, 여기가 크로이츠의 외곽 도시인만큼 조금만 더 가면 크로이츠를 벗어나겠지만…

"아냐. 게다가 우리는 여행 중이라고. 가지고 갈 수 있는 옷의 양은 한정돼 있어."

"흐음… 하지만 이것도 맘에 들고 이것도……."

"레아!"

"아, 알았어요, 언니."

내 외침에 레아는 그제아 포기한 듯 들고 있던 옷들을 하나씩 원래의 자리에 돌려놓았다. 나라고 저 예쁜 옷들이 싫겠는가? 하지만 들고 갈 수 있는 용량에는 한계가 있다. 게다가 우리의 주목적은 쇼핑이 아니고 말이다.

"알았어. 나중에 다시 여기 와서 쇼핑하자. 그럼 됐지?"

"네."

그래도 수긍해 주는 레아를 보니 나도 속이 정리되는 느낌이었다. 결국 우리는 간단한 옷 몇 벌과 마음에 드는 옷 몇 벌, 그리고 여행복 몇 벌과 간단한 액세서리 몇 개만을 사고 매장을 나섰다.

"…다 샀어?"

"…쇼핑은 다 하셨는지……?"

우리가 쇼핑을 다 할 때까지 기다리고 있었는지 아아크와 제라드의 얼굴은 말이 아니었다. 그리고 보니 우리가 아침 식사를 끝내고 쇼핑을 하러 들어왔었는데 이미 해가 지고 있었던 것이다.

"아, 미안……."

"미안해요……."

우리가 사과를 하자 그들은 한숨을 쉬며 고개를 저었다.

"후우, 밥이나 먹으러 가자. 배고파."

아아크의 말에 모두 고개를 끄덕였다. 그리고 보니 세인도 언제나 저렇게 밥 먹으러 가자는 말을 자주 했지…….

'세인, 레인, 당신들은 왜 그렇게 말없이 떠나간 거죠?

무슨 말 못할 사정이 있었을까? 만약 다음에 다시 만나게 된다면…

그때는 가장 먼저 고맙다고 말하고 싶은 생각이 들었다.

"와아, 날씨 좋다. 레아도 그렇게 생각하지?"

"그러게요. 이럴 때 같이 어디 놀러 가면 좋을 텐데."

어느새 계절은 가을로 접어들어 맑고 높은 가을 하늘만큼 우리의 여행도 순조로웠고 기분도 맑아 분위기도 좋았다.

"하아, 이럴 때 산적 한 무리 나오면 용돈벌이에 심심풀이로 삼기 좋을 텐데."

"호홋."

지금 우리는 라이지 산맥을 지나고 있었다. 마침 이 산맥에는 큰 도로 공사가 끝나서 길도 크게 나 있었다. 뭐, 자연 파괴에 의한 어쩌고저쩌고는 이제 관두자. 인간들의 이런 순간의 편리를 위해 벌이는 이기적인 짓거리는 이제 언급할 가치도 없으니까.

그래도 덕분에 이렇게 편하게 가고 있으니 고맙다고 해야 할까? 뭐, 나 혼자라면 숲 속이라도 상관없지만. 아니, 숲 속이 나한테는 더 좋겠군.

계속 길을 걷고 있으니 아담한 호수가 눈에 띄었다.

"하아, 여기서 좀 쉬었다 갈까?"

"좋아요."

"아, 누나, 기왕 가져온 도시락이나 먹고 가요."

역시 분위기 메이커인가? 아아크의 말에 우리 셋은 웃으며 고개를 끄덕였다.

"그래, 뭐. 먹고 가지."

우리는 근처 나무에 말을 매어두곤 자리 잡고 앉았다. 아아크가 바구니에서 도시락을 꺼내는 동안 레아는 나에게 질문했다.

"란 언니, 괜찮아요? 아직 하루밖에 안 지났는데."

"아, 으응. 괜찮아."

이제는 모두가 나를 여자로 대해준다. 나도 이미 자신을 여자로 생각해 버렸고… 문제가 있다면 어디까지나 레아와 사귈 때뿐이다. 아무래도 기억을 잃었을 때의 일이 큰 원인이었다고 생각한다.

어제 초경을 했었다. 솔직히 엄청 놀랐다. 멀쩡하다가 갑자기 배가 아프면서 피까지 났으니 말이다. 다행히 레아가 설명을 해주어서 그리 어렵지 않게 넘어갔지만. 그때 여자는 참 불편하다는 것을 처음으로 느꼈다. 생리대라고 하는 물건도 그렇고… 그래도 엘프가 6개월에 한 번밖에 월경을 하지 않는 게 다행이라면 다행일까?

사실 처음에는 남자로서 지내려고 많이 노력했었다. 외모부터 폴리모프를 해서 원래의 남자였던 모습으로 되돌아가 보기도 하고(이미 나 정도면 폴리모프로 성별을 바꿀 수도 있다—시전자의 마력 수준이 낮으면 겉모습이나 성대 정도는 어찌 된다 해도 가장 중요한 성기는 바뀌지지 않는다—폴리모프라는 마법이 원래 성별이나 나이 대—단, 이미 경험한 나이여야 한다. 즉, 50대는 30대로 변할 수 있지만 30대는 50대로 변할 수 없다—같은 대략적인 범위로는 변신이 가능한 마법이니까). 하지만 폴리모프 마법이다 보니 그것을 사용하는 도중에는 다른 마법을 사용하는 데 지장이 있었다. 물론 여러 개의 주문을 동시에 쓰는 것이 가능하기는 하지만 여간 불편한 일이 아니었던 것이다. 무엇보다 나 자신부터 여자로 지내는 데 그리 거부감을 느끼지 않는 것이 가장 큰 원인이었을 것이지만(정말 황당한 일이었다. 남자인 녀석이 여자로 사는 데 거부감이 안 느껴지다니…).

"으음… 하지만 아주 좋지는 않은데? 아직 조금 불쾌한 게 남아 있어."

"아마 처음이라 그럴 거예요. 몇 번 하다 보면 익숙해져요."

그래야 다행이지. 그때 아아크가 가져온 도시락을 가져왔고 우리가 하나씩 받아 들고 막 포장을 벗기려고 하는데…

챙, 채챙—

어디선가 병장기 부딪치는 소리가 들려왔다.

"응?"

내 표정을 보고는 아아크가 의아해서 질문했다.

"어라? 누나, 왜 그래요?"

"어디서 칼 소리 안 나?"

내 말에 셋 모두 귀를 기울였고 아아크를 제외한 둘 역시 그 소리를 들었는지 고개를 끄덕였다.

"네, 작지만 어디서 싸우는 것 같아요."

"확실히 대무 같지는 않군요."

"뭐야, 왜 나는 안 들리는데?"

덤으로 딸려오는 아아크의 불평에 나는 직접 친절하게 설명을 해주었다.

"나야 저 소리가 들리는 게 당연하고, 제라드야 숙련된 기사니까. 그리고 레아도 하프 엘프라서 청각이 보통 인간보다 좋다고. 평.범.한 인간인 네가 저런 소리를 쉽게 들을 수 있을 거라고 생각해? 아직 수련이 부족한 거야."

"히잉… 그렇게 심하게 말할 것까지는 없잖아요. 게다가 나도 몽크로서 제법 수련을 했다구요. 제가 프리스트 중에 저처럼 몽크 수련까지 한 녀석이 있을 것 같아요?"

저런 헛소리는 무시. 나와 제라드는 각자의 무기를 빼 들고 소리가 나는 곳으로 달려갔다.

"아아크, 너는 레아를 지키고 있어."

"예이, 예이~"

별로 마음에 안 드는 대답을 하는 아아크를 보며 나는 한마디 덧붙였다.

"레아한테 집적대면 죽어!"

"…그럴 리가 있겠어요? 이래 봬도 건실한 신의 종자……!!"

그 뒤로도 아아크는 계속 뭐라고 떠들었지만 역시 깨끗하게 무시했다.

챙챙―
풋―
쉬익―

소리가 나는 현장으로 달려가니 더욱 여러 종류의 소리가 나기 시작했다. 가만! 그런데 이 공기를 가르는 묘한 파공음은 어디선가……!

그리고 소리가 나는 장소에 도착한 내가 처음으로 본 장면은 상당히 놀라운 것이었다.

"저 아이는……!"

일전에 내 목을 베었던 그 엘프 소녀. 그 아이와 또 한 명의 엘프 청년이 여섯 명 정도의 인원과 맞서 싸우고 있었던 것이다. 지금 싸우고 있는 인원이 그랬다는 거지 이미 바닥에는 세 구의 시체가 뒹굴고 있었다. 두 엘프 남녀를 포함한 그들은 원래 한 패였다가 무슨 내분이 생긴 것인지 하나같이 검은 바탕의 복장을 하고 있었다.

사각―

"흐윽……!"

한 괴한이 휘두른 검이 엘프 소녀의 팔에 작지만 상처를 입혔다. 그 소녀는 상당히 지친 듯 가픈 숨을 몰아쉬고 있었다.

"이거……."

어느 쪽을 도와야 하는 거지? 그것은 제라드도 마찬가지인지 상당히 갈등하고 있었다.

하지만 결론은 금방 났다.

"제라드, 포위된 쪽을 돕는다!"

"네!"

일단 결정이 났으니 도와주기는 도와줘야지. 나는 그들 사이로 뛰어들며 마법을 펼쳤다.

"헤이스트! 매직 미사일!"

주문을 외우자마자 내 주변에 연두색의 엷은 막이 생기며 움직임이 빨라지는 것을 느꼈다.

그리고 바로 연계해서 사용한 매직 미사일들은 사방으로 퍼져 두 명의 엘프들을 공격하던 괴한들에게 작렬했다.

"끄음……."

하지만 그들은 비명을 지르지 않았다. 기껏해야 그들 중 한두 명이 짧은 신음을 토하는 정도? 하지만 이러저러해도 매직 미사일을 직격당한 괴한들의 움직임이 제한되게 되었음은 말할 필요도 없었다.

"야압!"

촤악─

움직임이 경직된 괴한에게 가한 공격은 상당히 쉽게 들어갔다. 그리고 그것은 나머지도 마찬가지였다.

"하압!"

푸욱─

제라드의 검이 괴한의 옆구리를 베고 지나갔다. 그리고 그렇게 적을 해치우는 것은 저 둘도 마찬가지였다.

피잇─

풋─

소녀의 경우에는 한 개, 청년의 경우에는 양팔에서 한 개씩 두 개의 빛의 실이 뻗어 나와 적들의 숨을 끊었다. 아마 저게 내가 당한 그 무기였겠지.

결국 그리 어렵지 않게 괴한들을 물리친 우리는 각자 자신의 무기를 거두고 서로를 바라보았다.

역시나 저 소녀의 반응은 저번같이 매우 놀라는 표정이었다. 하지만 내가 여자라서 다른 인물로 생각했는지, 아니면 원래 빠르게 평정심을 찾는 건지 금세 원래의 무표정으로 돌아왔다.

서로 마땅히 할 말을 찾지 못한 채 바라보고만 있던 상황이 계속되었다.

그리고 그 어색한 침묵을 깬 것은 상대 중 엘프 청년이었다. 그는 자세히 보니 하프 엘프인 듯 귀가 보통의 엘프보다 조금 짧았다. 마치 레아와 같이.

"왜 우리를 도와준 거지?"

생명의 은인에게 하는 첫 인사말치고는 좀 과격하군. 그의 질문에 나는 피식 웃음이 나왔다. 사실 '나도 모르겠어' 라고 말해야 하겠지만 그렇게 말할 수는 없는 노릇이다.

"같은 엘프잖아요?"

"고작 그런 이유인가?"

거 정말 딱딱하게 구네. 제라드도 도와준 사람에게 저런 말이나 하는 상대가 마음에 들지 않는지 살짝 인상을 찌푸렸지만 나서지는 않았다.

"그렇다면 실수했군. 우리는 너희 엘프가 경멸해 마지않는 잡종이니 말야."

아무래도 엘프에게 쌓인 게 많은 듯하군. 가만, 저 여자애도 하프 엘프라고?

"저 아이도 하프 엘프라고요? 당신 동생인가요?"

하지만 그는 고개를 저었다.

"아니, 이 아이는 내 딸이다. 이 아이의 모친이 순수 엘프이지."

그렇다면 저 아이는 순수 엘프겠군. 쿼터 엘프는 있어도 3/4엘프 같은 건 없으니까.

"그럼 그 아이는 엘프인데…….."

하지만 내 대답에도 그는 고개를 저었다.

"…이 아이는 나와 떨어지려 하지 않았으니까."

"그럼 모친은?"

"…죽었다."

대답하는 그의 표정은 어두웠다. 그것은 그가 아무리 복면으로 얼굴을 가리고 있어도 알아볼 수 있을 정도였다.

"그런데 무슨 일로 쫓기고 있었는지 가르쳐 줄 수 있겠나요?"

"아까 싸운 저 괴한들도 당신의 동료였던 것 같은데, 무슨 일인지 알수 없겠습니까?"

우리의 질문에 그는 잠시 생각하는 듯한 표정을 지으며 서 있었다. 그리고 잠시 후 그는 고개를 끄덕였다.

"자세한 것은 말할 수 없다. 하지만 간단하게는 알려주지. 우리는 암살 길드 '라트라' 소속의 어쌔신이다. 아니, 이제는 과거형으로 말해야 겠군. 어쌔신이었다."

라트라? 그런 조직도 있었나? 아, 그러고 보니 쟈밀이 주었던 책 중에 '라트라'에 관한 기록이 있었던 것 같기도 했다. 영웅전쟁 이전 시대부터 그 명맥을 이어온 최고의 암살 길드라고 했던 것 같은데… 하지만 그 비밀성이 너무 짙어서 이미 역사 속에서 그 자취를 찾을 수가 없다고 했는데… 만물사전인 쟈밀의 책은 예외지만.

"우리는 세상에 관여하지 않는다. 다만 '명패'를 가진 자의 부탁을 그 명패의 수만큼 들어주는 것, 그뿐이었다."

그 설명은 나도 알고 있다. 하지만 다음에 이어지는 그의 설명은 꽤나 충격적인 내용이었다.

"그런데 그 '라트라'가 세상에 관여하기 시작했다. 그래서 나는 이상하게 생각했다. 이상하게 생각한 것은 비단 나뿐이 아니었지만, 어쨌든 그렇게 의아하게 생각하고 있던 나는 어느 날 우연한 기회에 현임 길드 마스터의 비밀을 알게 되었지. 그리고 쫓기게 되었다."

흐음… 뒤가 구린 길드 마스터 때문에 쫓긴다 이건가? 그때 그가 돌연 충격적인 부탁을 해왔다. 오늘은 여러모로 충격적인 날인가…….

"부탁이 있다. 내 딸을 맡아주지 않겠는가?"

"엥?"

지금 저 하프 엘프가 나보고 날 죽인 적이 있는 애를 맡아달라고 했나? 내 귀가 잘못된 게 아니라면 분명 그런 내용이었는데.

"뻔뻔하게 '엘프로서'라는 부탁을 하겠다. 내 딸을 맡아주게. 어차피 녀석들이 쫓는 건 나 혼자뿐. 내 딸을 위험에 처하게 하긴 싫어서 그러네."

"그, 그렇게 말해도……."

내가 곤란한 표정을 지으며 우물쭈물하자 그는 무릎을 꿇으며 부탁을 해왔다.

"부탁이다. 그대는 엘프의 수호자인 하이 엘프가 아닌가? 반쪽짜리인 나 따위는 몰라도 제발 내 딸만은……!"

…하긴 내가 죽었다 살아난 것을 알고 있으니 내가 하이 엘프라는 것도 어렴풋이 짐작할 수 있었겠군. 하지만 '엘프의 수호자'라니. 그것은 틀렸어. 하이 엘프는… 그들의 진정한 정체는…….

나는 결국 그의 부탁을 들어주기로 했다.

"알았어요. 하지만 저도 조건이 있어요."

"뭔가?"

나는 손가락을 세워 보이며 말했다.

"첫째, 이 아이가 내 목숨을 해하게 하지 말 것. 그리고 둘째, 당신은 반드시 살아 돌아와서 이 아이를 다시 데려갈 것."

내가 내건 두 번째 조건에 복면 뒤로 가려진 그의 입술이 조금 곡선을 그렸다. 그는 곧 고개를 끄덕이며 대답했다.

"그것이라면 걱정하지 않아도 된다. 내가 이 아이를 다시 데려갈 때까지 그대는 이 아이의 주인이다. 죽으라는 명령 같은 것이 아니면 너의 그어떤 명령이라도 들을 것이다."

"……!!"

놀란 것은 나뿐이 아니었다. 아까 전에 자신을 나에게 부탁한다고 할 때부터 놀라는 눈치였던 저 엘프 소녀는 지금 또 한 번 놀라고 있었다.

청년은 자신의 딸을 바라보며 부드러운 말투로 그녀를 다독였다.

"걱정 마라. 저분은 엘프의 수호자인 하이 엘프시다. 널 어떻게 하지는 않을 거다."

하지만 그런 상황에서도 그녀는 눈물을 흘리지 않았다. 감정이 꽤나 메마른 듯했다.

'하긴 암살자 같은 직업에 풍부한 감정이란 걸 갖는다는 게 어불성설 이지…….'

어느새 둘 사이에는 어찌저찌 이야기가 끝났는지 그녀는 순순히 내 쪽으로 걸어왔다. 그리고 내 앞에 선 순간 그녀는 내 앞에서 엎드려 절을 했다.

"……."

그녀는 계속 그 상태로 엎드린 채 있었다. 결국 보다 못한 내가 직접 그녀를 일으켜 세웠다.

"무, 무슨 짓이니? 이, 일어나."

'일어나' 라는 말이 떨어지기가 무섭게 그녀는 언제 자신이 땅에 엎드려 있었냐는 듯 순식간에 일어섰다. 그런 그녀의 모습에 나는 황당함과 두려움, 그리고 안타까움을 한꺼번에 느꼈다.

"그럼 내 딸을 잘 부탁한다."

"자, 잠깐. 이 아이의 이름은 뭐지? 그리고 당신의 이름은?"

"그 아이의 이름은 티니, 그리고 내 이름은… 알 필요 없다."

슉―

그 말을 끝으로 그의 모습은 눈앞에서 사라졌다. 정확히 말하면 매우 빠른 속도로 가버린 것이지만.

얼떨결 순식간에 노예(?!) 하나가 생겨 버린 나는 지금으로써는 매우 황당했다. '세상에 살다 보면 이런 일도 있구나' 라는 생각까지 들었다.

"…자, 일단 레아와 아아크가 있는 곳으로 돌아가자."

"네."

우리가 움직이기 시작하자 뒤의 엘프 소녀 티니도 조용히 우리 뒤를 쫓아왔다.

"…그래서 그렇게 된 거야."

"…그런가요?"

레아 역시 상당히 당황한 눈치였다. 그도 그럴 것이 잠깐 갔다 온 사이에 노예(…) 하나를 달고 왔으니 말이다.

"그럼 어떻게 할 거예요, 그 아이?"

"어떻게 하긴… 데리고 있어야지."

하지만 레아도 그다지 티니를 싫어하지는 않는 눈치이다. 아니, 오히려 동생으로 대할 여자 아이가 하나 생겨서 좋아하고 있는 건가?

"티니라고 했니? 이리 와볼래?"

레아는 웃는 얼굴로 티니를 불러보았지만 그녀는 꿈쩍도 하지 않았다.

레아의 표정이 묘하게 일그러지려고 할 때 내가 급히 말했다.

"티니, 이쪽으로 와."

…역시나.

내가 부르자 그녀는 순식간에 우리가 있는 곳으로 다가왔다.

"몇 살이니?"

역시나 내가 시켜야 하는구나… 나는 한숨을 쉴 수밖에 없었다.

"몇 살이니?"

레아의 질문을 내가 다시 했지만 이번에도 그녀는 대답하지 않았다.

아니, 벌써부터 반항(…)하는 건가?

하지만 그런 것은 아니라고 생각하며 다시 한 번 티니에게 질문하였다.

"대답해 줄래? 티니, 너는 몇 살이니?"

그제야 그녀는 대답해 줄 생각이 생긴 듯 마지못해하면서도 천천히 입을 열었다.

"여… 열… 여섯… 살… 입니… 다."

화들짝!

돌연 튀어나오는 괴상한 목소리에 나와 레아는 물론이고 심지어는 아아크와 제라드마저 놀라서 한 발짝 뒤로 물러섰다.

"이, 이게 무신 소리가?"

묘하게 어법이 틀린 아아크의 한마디는 놀라 있는 우리들의 심정을 잘 대변해 주고 있었다.

티니의 목소리는… 마치 억지로 내는 듯한 그런 목소리였다. 목소리만 들어서는 결코 그녀가 내었다고 믿을 수 없을 그런 목소리.

가만! 억지로 내는 목소리?!

"티니, 입을 벌려볼래?"

이번에도 그녀는 한 번에 내가 시킨 것을 하지 않았다. 아마도 내 짐작대로일 것이다.

"어쩔 수 없군. 명령이니까 입 벌려."

나도 이렇게 말하는 것은 싫지만…

내 명령에 티니는 주저하면서도 결국 입을 벌렸고 역시나 그녀의 입안은…

"…아아."

레아는 크게 놀란 듯 안색이 새파래졌다. 제라드도 흠칫한 표정을 지었고 아아크의 경우에는…

"우어어~"

역시나 어김없이 좀비가 되었다.

"이, 이런……!"

티니의 입 안에는 남들이라면 당연히 있어야 할 혀가 없었던 것이다. 아니, 원래는 있었지만 일부러 자른 듯 혀가 있었다는 것을 확인할 정도의 흔적만이 있었다.

"그래서… 말을 안 하려고 한 거니?"

내 질문에 티니는 힘없이 고개를 끄덕였다.

'역시 아직은 어린아이인 건가?'

이 아이가 불쌍했다. 어린 나이에 암살자라는 일을 해야만 한 것도 그렇고, 이렇게 비참하게 살아야 한다는 사실에도…….

"왜 혀를 잘린 거지?"

"이… 무 실… 해."

…임무 실패라는 이유로 혀를 잘랐다고? 하지만 이어지는 티니의 말은 더욱 가관이었다.

"제가… 어려서… 관… 대하… 게……."

이 '라트라' 라고 하는 조직, 정말 할 말 없게 하는군. 그녀를 안타까운 시선으로 보던 레아는 나를 보며 질문했다.

"란 언니, 언니 마법으로 어떻게 할 수 없을까요?"

"미안해. 재생의 마법은 10클래스야. 아직 9클래스인 나로서는 어쩔 수 없어."

아마 아아크도 어쩔 수 없을 것이다. 쟤가 프리스트인 그가 재생의 권능을 가졌을 리 없을 테고, 만약 있었으면 우리가 말 안 해도 진작에 나섰을 테니까.

나는 살며시 티니를 끌어안아 주었다.

"미안해."

"……."

왜 미안하다고 했을까? 내가 직접 이 아이한테 죄를 지은 것은 아닌데.

하지만 그렇게 하지 않으면 그때는 정말로 미안해질 것 같았다.

"흐윽, 으흑."

놀연 내 품에서 티니가 울기 시작했다. 그 울음소리는 너무나 슬퍼서 듣는 이들까지 슬프게 할 정도였다. 아버지와 헤어질 때조차 울지 않던 아이가 이렇게까지 슬프게 울고 있으니 나도 잠시 난감했으나 곧 그녀의 마음을 어느 정도나마 짐작해 보았다.

아마 외로웠겠지. 남몰래 혼자서 가슴 아파하고 슬퍼했던 일도 많았을 것이다.

"그래, 울어. 내 품에서 한이 풀릴 때까지 울어."

"흐윽, 흐윽. 으흑, 흑."

역시 이 아이는 아직 감정이 메마르거나 한 것이 아니었다. 다만 정에 굶주렸을 뿐.

이 아이를 사랑해 주고 싶다. 이 아이가 따뜻한 마음을 가질 때까지. 그렇게 나와 티니가 처음 만난 날의 하루가 지나가고 있었다.

유감스럽게도 티니가 우리를 놀래키는 것은 아직 끝나지 않았다.
또다시 그녀가 우리를 놀래킨 것은 다음날 아침이었다.
"자, 이제 다시 출발해야지."
대충 아침 식사를 때운 뒤 내가 자리를 털며 일어나자 레아가 그때 막 무언가 생각난 듯 말하였다.
"아, 그런데 티니 옷은 갈아입혀야죠. 이런 옷을 입고 마을로 들어갈 수는 없잖아요?"
그녀의 말은 옳은 말이었고 그녀의 말에 나는 물론이고 아아크와 제라드도 고개를 끄덕였다.
"그럼 레아가 갈아입혀 줘. 나랑 사이즈가 비슷할 테니까 내 옷 중에 괜찮은 걸로 골라주면 될 거야."
"네."
곧바로 레아는 말의 안장 옆의 가방에서 옷을 하나 골라 들고는 티니를 데리고 수풀 안쪽으로 들어가려고 했다.
"자, 티니, 옷 갈아입자."
"……."
하지만 이번에도 티니는 꿈쩍도 안 했다. 결국 또다시 강압적인 방법을 쓸 수밖에 없었다.
"명령이니까 옷 갈아입고 와."
그제야 고개를 끄덕이며 몸을 움직이기 시작한 그녀였지만 레아를 같이 데려가지는 않았다. 그녀는 레아의 손에서 옷을 받아 들더니 혼자서 수풀 안쪽으로 들어갔다.

하지만 꽤나 시간이 지났는데도 그녀가 나오지 않자 슬슬 불안해지기 시작했다.

레아는 그녀가 들어간 수풀 쪽을 보며 나에게 말했다.

"괜찮을까요, 언니? 언니가 한번 가봐요."

"에엑? 내가?"

나는 당황할 수밖에 없었다. 그도 그럴 것이 내가 비록 여자임을 인정해 버렸다지만 아직 다른 여자들과 같이 있어본 적이 레아와 몇몇 친한 엘프들을 제외하면 없기 때문이다. 일전에 레아가 같이 목욕하자고 할 때에는 내가 생각해도 엄청난 반응을 보였었다. 필사적으로 거부했다는 것이다. 게다가 옷을 갈아입는다면 필시 적어도 속옷밖에 안 입은 모습을 볼 텐데… 아직은 그 정도로 내 얼굴에 철판이 깔리지는 않았다.

"제가 가봤자일 것 같으니까 그렇죠. 언니가 가봐요."

"흐윽, 레아, 벌써 나에 대한 사랑이 식은 거야?"

"…그게 아니잖아요. 제가 언니를 얼마나 사랑하는지 잘 알잖아요."

"알아. 농담 가지고 그렇게 반응할 건 없잖아. 나도 레아가 날 얼마나 사랑해 주는지 알고 나도 그만큼 레아를 사랑하고 있는 것 레아도 알지?"

내가 생각해도 닭살 돋는 대사에 레아는 얼굴을 새빨갛게 물들인 채 고개를 숙였다. 나도 조금은 머쓱해져 괜히 딴 데를 바라보았다.

그런데 우리를 바라보는 제라드와 아아크의 시선은 왜 저러지?

하긴 일단 규칙상으로는 내가 티니의 주인이니 책임을 져야 하겠지?

부스럭.

수풀을 헤치고 안에 들어갔을 때 본 것은 티니였다. 뭐, 이건 당연한 것이고 다행인 것이지만 문제는 그 다음이었다.

"……."

정말 갈수록 할 말 없게 하는 아이였다. 그녀는 지금 속옷만 입은 채 아까 전 레아가 건네준(?) 옷을 들고만 있는 것이다. 입는 법을 모르는 것이라면 절대 아닌 것 같다. 문제는 그 옷이 어깨부터 드러나는 원피스 라는 것이니까.

그게 왜 문제냐 하면 티니의 몸이 문제였다. 그녀의 몸에는 몸 전체에 크고 작은 상처로 그야말로 도배가 되어 있었다.

"주… 주인… 님."

정말 목소리만 들은 후에 티니를 보면 과연 동일인이라고 생각할까? 티니는 내가 나타난 것을 보자마자 당황하며 들고 있던 옷으로 몸을 가 렸다. 몸에 난 상처를 보이기 싫은 거겠지.

"괜찮아. 이리 와."

그녀는 내 말에 우물쭈물하면서도 천천히 나에게 다가왔다. 티니의 몸 을 보며 생각했다.

'이 '라트라'라는 조직은 산지옥이구나.'

어떻게 하면 아직 16살밖에 안 된 어린아이의 몸을 이따위로 만들 수 있는지 그것부터가 신기했다. 게다가 16살이면 아무리 엘프라도 같은 나 이의 인간보다 못하면 못했지 결코 신체 조건이 우수하지 못할 텐데… 일전에 나와 싸울 때 그녀의 실력은 결코 보통이 아니었다. 대체 어떤 방 법으로 이 아이를 훈련시킨 건지 그것이 심히 궁금해졌다.

그래도 다행인 점은 이 아이의 흉터 정도는 치유해 줄 수 있다는 거겠 지. 나는 티니를 보며 웃어주었다.

"괜찮아. 흉터가 부끄러운 거니?"

끄덕.

역시나인가? 옷을 들고 있는 그녀의 팔을 만져 보았다. 크고 작은 흉 터에 의해 오돌도돌한 감촉이 느껴졌다.

"옷을 치우렴. 가만히 서 있으면 돼."

내 말에 그녀는 머뭇거리면서도 결국 자신의 몸을 가리던 옷을 치웠고 그로 인해 내 눈에 들어오게 된 그녀의 몸은 더욱 충격이었다. 배와 허벅지 등에 난 상처들은 팔에 난 상처에 비할 바가 아니었다. 게다가 개중에는 사경을 헤매게 했을 정도의 큰 흉터도 몇몇 보였다.

"불쌍하게… 얼마나 힘들었니?"

창피함일까? 아니면 슬픈 걸까? 그녀는 고개를 옆으로 돌린 채 눈물을 떨구고 있었다. 이런 티니의 성격으로 볼 때 겉으로는 억지로 감정이 없는 것처럼 행동하지만 사실은 상당히 눈물이 많은 아이라는 생각이 들었다.

"걱정 마. 이 정도라면 치유해 줄 수 있어. 리커버리."

주문과 함께 내 손에서 발생한 빛은 이내 티니의 몸 전체를 감쌌다. 그 빛은 티니의 몸에 난 상처들을 하나씩 지워 나가기 시작했다. 큰 흉터의 경우에는 조금 시간이 걸렸지만 그것도 잠시였을 뿐 결국에는 그녀의 몸에 있던 모든 흉터가 사라졌다.

"지, 이제 저 옷을 입을 수 있겠지?"

이렇게 말하며 나는 티니를 향해 미소를 지어 보였고 그녀는 갑자기 흉터가 모두 사라진 자신의 몸을 내려다보며 놀라워하고 있었다.

"티니, 언제까지 계속 그렇게 속옷만 입고 있을래? 빨리 옷 입으렴."

그제야 티니는 정신을 차리고는 내려놓았던 옷을 입었다. 원피스이다 보니 옷을 입는 것은 금방이었다.

"다 입었니?"

고개를 끄덕이는 티니의 표정은 아까 전보다 한층 밝아져 있었다. 밝아진 티니의 표정을 보고 있으니 나도 한층 기분이 좋아졌다.

"자, 그럼 가자. 일행이 기다리겠다."

내가 먼저 걸음을 옮기자 티니도 뒤따라왔다. 막 수풀을 통과하려는데 마침 티니에게 한마디 해주고 싶은 생각이 들어 몸을 돌렸다.

"티니, 일단 나는 너의 보호자니까 어려워하지 않아도 돼. 주인 같은 게 아니라 그냥 언니 정도로 생각해 주면 좋겠어."

"……."

갑작스러운 내 말에 티니는 잠시 멍한 표정을 지었다.

"그리고 날 죽인 것에 대한 건 잊어. 너도 네가 원해서 그런 것도 아니고 난 지금 이렇게 네 앞에 있으니까."

그녀는 말없이 고개를 끄덕였다. 하긴 티니는 말하는 것이 힘들고 고역스러우니 그러겠지만…

"자, 가자."

고개를 끄덕이는 티니의 표정은 아까보다도 한층 더 밝아져 있었다.

같은 시각, 세인과 스프린(레인) 역시 라이지 산맥을 건너고 있었다. 크로이츠와 프로튼의 경계인 라미언 산맥을 지나고 있었다.

"주인님, 빨리 와요."

"헤엑, 헥. 좀 천천이 가……."

세인은 이미 기운이 다 빠져서는 숨을 몰아쉬고 있었지만 스프린의 경우에는 여전히 원기왕성이었다. 그녀는 세인이 있는 곳으로 달려오며 가벼운 투정을 부렸다.

"아잉, 주인님은 참. 그러니까 평소에 체력 단련 좀 하셨어야죠."

"헤엑, 아무리 체력 단련을 해도 보통 인간이 이 정도로 걷고 뛰면 대부분 지친다고."

세인의 말에 스프린은 그저 웃어 보일 뿐이었다. 세인은 그녀를 보며 질문했다.

"그런데 대체 뭘 찾으려고 이러는 거야? 우리 세계로 돌아가는 것조차 뒤로 미루고 말야."

세인의 질문에도 스프린은 정확히 대답을 해주지 않고 그저 미소를 지어 보일 뿐이었다.

"죄송해요, 주인님. 대답해 드릴 수가 없어요."

"명령을 해도?"

"네, 이것은 주인님보다 더욱 절대적인 명령에 따른 것이니까요."

"……!!"

세인은 크게 놀랐다. 그도 그럴 것이 자신의 스프린에게 자신보다 우선권이 있는 명령을 내릴 수 있는 이는 자신이 아는 한 한 명뿐이었다.

"…그래? 그럼 빨리 해치우는 수밖에 없겠군."

"미안해요, 주인님."

"아냐, 괜찮아."

금세 웃어 보이는 세인의 모습에 스프린은 고마움을 느껴야 했다. 하지만 다른 한편으로는 그에게 미안한 감정을 가져야 했다.

'미안해요, 주인님. 빨리 해치우기는 힘들 것 같네요…….'

스프린은 잠시 자신들의 앞에 버티고 서 있는 산맥을 바라보았다. 그녀의 표정에는 깊은 회한이 담겨 있었다.

'이드는 분명 크샤레노를 찾았겠죠. 그렇다면 저는 그분의 명에 따라 프리텐스를 찾아야 해요. 그리고…….'

앞으로의 일을 걱정하는 스프린의 표정은 어두웠다. 하지만 세인이 볼세라 이내 원래의 밝은 표정으로 돌아왔다.

"자, 빨리 해치우자고 했죠? 서둘러요, 주인님!"

"자, 잠깐……!!"

갑자기 걸음이 빨라지는 스프린 덕에 안 그래도 남은 힘이 없던 세이은 더욱 고생을 하게 되었다.

쟈밀은 흐뭇한, 하지만 어딘지 장난기 넘치는 미소를 지으며 이드가 건네준 서류들을 보고 있었다. 이내 서류들을 다 본 쟈밀은 서류를 잘 개어 책상 위에 올려놓으며 크게 기지개를 켰다.

"끄아악! 정말 순조로워. 이게 얼마 만일까?"

그의 만족스러운 한마디에 레이도 같이 웃으며 거들었다.

"그러게 말입니다. 참 순조롭죠?"

어딘지 씨와 가시가 담긴 레이의 말에 쟈밀은 도끼눈을 뜨며 그를 노려보았다.

"너, 또 이상한 짓 하면 저번에 말한 것같이 사생결단을 내줄 테다."

"하하, 저야말로 전에 말씀드렸다시피 그 말씀 앞으로 한 번만 더 하면……."

"크아악!!"

"쟈밀, 참아요."

언제나처럼 능글대는 레이의 모습에 쟈밀은 또 폭주를 하려 했으나 항상 때처럼 루나가 그를 말렸다. 물론 제정신을 찾은 쟈밀이 능청을 떠는 것도 평소와 똑같았다.

"흠흠, 내가 또 무슨 짓을……."

이번에는 라오가 레이를 향해 훈계하듯 말했다. 그리고 레디도 그것을 거들었다.

"레이 오빠, 제발 이번에는 험한 짓 좀 하지 마요. 이번 일은 함부로 장난할 게 아니라구요."

"맞아요. 이번 일은 확실한 각본과 예정에 맞춰 일어나고 정리되어야 한다구요. 만약 조금이라도 틀어지기 시작하면 그때는 쟈밀 혼자서만 귀

잖은 일 정도로 끝나지 않는 것, 레이도 잘 알잖아요?"

쾅―

"이미 틀어졌잖아?"

그때 그들이 모여 있는 방의 문을 걷어차며 들어오는 이가 있었다. 짧은 백발의 전체적으로 가는 선을 가졌지만 건방진 표정과 껄렁껄렁한 행동 때문에 그런 외모의 인상이 바뀔 정도인 사내, 데잘이었다.

그는 들어오자마자 째려보는 눈빛으로 레이를 한번 흘겨준 다음 쟈밀에게 한 뭉치의 서류를 건네었다.

"자, 형이 너한테 부탁받았던 거."

"고맙다."

"흥."

데잘은 서류를 건네받으며 고맙다고 하는 쟈밀을 무시한 채 레디에게 다가갔다.

"아, 안녕하십니까, 레디님. 오랜만이죠?"

"그러네요, 데잘. 그동안 잘 지냈나요?"

쟈밀은 평소 같지 않은 데질의 대도에 고개를 저었고 레이는 웃음을 지었다.

"그런데 오늘은 무슨 일로……?"

"아, 레이, 저 녀석이 틀어놓은 시나리오 수정해다 준 거예요."

"그렇군요. 수고하시네요."

"하하하, 뭐 수고까지야……."

쑥쓰럽다는 듯 뒤통수를 긁적이는 데잘의 모습은 마치 학교 선생님에게 칭찬받는 어린아이 같았다.

쟈밀은 방금 전의 데잘의 말이 신경 쓰였고 그런 그의 생각은 바로 행동으로 옮겨졌다.

"자, 레이. 설명해 주실까? 네가 한 짓이 대체 무엇이기에 시나리오가 틀어질 정도였던 거지?"

쟈밀의 추궁에 레이는 언제나처럼의 그 사람 좋은(?) 미소를 지어 보였다.

"뭐, 대단한 정도는 아냐. 레이 저 녀석이 명패를 뿌린 적이 있었거든. 이번에 그 비리가 걸린 거지."

데잘의 설명이 끝나는 순간 쟈밀은 눈빛에 한가득 살기를 담아 레이를 쏘아보았다. 이번의 살기는 천하의 레이조차 잠시지만 찔끔하게 만들 정도였다.

"아, 저기… 왜 그런 시선으로 보시는지……?"

"…몰라서 묻냐?"

"아하하하, 그건 벌써 4백 년도 전의 일이라구요. 그때 좀 배포한 명패가 이런 일까지 되리라고는……."

"아아, 그 정도야 알고 있어. 하지만 지금 내 기분상으로는 너한테 좀 화풀이를 해야 풀릴 것 같아."

"아, 그러십니까? 이런 사정으로 전 먼저 실례하겠습니다. 천천히 즐기다 가세……."

"서!!"

우웅—

우웅—

결국 또다시 추격극을 연출하는 둘이었고 나머지는 그런 둘을 보곤 한숨 쉬며 고개를 저었다.

막 쟈밀과 레이가 다른 공간으로 사라진 직후 레디는 무언가 생각이 난 듯 손바닥을 치며 말했다.

"아, 저 지금 해야 할 일이 하나 있거든요? 먼저 가도 될까요?"

"네? 무슨 일이십니까? 제가 도와드릴까요?"

데잘은 과장된 몸짓까지 지어가며 레디에게 잘 보이려고 노력하였으나 레디는 웃으며 고개를 저었다.

"아뇨, 데잘의 말은 고맙지만 이건 저 혼자 해야 할 일이거든요. 조금 개인적인 거예요."

"그러십니까……?"

어색한 웃음을 짓는 데잘은 이내 어깨를 축 늘어뜨리며 어슬렁어슬렁 방 밖으로 사라졌다. 그리고 레디 역시 미안한 웃음을 남기며 방 밖으로 나갔다.

"이렇게 되니 이제는 우리 셋뿐이군."

한숨을 쉬며 한탄조로 말하는 제이의 모습에 라오는 생글생글 웃음을 지었다.

"헤헤, 그럼 우리 차라리 나중에 하자고 하면 되잖아요. 아니면 전처럼 쟈밀한테 다 떠넘기든가."

"그럴까?"

좋은 생각이라는 듯 반색을 하는 제이를 보며 루나는 난처한 표정을 지었다. 이대로 가면 또다시 쟈밀만 혹사당할 것이 뻔하기 때문이다.

"저기… 쟈밀 생각도 좀 해주는 게……."

다행히도 루나의 말에 동조하며 고개를 끄덕이는 둘이었다.

"하긴, 또 그런 짓을 하면 쟈밀이 아주 쪼~오금이긴 하지만 불쌍해지기는 하지."

"그러고 보니 나 아직 쟈밀 오빠한테 선물해 달라고 할 것 많은데. 벌써부터 미움받으면 안 되겠죠?"

라오와 제이, 그리고 루나는 이제 막 토론과 조정을 시작하려고 늘어놓았던 서류들을 정리한 뒤 자신들도 방문을 나섰다.

"어쨌든, 이걸로 한 두어 달은 미뤄지려나?"

"글쎄요. 그건 언제 다시 소집을 하느냐에 달렸죠."

아무도 없게 된 방 안에는 정적만이 감돌았다. 마치 폭풍 전의 고요와 같이…….

"뭐라고요!!"

레미엘은 지금 한 사내의 멱살을 잡고는 상하좌우로 심하게 흔들고 있었다. 그에게 멱살을 잡힌 채 흔들리고 있는 중년 사내는 한참 동안 흔들리고 있었는지 안색이 별로 좋아 보이지 않았다.

"다시 한 번 말해 봐요. 레노아 양이 뭘 어째요?!"

"저… 전하, 레노아 백작 영애께서 출가를……."

쩌억―

순간 레미엘의 몸은 돌이 되었고, 그제야 그의 손에 쥐고 흔들려지던 중년인은 간신히 숨을 쉬기 시작했다.

"그건 출가가 아니라 가출이잖아요! 뭐 단서는 없었어요? 아니면 그녀가 떠나기 전에 남긴 글이라든가, 편지라든가……."

레미엘의 추궁에 남자는 이마에 흐른 땀을 닦으며 황송하다는 말투로 대답했다.

"송구스럽습니다만 전하, 레노아 백작 영애께서는 아무 말도 안 남기시고 떠나신 데다가 저희조차 한참 후가 되어서야 간신히 알아챘을 만큼 영애의 마법 실력이 출중하셨습니다."

"마법? 레노아 양이?"

레미엘은 당황할 수밖에 없었다. 레노아가 마법이라니? 그런 이야기는 들어본 적도 없었다. 심지어는 그녀의 오빠인 엘즈마이어조차 그녀가 마법을 익혔는지 모르고 있을 정도였으니 말이다.

"게다가 레노아 양은 정식 마법사가 아닌 마녀(Witch)로서 공부를 하셨던 것 같습니다. 이것은 저희가 그분의 방에 있던 책들을 보고 종합한 결과입니다."

레미엘은 할 말을 잃었다. 그녀와 사귀던 시절에 마땅히 선물할 것이 없어서 대충 선물했던 책 중 하나가 마녀에 대한 것들이었다. 그때 그녀가 흥미 보이는 낌새가 있을 때부터 대강이라도 눈치 챘어야 했던 건데…….

'레미엘, 이 바보 자식! 넌 어떻게 된 게 자기가 사랑하는 여자가 뭐 하는지도 모르고 있었냐?'

레미엘은 지금 당장이라도 레노아를 찾으러 성 밖으로 뛰쳐나가고 싶은 충동을 느꼈지만 그럴 수 없었다. 일전에 크로이츠에 다녀왔을 때에 쌓인 업무와 그에 따른 뒷처리 때문에 할 일이 산더미였던 것이다. 그는 그렇게 막 나가기에는 너무 모범적인 왕이었다. 여자 버릇만은 빼고.

레미엘은 중년 남자를 내보낸 뒤에도 한참을 두 손으로 머리를 싸맨 채 끙끙대며 고민하고 있었다.

"으음… 어떻게 하지……? 이렇게 하지……?"

그때 어디선가 작은 인간의 형체를 한 생명체 하나가 날아와 그의 어깨에 앉았다. 그 생명체가 인간과 다른 것이라면 크기가 보통 성인 남자의 손 하나 정도밖에 안 하는 크기에 등 뒤에는 날개가 달렸다는 것 정도이겠다.

"뭘 그렇게 생각해요, 레미엘님?"

레미엘도 돌연 들려오는 미성에 고개를 돌리며 힘없으나마 그래도 미소를 지어 보였다.

"아, 제나, 와 있었어?"

"방금 왔어요. 아, 물론 레미엘님이 부탁한 것은 다 하고 왔어요."

"고마워."

이럴 때마다 느끼는 감정이지만 레미엘은 자신의 눈앞에 있는 호문크루스가 너무나도 고마웠다. 비록 자신이 직접 키운 호문크루스라 정이 많이 가는 것도 이유였지만 그녀는 자청해서 레미엘의 일을 도와주는 것이었다. 만약 그녀가 도와주지 않았다면 레미엘은 진작 밀려오는 업무에 의해 과로사했을지도 모르는 일이었다.

"그런데 무슨 생각을 하기에 그렇게 죽을상을 하고 있어요?"

"으음… 전에 내가 말한 레노아 양 있지?"

레미엘의 질문에 제나는 고개를 갸웃했다.

'레노아… 레노아… 레노아… 아, 기억난다!'

"아, 레미엘님이 진심으로 좋아한다고 한 그 여자 아이 말이죠?"

"응, 문제는 레노아 양이 가출했다는 거지……."

'가출했다'는 말에 제나는 얼굴 가득 의문 부호를 띄우기 시작했다. 빨리 설명해 달라는 눈치였다.

"그렇게 보지 마. 나도 왜 나갔는지 잘 모르니까."

"그래요? 그래서 어떻게 할 건데요?"

자신의 어깨에 올라앉은 채 자신의 얼굴을 만지는 제나를 보며 레미엘은 피식 웃어 보였다.

"사실 생각 같아서는 당장 뛰쳐나가서 레노아 양을 찾고 싶어. 이런 일에 대규모 병력을 동원하기도 그렇고 해봤자 그리 소득도 없으니까."

"전국에 레노아를 찾는다고 공고를 하면 되잖아요?"

"아냐, 자칫하면 오히려 유괴범의 표적이 될 수도 있고 그걸 보면 오히려 그녀가 경계할걸? 게다가 난 내가 직접 그녀를 찾고 싶어. 이번에야말로 고백을 해야지. 단둘만의 장소에서."

"그래요……."

제나의 시무룩해지는 모습을 보며 레미엘은 웃음을 머금었다. 이 아이의 심정을 짐작할 수 있어서였다.

"질투하는 거야, 레노아 양을?"

깜짝!

레미엘의 말에 제나는 과장될 정도의 몸짓으로 양손을 흔들며 부정했다.

"아, 아니에요. 어떻게 호문크루스인 제가 감히… 레미엘님을……"

갈수록 잦아드는 목소리. 제나는 자신의 손을 꼼지락거리며 고개를 푹 숙였다.

"좋아… 할… 수… 있겠나요……?"

하지만 이미 레미엘은 눈앞의 귀여운 자신의 패밀리어인 호문크루스, 제나가 자신에게 어떤 마음을 가지고 있는지 알 수 있었다. 무엇보다 정신을 공유하는 사이이니 말이다. 그는 자신의 손으로 조심스럽게 제나를 쓰다듬으며 말했다.

"너는 나름대로 나와 마음이 통하고 있잖아? 너와 나는 무엇보다도 직접 정신을 공유하는 패밀리어니까."

"네……"

하지만 여전히 제나의 목소리에는 힘이 없었다. 레미엘은 문득 제나를 키우던 일들이 생각났다.

'후훗, 그때는 참……'

그때의 일만 생각하면 웃음이 절로 났다. 딸을 키운다는 게 그런 것이었을까? 레미엘은 힘있게 자리에서 일어나며 팔을 위로 쭉 뻗었다. 단순히 기지개를 켜는 것이 목적이었지만 마침 그때 그의 머리 속으로 한 가지 생각이 번개같이 스치고 지나갔다.

"그렇지! 방법이 있다!"

갑자기 큰 소리로 말하는 레미엘 때문에 제나는 순간적으로 깜짝 놀랐다. 레미엘은 제나에게 고개를 돌려 질문했다.

"제나, 아버지 어디 계시지?"

"레델님요? 잠시만요."

제나는 자신의 옷 가슴 부분에 박힌 장식 앞에 손을 모으곤 눈을 감았고 그 순간 그녀의 가슴 장식에서 빛이 났다.

"아, 지금 탑에 계시네요."

"그래? 가보자."

앞으로 내딛는 레미엘의 발걸음에 매우 힘이 들어가 있었다.

운명을 보는 자

　머츠론의 수도 레니암 근처의 중소 규모의 한 마을, 그곳에 이미 생명체라고 할 수 있는 이라고는 단 두 명이었다. 마을 곳곳에 자리 잡고 있는 마물들과 일부 신, 마족을 제외하면 말이다. 그 두 생명체는 바로 애기트와 레노였다. 그들은 이미 폐허가 된 마을을 둘러보며 서 있었다.

　"휘유~ 멋지지 않습니까, 레노 양?"

　애거트는 하얀 실크 천으로 자신의 무기 인피니티를 닦고 있었다. 그것은 매우 훌륭한 무기인지 실제로는 묻은 피가 한 방울도 없거늘 그는 연신 흥얼거리며 자신의 차크람을 닦고 있었다.

　"이런이런, 이럴 때는 이놈에 새겨진 문자들이 싫어진다니까. 닦아내기 힘들잖아?"

　또다시 한참을 무기 닦기에 매진하던 애거트는 얼마쯤 지나자 다시 레노를 향해 말을 건넸다.

　"이봐요, 레노 양. 뭘 그렇게 생각하십니까? 너무 깊이 생각하다가는 주름살 생겨요."

애거트는 끊임없이 주기적으로 레노에게 치근덕거렸으나 정작 레노는 한마디도 하지 않았다.

그렇게 얼마나 계속 떠벌였을까? 마침내 레노의 입이 열렸다.

"애거트 군."

"네?"

애거트 본인조차 자신에게 말을 걸리라고는 예상하지 못했던 상황인지라 조금은 당황하는 눈치였다. 하지만 이내 평소의 표정으로 되돌아오는 그였다.

"아, 드디어 저에게 말을 걸어주시는군요. 예, 무슨 용건이십니까?"

"애거트 군은… 왜 이드를 돕는 거지요?"

레노의 질문에 애거트는 무엇이 웃긴지 큭큭대기 시작하더니 이내 크게 웃기 시작했다.

"하하하하하!! 푸흐흐흐. 큭큭큭, 으하하하!!"

"뭐가 우스운 거지요?"

애거트는 조금은 발끈한 표정까지 지어가며 자신을 바라보는 레노를 보며 또다시 크게 웃었다. 모르는 사람이 보면 미친 녀석이라고 생각할 정도로 애거트는 허리를 젖혀가면서까지 웃었다.

"캬하하하! 하하, 으흐흐. 하하하하하! 그걸, 큭큭, 그걸 몰라서, 몰라서 물으십니까? 하하하하!"

"모르겠으니 가르쳐 주시면 좋겠군요."

순간 애거트는 자신의 얼굴을 레노의 얼굴 앞으로 불쑥 내밀었다. 그런 그의 행동에 레노도 순간 놀랐으나 이내 평정심을 되찾았다. 애거트는 씨익 웃으며 대답했다.

"간단합니다. 그 녀석이 마음에 드니까요."

"어떤 것이 마음에 든다는 거죠?"

애거트는 뒤로 물러서며 뒤로 깍지를 꼈다. 그는 그렇게 건들거리는 듯한 자세로 설명을 하였다.

"그것도 간단합니다. 마음에 드니까 마음에 든다는 겁니다. 그 녀석의 그 가식적인 냉정함, 마음 깊숙한 것에 있는 크나큰 상처, 그리고 조종당하는 마리오네트로서의 슬픔."

애거트의 마지막 말에 레노의 눈이 크게 떠졌다.

"그게… 무슨 말이지요? 이드가 마리오네트라니요?"

"끝까지 들으시죠. 그리고 사랑하는 이와 싸워야 하는 비극, 그리고 마지막에 찾아오는 처절한 파멸……!"

피웅— 챙—!

순간적인 속도로 자신에게 날아오는 창을 보며 애거트는 몸을 움직였다. 그는 그리 어렵지 않게 인피니티로 그녀의 창을 흘려내었다.

"휘유~ 이거 제 생각보다 위험한 분이군요, 레노 양."

"방금 전의 그 말 취소하세요!"

레노의 표정에는 한기득 노기가 담겨 있었다. 하지만 그런 그녀의 모습에도 애거트는 여전히 웃는 표정을 잃지 않았다.

"취소 못합니다."

"취소하세요!"

"아, 못한다니까요!"

쉬익—

또다시 애거트를 향해 공격을 시도한 레노였지만 이번에도 그의 몸에 상처 하나 줄 수 없었다. 애거트는 과장된 표정으로 양 옆에 손을 얹은 채 그녀를 바라보았다.

"아, 정말 너무하시네. 다짜고짜 무기부터 휘두르시는 건가요?"

"이드를 불행하게 대한 말 취소하세요!"

하지만 애거트는 여전히 고개를 좌우로 저었다.

"못한다고 했잖아요. 전 사실을 말했을 뿐입니다, 레노 양."

"…무슨 말씀이지요? 생각없이 하신 말은 아니신 듯하군요."

이해 못하겠다는 표정과 혼란한 표정, 그리고 불안함의 표정이 동시에 교차하는 레노를 보며 애거트는 미소를 지었다. 하지만 조금 전까지의 장난스럽거나 과장된 웃음이 아닌, 어딘지 씁쓸해 보이는 미소였다.

"전 보인답니다, 레노 양. 그 녀석뿐만이 아니라 제가 만나는 모든 이의 운명이. 방금 말한 것은 제가 보이는 대로 말한 것뿐입니다. 저도 그의미가 무엇인지는 잘 몰라요."

"네?"

애거트는 다시금 평소의 쾌활한 웃음을 지으며 자리에 주저앉았다. 그의 움직임을 따라 레노의 시선도 아래로 내려갔다.

"제가 하나 맞춰보죠, 레노 양. 이드를 좋아하시는 것 같은데, 이드와 만난 지 몇 년쯤 되셨죠?"

"아마… 칠백오십 년쯤일 거예요."

레노의 대답에 애거트는 흥미롭다는 듯한 표정을 지으며 휘파람을 불었다.

"휘유~ 만났던 건 오십 년인데 헤어져 있던 것은 칠백 년, 게다가 정작 이드는 당신을 친구로서만 대했을 뿐 사랑이라는 감정을 준 적은 없음에도 그 마음 변치 않으시다니, 대단하시군요."

"……!!"

애거트의 말에 레노는 상당히 당황했다. 그는 자신이 말한 대로 자신에 대해 맞추고 있었던 것이다.

"더 말해 볼까요? 사실 당신은 그전부터 이드와 만난 적이 있군요. 네,

아주 가까운 사이였습니다. 애인은 아닌 것 같지만 그래도 서로가 서로를 소중히 여겼군요."

"……!!"

애거트의 말에 레노는 크게 놀랐다. 그 사실은 이드조차 모르는 것이기에… 그것이야말로 자신이 감추고 있는 가장 큰 비밀 중에 하나였으므로…….

'대체 이 남자는 어디까지 알고 있는 걸까? 이것이 다 순전히 운명을 보는 능력의 힘이란 말인가?'

그런 생각을 하는 와중에도 애거트는 가속이 붙어서는 계속 떠들어대기 시작했다.

"이제 당신의 미래를 말해 주지요. 레노 양의 미래는… 후후, 최후의 로맨스가 있지만 그것은 매우 슬플 겁니다. 그리고 아마 영원히 그를 만날 수 없을 것… 같지만 아주 먼 미래에! 또다시 만날 수 있습니다. 하지만… 그때에도 당신의 사랑은 이루어지지 않는군요……."

"…그래요?"

레노는 힘이 빠지는 것을 느꼈다. 비록 아직 미래는 다가오지 않았지만 그의 말대로라면 자신은 영영 이드와 이루어질 수 없다는 것이니까.

하지만 아직 애거트의 말은 끝나지 않았다. 그는 또다시 장난스러운 미소를 머금으며 말했다.

"레노 양, 저와 사귀어보실 생각은 없습니까?"

"네?"

갑작스러운 교제 신청(?)에 레노는 조금 당황했다. 이 남자와 같이 행동한 게 그리 오래된 것은 아니었지만 정말 볼수록 황당한 남자였다.

"저 사실 레노 양한테 반했습니다. 어떻습니까? 저와 애인 사이가 되어주시겠습니까?"

"…장난이 심하시군요."

레노는 얼굴이 붉어진 채 몸을 돌리며 대답했지만 애거트는 여전히 싱글싱글 웃고 있었다.

그때 레노가 조금은 떨리는 목소리로 그에게 질문하였다.

"정말… 이드와 저는 맺어질 수 없는 건가요?"

불안함이 담겨 있는 레노의 질문에도 애거트는 시큰둥하게 대답하였다.

"글쎄요… 솔직히 잘 모르겠습니다. 요새는 잘 안 보이거든요."

"……?"

애거트의 알 수 없는 말에 레노는 고개를 갸웃했고 애거트는 그것까지 친절하게 설명해 주기 시작했다.

"운명이 흐려집니다. 모든 것이 불규칙해지고 정해진 규칙들은 엉망이 되지요. 이것은 모두 새롭지만 강대한 존재에 의한 것. 아, 둘입니까? 아니면 하나입니까? 둘이면서 하나이고 하나이면서 둘이군요."

수수께끼 같은 애거트의 말을 레노는 도무지 이해할 수가 없었다.

"하하, 이렇게 말하면 뭔가 심오해 보입니까? 농담입니다."

휘청―

순간 다리의 힘이 빠지는 것을 느끼는 레노였다.

"하지만 당신에 대한 내용은 진짜입니다. 요즘 들어 제가 운명을 볼 수 없다는 것도 말이죠. 글쎄요. 이유는 모르겠습니다. 하지만 뭔가 강대한 존재가 이 세계에 개입하기 시작한다는 것은 왠지 지울 수 없는 생각이군요."

자못 진지한 애거트의 모습에 레노는 자신까지 긴장되는 것을 느꼈다. 하지만 역시 애거트는 애거트였다.

"하하하, 하지만 이럴 때가 기회입니다. 꽉 잡아버리십쇼. 이드 녀석

말입니다."

"네?"

아까의 말을 뒤집는 애거트의 말에 레노는 또다시 의아해질 수밖에 없었다. 하지만 여전히 애거트는 웃고만 있었다.

"이럴 때는 운명이고 뭐고 없습니다. 적어도 과거에는 그랬습니다. 2천 6백여 년 전에 말이죠."

"무슨 말씀인지 설명해 주시겠나요?"

그녀의 부탁에 애거트는 고개를 끄덕였다.

"물론이죠, 누구 부탁인데! 이럴 때야말로 운명의 혼돈기입니다. 예를 들어드리죠."

애거트는 자리에서 벌떡 일어나며 레노에게 다가갔다.

"과거 영웅전쟁을 아십니까? 그때의 문헌을 뒤져 보면 그때도 이랬다고 하더군요. 위대한 점술가 에리나르도 영웅전쟁이 시작하던 시기에 운명이 보이지 않게 되었다고 합니다. 그리고 원래대로라면 드래곤에 의해 파멸되어야 할 인간들의 운명이 드래곤에게 승리하는 미래로 바뀌었죠. 아아~ 제가 에리나르님의 역할을 하는 것인지도 모르겠군요~ 저도 역사에 기록될까요?"

어느새 레노는 애거트의 이야기에 빠져들고 있었다. 물론 중간중간 나오는 그의 헛소리는 알아서 걸러내고 있었다. 애거트도 자신의 이야기를 귀 기울여 들어주는 레노가 좋아서는 계속 설명을 이어 나갔다.

"그때도 신이라는 강대한 존재가 이 세계에 개입을 했었죠. 그리고 그 영향과 증거들은 아직도 남아 있지 않습니까? 소르바스 시와 하스 가문 말입니다. 아무래도 지금이 그때와 비슷하다는 느낌을 받습니다. 아, 제 직감은 의외로 좋습니다. 제가 여자는 아니지만 말이죠. 하하하."

잠시 말을 멈춘 애거트는 하늘을 올려다보았다. 이제 슬슬 저녁이 되어가는 가을 하늘은 맑고 높기 그지없었다. 그때 레노는 자신에게 무언가 섬광이 날아온다고 생각했다. 아니, 생각하려는 순간이었다.

쪽.

"……!!"

'눈 깜짝할 사이' 라는 말을 이럴 때 써야 할까? 그야말로 순식간에 애거트는 레노의 입술을 빼앗아갔다. 레노는 순식간에 얼굴이 빨개졌다.

"다, 당신… 지금 무슨……."

하지만 그런 그녀의 말에 대답하는 애거트의 모습은 뻔뻔하다고 할 정도로 평소같이 웃고 있었다.

"이런 돈 주고도 못 들을 비싼 이야기를 들으셨으면서 사례가 없으면 안 되죠. 방금 전의 키스로 계산했습니다."

"……."

애거트는 여전 웃고 있었다. 마치 어린아이같이 천연덕스러운 미소였다.

"저도 아직 포기 못하겠습니다. 저야말로 이럴 때, 운명이 흐려졌을 때! 당신의 마음을 사로잡아 보이겠습니다."

레노는 고개를 저었다. 세상에 이렇게 넉살 좋은 남자가 또 있을까? 하지만 솔직히 싫지는 않았다.

그녀는 갑자기 일전에 했던 이드의 말이 생각났다.

" '연인' 은 안 되지만, '친구' 는 가능할 것 같아."

지금 자신이 애거트에게 가진 감정도 이것과 유사한 것 같은 느낌을 받았다. 아직 애인이라고 하기엔 부족한 애거트였지만 그래도 친구보다는 가까운 사이 같았다. 만난 지 얼마 되지 않았음에도 애거트의 적극적인(?) 자세는 조금이나마 그가 자신의 마음속에 자리 잡게 하였다.

하지만 여전히 그녀의 마음속에 가장 크게 자리 잡은 것은 이드였다.

"마음대로 하세요! 하지만 전 그렇게 순순히 넘어가진 않을 거예요."

"하하, 허락하셨죠? 좋습니다. 당신의 마음속에서 이드보다 더 큰 존재가 되어드리죠. 기대하셔도 좋습니다."

레노의 허락 아닌 허락에도 애거트는 연신 신이 나서 좋아하고 있었다.

그러다 어느 순간 그의 얼굴에서 웃음이 싹 가셨다. 그는 자못 진지한 표정과 말투로 중얼거리듯 말했다.

"인간과 드래곤의 전쟁… 이번에는 물질계와 신, 마계 연합의 싸움이 되겠군요. 거기에 우리 같은 변절자까지 합쳐서 말입니다."

레노는 묵묵히 고개를 끄덕였다. 그의 말은 틀리지 않았으니까.

"이미 전쟁은 시작했습니다. 지금 이렇게 말이죠."

애거트는 자신의 무기 인피니티를 꽉 움켜쥐었다. 언제나의 익숙한 감촉이 손을 통해 전달되어 왔다.

"인간은 죽어야 합니다. 그것은 운명입니다."

순간 회의적인 표정을 짓던 애거트는 자신과 레노의 주변에 있는 신족과 마족들을 둘러보았다. 이드가 데려온 자들, 과연 그는 어떤 자이기에 이런 일까지 가능하단 말인가? 하지만 이드는 그런 것에 대해서는 언급이 없었다. 물론 물어봐도 대답해 주지 않았다.

"후우, 하지만 바뀔지도 모르겠습니다. 그때처럼 오히려 이번 전쟁도 인간의 승리가 될지……."

어쩌면 애거트는 오히려 이것을 바라고 있는 듯하였다. 자신도 인간이니 말이다.

"좋게 끝났으면 좋겠습니다만 그건 힘들 것 같습니다. 레노 양은 어떻게 생각하십니까?"

하지만 레노는 대답이 없었다. 그렇게 한참이 지나서 애거트가 그녀의 대답을 듣는 것을 포기할 때쯤에 그녀의 입이 벌어졌다.

"…저는 이드가 원하는 대로 따라갈 거예요. 그리고 진정 그가 원하는 대로 이루어졌으면 좋겠어요."

그녀의 대답에 애거트는 씁쓸한 웃음을 지으며 고개를 끄덕였다.

위험한 하룻밤

티니를 만난 이후의 우리의 여행은 순조로웠고 어느새 우리들은 머츠론의 수도 레니암의 옆 도시인 라드에 도착했다.

"도착!"

성문을 통과하자마지 아이크는 뭐기 좋은지 크게 소리 질렀고, 덕분에 우리들은 잠시 아이크를 외면해야 했다. 주변 사람들이 우리를 쳐다봤으니까.

"이제 금방이겠네요."

"네, 이제 레니암까지는 넉넉하게 일주일 정도면 도착할 수 있을 겁니다."

지도를 보며 대답하는 제라드의 말에 우리는 모두 만족한 표정을 지었다.

"이번 여행은 별일없이 끝날 수 있겠어."

"그러게요."

"이번 여행이 끝나면 좀 쉬어야지."

이렇게 말하며 나는 레아를 쳐다보았고 내 시선을 느낀 레아는 잠시 나를 마주 보다 이내 얼굴이 붉어지며 고개를 돌렸다.

나는 내 뒤에 타고 있는 티니를 보면서도 한마디 했다.

"티니도 이번 모험이 끝나면 이 언니와 같이 갈래?"

물론 이미 대답은 예상하고 있었다.

끄덕.

그녀는 내 말이 끝나기 무섭게 고개를 끄덕인 것이다.

티니는 처음 만났을 때의 그 일 이후로 급속히 나와 가까워졌다. 언제나 나에게서 찰싹 붙어서는 떨어질 생각을 하지 않았고 심지어는 잘 때도 한 침대에서 같이 자게 되었다. 이런 데에까지는 아직 여성화가 덜 된 나로서는 조금 곤혹스럽기도 했지만 이제는 어느 정도 적응이 되는 상태였다. 그래도 아직 같이 목욕을 한다든가 레아와 같이 잔다든가 하는 정도는 아니지만 말이다.

"자, 그럼 일단 여관부터 잡아볼까?"

…라고 했지만 이미 우리는 한 여관 앞에 도달해 있었다.

그 이름하여,

'악의 총본산 8호 라드 지점'.

"……."

"정말 아무리 봐도 정이 안 붙는 여관 이름입니다."

"동감이야."

일단 이 여관에서 숙식을 하면―레미엘 덕분에―전부 무료인데다가 시설도 좋았으므로 우리는 더 이상 군소리하지 않고 안으로 들어갔다.

"아, 잘 먹었다."

정말 언제나 느끼는 거지만 이 여관은 이름 이상한 것 빼면 전혀 흠잡을 데가 없었다. 시설도, 요리도, 서비스도. 티니도 이제는 이런 복잡한 식사 방식에 익숙해졌는지 별 무리 없이 식사를 끝냈다.

"후식은 무엇으로 드시겠습니까?"

우리가 모두 식사를 마친 것을 본 점원이 우리에게 질문했고 나는 언제나처럼 대답했다.

"푸디… 어라?"

나는 그냥 평소처럼 메뉴판도 안 본 채 대답하려고 했는데 점원의 이상한 행동 덕에 하던 말을 멈추었다. 그는 후식 메뉴판을 두 개나 내려놓은 것이다.

"어라? 왜 메뉴를 두 개나……?"

"하나는 일반 후식, 하나는 주류입니다."

허, 얼마나 술이 많으면 따로 메뉴판을 만들 정도라는 거지? 제라드에게서 메뉴판을 받아 든 나는 왜 그래야 했는지를 절실히 이해해야 했다.

'…이게 다 술 이름이야?'

그야말로 술 사전을 만들어도 될 듯한데… 나는 메뉴판을 빼곡히 메우고 있는 글씨들을 보며 놀랄 따름이었다. 인간들은 무슨 놈의 술을 이렇게 다양하게 만드는지…

"나, 난 레비너스."

다른 걸 마시면 금방 취해 버리니까. 게다가 괜히 이런 데에서 모르는 걸 함부로 주문했다가 봉변을 당할 수도 있으니 그냥 평소에 마시던 것으로 주문했다.

내가 주문하자 나머지 일행들도 각각 자신이 마실 것을 주문했다.

"전 브렐쉬타로 주세요."

"아, 저는 하멜론으로 주십시오."

"난 브란시스타드 칵테일."

"……."

아무 말 없는, 정확히 말하자면 아무 말 못하는 티니 대신 내가 주문했다.

"밀크 티."

금방 다섯 개의 잔이 테이블 위로 올려졌고 우리는 각각 자신의 앞에 놓여진 잔을 잡았다.

어쩌면 그때 눈치 챘어야 했다. 아니, 눈치 챘어야만 했다. 티니가 들고 있는 잔이 와인 잔이라는 것을. 그것도 엄청 독한 술이라는 걸.

내가 티니가 들고 있는 잔을 보며 이상하다고 생각하는 순간 이미 티니는 잔에 든 우윳빛 액체를 들이키고 있었다.

그 다음은…

"……."

갑자기 티니의 얼굴이 붉어지기 시작했다. 그러더니 이내 내 옆에 찰싹 달라붙는 것이다.

"언니이……."

갑자기 튀어나온 그녀의 목소리에 우리뿐만 아니라 주변 사람들도 모두 깜짝 놀라는 눈치였다. 그도 그럴 것이 티니의 목소리는 보통 사람이 듣기에는 꽤나 거부감 생기는 목소리니 말이다.

이상하다고 생각한 나는 방금 티니가 마신 잔을 가까이 가져와 보았다.

"뭐야, 이거… 술이잖아?!"

놀람과 당황이 교차하는 가운데 상황이 어떤지 모른 채 정신없이 재미있다는 표정으로 메뉴판을 보고 있던 아아크는 메뉴판의 한부분을 손으로 가리키며 키득키득 웃었다.

"큭큭큭. 이야아, 누나. 여기 보니까 '밀크 티'라고 하는 술도 있는데 요? 헷갈리기 좋겠구만. 써 있는 바로는 알콜 도수 65네요."

"……?!"

뭐야! 세상에… 무슨 술 이름을 그 따위로 지어낸 거야! 이 술 이름 지은 놈 나와!

"주인 언니… 읍!"

나는 재빨리 티니의 입을 막으며 그녀를 부축해 데려갔다.

"일단 티니는 내가 방에다 재우고 올게. 늦는다 싶으면 너희도 그냥 올라와."

"…네."

나는 곧바로 티니를 들쳐 메고 방으로 올라갔다. 이때부터가 문제의 시작이었다. 나는 방에 들어간 뒤 티니를 침대에 눕히고 그녀의 볼을 찰 싹찰싹 가볍게 쳐봤다.

"티니, 티니, 정신 차려."

"흐음… 주인 언니……."

하지만 티니는 전혀 정신을 차릴 기미를 보이지 않았다. 하긴, 도수가 65면 나도 단번에 취할 술인데 나보다 어린 티니가 멀쩡할 리는… 있을 수도 있겠지만… 일단 지금의 상황은 이렇게 취해서 헤롱거리는 티니의 모습이니…….

"이런, 일단 그냥 재워야겠군."

그냥 이 상태로 티니를 재우기로 결정한 나는 바로 가방에서 잠옷을 꺼내 와서는—티니가 나보다 조금 작은 체구라 나와 같은 사이즈의 옷을 입어 도 별 무리가 없었다. 덕분에 나와 티니는 같은 사이즈의 같은 잠옷을 입고 잔 다—티니에게 입히기 위해 그녀가 입고 있던 옷을 벗겼다.

정말 심각한 문제는 여기서부터였던 것이다. 내가 티니의 옷을 다 벗기고 막 잠옷을 입히려고 할 때였다.

"흐음… 주인 언니도… 제 몸을 원하시나요?"

"에엥?"

난데없이 튀어나온 티니의 말에 나는 채 그 의미도 이해하지 못하고 있었는데 이미 티니는 혼자 알아서 일(?!)을 진행시키고 있었다.

그녀는 내 표정을 어떻게 이해했는지 배시시 웃는 것이었다.

"괜찮아요. 저도 주인 언니가 너무 좋아요. 기쁘게 봉사할 수 있어요."

"그게 무슨… 흡……!"

마른하늘의 날벼락이 이럴까? 티니는 순식간에 나에게 매달려 내 입술을 빼앗아갔다. 그 다음부터는 그야말로 순식간이었다. 그녀는 방금 일어난 괴사태(?)에 대해 채 놀라기도 전에 나까지 침대 위로 끌어들인 것이다.

"티, 티니. 이게 무, 무슨……."

티니의 힘은 의외로 강했다. 나도 그리 힘이 센 편은 아니었지만 나를 꼭 껴안은 채 놔줄 생각을 하지 않는 티니를 떼어낼 수가 없었던 것이다.

"티니… 이러지… 아아……!!"

이미 티니에게 내 목소리는 들리지 않는 듯했다. 순간 확 달아오르는 기분에 나도 크게 당황했다. 이미 내 옷은 티니가 뒤의 단추를 끌러 반쯤 벗겨놓은 상태였다.

"티, 티니… 이상한 데… 깨물지 마……."

"으음……."

갑자기 가슴에서 느껴지는 묘한 고통과… 약간의 쾌감. 이런 일은 처음 당하는 나인지라 짧은 순간에도 여러 가지 느낌과 생각들이 교차했다.

나는 급하게 티니를 밀쳐 내리려고 하였다.

"이러지 마! 티니, 정신 차려!"

하지만 내 힘으로는 무리였다. 결국 나는 세차게 그녀의 뺨을 때렸다.

철석—

"티니! 정신 차려! 명령이야, 떨어져!"

하지만 이미 티니의 상태는 제정신이 아니었다. 그녀는 오히려 웃으며 내게 더 달려드는 것이었다.

"으음… 주인 언니, 기뻐요. 티니를 더 거칠게 다뤄주세요……."

"이, 이런……!"

도대체 이 아이는 '라트라' 라는 조직에 있을 때 뭘 배우고 왔기에 이런 행동까지 알고 있는 것일까? 이미 티니의 듣기 거북한 목소리 따위는 머리 속에서 사라져 있었다. 다만 그녀가 말하는 위험한(?) 대사들은 나를 점점 더 당황스럽게 하고 있었다.

"언니, 아직인가요? 티니의 봉사가 모자란 건가요?"

"무, 무슨……."

"언니도 티니를 사랑해 주세요오. 네?"

"티니… 제발… 아흑……!"

갑자기 밑에서부터 올라오는 뜨거움. 그것은 말하기 힘든 느낌이었다. 그때 만약 조금만 의식의 끈이 허술했으면 그날은 나도 나 자신을 주체하지 못했을 정도였으니까.

"티니… 거기는… 만지지… 마……."

하지만 티니가 지금 내 치마 밑에 손을 집어넣느라 나를 붙들고 있는 힘이 약해진 틈을 타 나는 간신히 그녀의 품에서 빠져나올 수 있었다.

내가 억지로 빠져나가자 티니는 갑자기 훌쩍이기 시작했다.

"언니, 왜 그러죠? 벌써 티니가 싫어졌나요?"

"티니, 정신 차려!"

"티니를 사랑해 주세요. 더 거칠게 다뤄주세요. 전 언니가 너무 좋아요. 절 버리지 말아주세요."

다시금 나한테 매달리려는 티니를 보며 난감해하고 있을 때 마침 내 머리 속으로 한 가지 생각이 스치고 지나갔다. 그리고 그 생각은 바로 실천으로 옮겨졌다.

"슬리핑!"

"흐음… 언… 니."

털썩.

내가 생각해도 너무 강하다고 생각될 정도로 엄청난 마력을 집어넣으며 주문을 사용해 버린 터라—9서클 마법 사용량에 버금갈 정도였다—티니는 순식간에 잠들어 버렸다. 순간의 저항도 없이 말이다.

"후우, 위험했어."

이미 충분히 당한 거(?)라면 당한 거지만… 나는 바닥에 쓰러진 티니를 다시 침대 위로 누인 뒤 잠옷을 입혀주고 방을 빠져나왔다.

"잘 자렴, 티니. 오늘 일어난 일은 서로 잊자꾸나."

탁.

과연 티니의 과거가 어떠했기에 이런 일까지 했던 것일까? 이런 것(?)은 어디서 배운 것일까? 한편으로는 측은함이 드는 나였다.

"티니야… 미안하구나. 엄마는 더 이상 티니의 곁에 있을 수가 없게 되었구나."

"엄마! 엄마! 엄마, 죽지 마! 엄마아!!"

"티니야, 미안… 하… 구……."

"엄마아!!"

그날, 그녀는 어머니를 잃었다.

"티니야, 아빠는 얼마 동안 티니와 만날 수 없게 될 것 같구나."
"싫어싫어! 티니는 아빠와 함께 있고 싶어!"
"아직도 이야기가 안 끝났나?!"
"미안하구나, 티니. 이제 헤어져야겠다."
"아빠? 아빠! 가지 마, 아빠!"
그때, 그녀는 아버지와 헤어졌다.

"2291호, 성장이 빠르구나. 너의 놀라운 성장에 나는 보람을 느낀다."
"감사합니다, 조교."
"다른 녀석들과 달리 너는 다음달부터 실전에 들어간다. 영광으로 알
도록."
"네."
그때, 그녀는 조금이라도 빨리 아버지를 만나고 싶은 마음에 수련을
했었다.

"오, 티니… 라고 했나? 그 아이."
"그렇습니다. 아직 14살밖에 안 된 어린 나이인데도 상당히 높은 성취
를 이루고 있습니다."
"그래? 어디 한번 데려와 보게."
"네!"
그때, 그녀와 '라트라'의 길드 마스터와의 만남은 악연의 시작이었는
지도 모른다.

"네가 티니라고?"

"그렇습니다, 마스터."

"호오, 그 나이에, 그 실력에, 그 미모까지. 세 박자를 모두 갖추었구나."

"그렇게 칭찬해 주시니 영광입니다, 마스터."

"어떠냐, 오늘 내 침실에 오지 않겠느냐?"

"마스터의 명이시라면……."

그때, 그녀는 '침실에 오라'는 길드 마스터의 말의 의미를 모르고 있었다.

쫘악!

"아악!"

"뭘 그러느냐, 아직 시작인데."

짜악─

"아악!"

"엄살이 심하구나. 하지만 그것도 나름대로 좋구나."

"마, 마스터… 사, 살살… 해주세요……."

"으응? 잘 안 들리는데?"

촤악─

"꺄악! 마, 마스터… 아, 아파요……."

"듣기 좋구나. 그래, 이제부터 본격적으로 즐겨보자꾸나."

"아아아……."

그때, 그녀는 이미 하지 말아야 할 경험을 해버렸다.

"하악, 하악. 마, 마스터……."

"왜 그러느냐, 벌써 지친 거냐?"

"저, 전 더 이상은……."

"어림도 없다. 아직 덜 뜨거워졌구나, 그런 말이 나오는 걸 보면."

"아학, 아앙. 아흑. 마, 마스터… 그, 그만 해주세… 하아앙."

그때, 그녀는 열네 살에 순결을 잃었다.

"아악! 용서해 주세요, 마스터!"

"아니, 이것이 감히!"

짝—

"아악!"

"건방지구나, 감히 일개 어쌔신 주제에! 조금 아껴주려고 했더니 이것
이 점점 기어오르는구나!"

"죄, 죄송합니다. 용서를……."

"변명 따윈 듣고 싶지도 않다. 지금까지의 정을 봐서 더 이상 아무것
도 묻지 않겠다. 넌 원래 조로 돌아가거라! 그리고 다시는 내 앞에서 그
낯짝 내밀지 마라!"

"가, 감사합니다, 마스터."

이것은, 재회와 새로운 인연의 시작이었다.

"아, 아니, 너는……!"

"혹시… 아빠?"

"티니, 티니구나! 이게 어떻게 된 일이냐?!"

"아빠! 다시 만나서 티니는 정말 기뻐요!"

"그런데, 어떻게 된 일이냐? 네가 이 조에 배치되다니."

"그것은……."

그때, 그녀는 사실을 말할 수 없었다.

"2291호, 너는 임무를 실패했다. 그것을 인정하는가?"

"…인정합니다."

"제발 부탁이오! 차라리 나를 처벌하시오!"

"983호, 그대와는 전혀 관계되지 않은 일이오. 물러서시오!"

"티니!"

"하지만 아직 너의 나이가 어린 관계로 혀를 자르는 정도의 관대한 처벌로 끝나게 되었다."

"…감사합니다."

그때, 그녀는 혀를 잃었다.

"서, 설마… 엘프?!"

쉬익—

촤악—

그때, 그녀는 또 하나의 소중한 이를 만났다. 그리고 그를 죽였다.

"티니, 달아나자!"

"아… 빠……?"

"자세한 설명을 할 시간이 없다. 어서!"

그것은, 새로운 인생으로의 전환점이었다.

"무, 무슨 짓이니? 이, 일어나……!"

"그럼 내 딸을 잘 부탁한다."

그때, 그녀는 다시 만났다. 그리고 다시 헤어졌다.

"그냥 언니 정도로 생각해 주었으면 해."

그때, 그녀는 부모 이외의 존재에게서 정을 느꼈다.

그리고 그녀에 대한 운명의 장난은 아직 끝나지 않았다.

"흐음… 언니이……."

원 참. 아직도 깨어나질 않는군. 역시 마법이 너무 과했어.

"후우, 어떻게 이틀째가 되었는데도 일어나지 않는 거죠?"

하지만 레아의 질문에도 나는 대답할 수가 없었다. 그런 일을 레아한테 사실대로 말할 수도 없는 노릇 아닌가?

"글쎄… 애가 술을 마시면서 자꾸 주정을 부리기에 슬리핑을 쓴 것뿐인데……."

티니가 워낙 깨어나지 않아서 내가 티니를 품에 안은 채 갈 길을 재촉하고 있었다. 그래 봐야 나와 티니의 체구가 거의 비슷해서 안고 가기 조금 불편하기는 하지만…….

티니는 무슨 좋은 꿈을 꾸는지 오늘 오후부터 '언니'를 연발하고 있는 중이었다. 솔직히 듣기 좋은 목소리는 아닌지라 우리들도 그럴 때 깜짝깜짝 놀라고 있었다. 게다가 이제는 내가 안고 있지 않아도 스스로 나한테 매달려 있으니…….

"으음… 언니, 티니는 언니가 너무 좋아요오~"

나를 꼭 껴안은 채 가슴에 얼굴을 비비는 티니를 보며 나는 웃음을 지었다. 비록 목소리는 그래도 이러는 그녀의 행동은 너무 귀여웠다.

그런 우리 둘의 모습을 본 아이크는 장난기가 발동했는지 레아에게 슬며시 한마디 했다.

"레아, 이거 너한테 경쟁자가 생긴 거 아냐?"

"응? 그게 무슨 소리야?"

"무슨 소리긴. 그러니까……."

"쓰읍……!"

"으히……."

하지만 내가 한 번 째려봐 주자 아아크는 냉큼 입을 다물었고 레아는
의아한 표정으로 나와 아아크를 번갈아 쳐다보았다.

"자자, 레니암까지 얼마 안 남았다구. 이제 그곳만 들르면 이 지겨운
여행도 끝이다!"

가혹한 운명

"조금 지저분하군요."

한 사내가 인상을 쓰며 주변을 둘러보고 있었다. 사내의 인상은 매우 귀족적이었다. 185㎝의 훤칠한 키와 그의 백색 장발, 그리고 검은색의 복장은 귀족적 그의 품위를 더욱 높여주고 있었다. 그는 바로 일전에 애거트를 겨냥한 엘시안의 검을 막아낸 청년이었다.

"뭐, 어때. 좋잖아?"

순간 그의 뒤에 깔린 그림자로부터 한 명의 사내가 솟아나왔다. 아니, 마치 솟아나오는 듯했다. 그는 역시 검은색 복장을 하고 있었으나 백발의 사내와는 달리 전체적으로 암살자에 어울릴 듯한 착 달라붙는 복장이었다. 그는 170㎝ 정도로 키도 귀족적 사내보다 작았고 머리칼도 짧게 자른 노란색이었다.

백발의 사내는 뒤도 돌아보지 않은 채 냉소적으로 말했다. 그들의 주변에는 많은 시체들이 있었고, 그 시체들의 반 정도는 마구 토막나거나 찢어진 채 죽어 있었다.

"하긴 당신의 취향을 제가 뭐라고 할 수는 없겠죠, 헤라즈."

하지만 그런 그의 냉소적인 반응에도 황색 머리칼의 사내는 즐거운 듯 씨익 웃으며 대답했다.

"그거야 당연하지. 내가 사람을 찢어 죽이든 잘라 죽이든, 아니면 가루를 내든 그걸 네가 따질 수는 없지."

황발 사내, 헤라즈의 말에 백발사내는 살짝 미간을 찌푸렸다. 기분이 나쁘다는 것을 표시하는 것이었다.

"인간 따위 어떻게 죽이든 상관하지 않겠지만… 헤라즈, 저를 깔보시는 듯한 발언은 안 하시는 게 좋을 듯합니다."

"아, 미안. 주의한다고 전에도 말했었는데 이거 생각보다 잘 안 되는군. 정말 미안해."

"……"

백발사내는 인상을 펴며 고개를 끄덕이는 것으로 대답을 대신했다. 그는 이 사내와 제법 지내보면서 그런 헤라즈의 말투가 상대를 놀리는 것이 아닌 일종의 친근함의 표현 또는 애교라는 것을 알았기 때문에 따로 뭐라고 하지는 않았다.

"그런데, 리히터. 넌 누구를 가지고 싶다는 생각, 해본 적 있어?"

"무슨 말씀이신지……."

알면서도 모른 척하는 건지, 아니면 정말 못 알아들은 건지 알지 못할 리히터의 태도에 헤라즈는 양팔을 좌우로 벌리더니 이내 다시 양팔을 모으며 무언가를 끌어안는 흉내를 내었다.

"이렇게, 누군가를 자신의 품속에 가두고 싶다는 생각."

그제야 리히터는 고개를 끄덕였다.

"물론 있습니다. 저는 지금까지 수백 년을 살아온 존재입니다. 당신같이 고작 수십 년을 사는 인간들에 비해서는 훨씬 많은 경험을 했습니다."

리히터의 대답에 헤라즈는 피식 웃어 보였다. 그의 말대로 그는 자신에 비하면 수십 배를 산 녀석이니까.

"헤헤, 너는 언제 그런 느낌을 받았지?"

"저를 죽이겠다고 달려들던 한 소녀에게서입니다."

리히터는 지그시 눈을 감았다. 지금도 이렇게 하면 종종 그때의 기억이 마치 현실처럼 다가왔다.

"죽일 거야, 당신을! 반드시!"

"차라리 죽여요! 당신의 노예 따위가 되느니 차라리……."

"리히터, 미안해요. 그래도 저는 당신을… 죽일 거예요."

"…그래, 날 죽여줘. 네 손으로."

"에엥? 갑자기 무슨 소리야? 죽여달라니?"

갑작스러운 말에 의아한 헤라즈의 질문에 리히터는 퍼뜩 정신을 차렸다.

"아, 죄송합니다. 그만 옛날 생각이……."

"호오, 내가 묻자마자 바로 그 일에 대한 걸 회상하는 거야?"

"…조금… 입니다."

조금은 어두워지는 리히터의 표정을 보며 헤라즈는 그의 어깨를 두드려 주며 위로하였다.

"미안, 아직 상처가 덜 아물었나 보군. 시실 나도 그래."

"……."

헤라즈의 말에 리히터는 조금은 관심이 있는지 그를 향해 고개를 돌렸다.

그런 리히터의 모습을 보며 헤라즈는 힘없는 웃음을 지어준 뒤 하늘을 바라보았다.

"하아, 얼마 전이야. 너에 비하면 말야. 그 아이의 이름은… 아마 내 기억이 맞으면 티니… 였을 거야."

리히터는 고개를 끄덕였다. 헤라즈는 잠시 그를 바라보다 다시 하늘로 시선을 돌리며 말을 이었다.

"그녀는 참 아름다웠지. 나보다 아홉 살이나 어렸지만 실력은 그 당시의 나를 능가했어. 아마 지금까지 계속 우리 조직에 있었으면 아마 나를 제치고 길드 마스터가 되었을 거야. 우리 길드는 실력으로 마스터를 뽑거든."

가정형으로 말하는 헤라즈의 말에 리히터는 고개를 갸웃했다. 그렇게 말하는 것은 지금은 그렇지 않다는 것의 증명이기 때문에.

"그렇다면 지금은……."

"그냥 계속 들어줘. 이렇게 말하기 시작한 이상 다 털어놓고 싶어. 크흑, 갑자기 왜 이렇게 눈물이 나지?"

갑자기 슬픈 표정이 되어 눈물을 닦는 헤라즈를 보며 리히터는 생각했다.

'나도 저럴 때가 있었지.'

헤라즈는 눈가에 흐른 눈물을 닦았다. 자신의 어설픈 첫사랑의 일을 생각하기만 하면 평소 같지 않게 눈물이 나오는 그였다.

"그녀는 나보다 늦게 훈련에 임했으면서도 어느새 나를 따라잡을 정도로 뛰어난 여자였지. 타고났다… 는 건 그럴 때 말하는 걸까? 모든 것이 나의 이상형이었어. 실력, 미모, 그리고 그 마음씨까지. 이런 일을 하기에는 정말 부적합하다고 단언할 정도로 마음씨가 따뜻한 아이였지. 헤헤… 너무 어리다는 게 문제였지만 그 정도는 별거 아니라고 생각해. 자주 그녀에게 고백을 하고 싶어서 그녀의 주변을 서성였지. 하지만 생각보다 안 되더라고. 사람을 죽일 때도 멀쩡하던 심장이 그때만은 도무지 진정되지 않는 거야. 그리고 어쩌면 아무에게도 말하지 못한 채 그런 내 한심함이 그녀의 불행을 불러왔는지도 몰라. 빌어먹을! 그때 그 일만 아니었으면……!"

"그 일?"

별로 궁금하지 않았던 리히터지만 그래도 예의상 질문을 해보았다. 그리고 그의 예상은 그리 크게 어긋나지 않아 헤라즈는 더욱 흥분해서는 거의 절규하듯 외치고 있었다.

"그 아이의 실력을 우리 아버지는 그리 탐탁지 않게 여겼는지 그 아이를 직접 불렀지. 그리고 그녀에게 뭘 시켰는지 알아? 자기 노리개로 만들어 버렸더군! 발가벗긴 채 천장에 거꾸로 매달아놓고 채찍으로 실컷 때린 후에 겁탈을 했지!"

헤라즈는 이제 흥분을 넘어 분노하고 있었다. 그는 허공을 향해 고래고래 소리치고 있었다.

"그래! 우리 가문이 아닌 녀석이 길드 마스터를 하는 게 마음에 안 들었다는 건 알겠어. 그것도 엘프가 암살 길드의 길드 마스터라니. 마음에 충분히 안 들었겠지. 하지만 이해 못하겠어! 이해 못하겠다고! 간신히 그녀는 다시 현역으로 돌아올 수 있었지만 이미 그때는 늦었어! 이미 몸도 마음도 갈기갈기 찢어진 그녀는 이미 예전의 그녀가 아니었어! 그녀의 태도나, 실력이나! 그리고 그 마음도!"

그는 자신의 왼손을 들어 올렸다. 순간 그의 손에 이상한 기운이 모이기 시작했다. 그것은 시시각각 그 색을 바꿔가며 그의 손을 타고 흘러내렸다. 마치 끈적한 액체처럼……

"이게 뭔지 알아? 하긴 너도 전에 봤으니 대충은 알겠군. 이건 말야,

우리 집안 비전 중의 하나지. 하지만 언제나 그렇듯이 이런 큰 힘을 얻기 위해서는 적지 않은 대가가 필요해. 하지만 난 하고 말았지. 안 할 수가 없었어! 그 아버지라는 빌어먹을 늙은이를 없애기엔 그때의 내 실력이 너무 모자랐지. 지금이야 그런 늙은이쯤 몇백 마리가 덤벼도 해치울 수 있지만."

그는 있는 힘껏 바닥을 내려쳤다. 그러자 그가 내려친 바닥 주변이 부서졌고 바닥을 내려친 헤라즈의 손에서는 피가 나고 있었다. 이미 그가 바닥을 내려치기 전에 그의 손에 있던 기운은 말끔히 사라져 있었다.

"젠장! 결국에는 그렇게 해서 그 빌어먹을 늙은이를 없애 버렸지. 처음에는 그녀를 희롱한 그 가운데 다리를 토막 쳐주었어. 그 다음에는 그 건방진 혀를 뽑았지. 그러면서 차근차근 갈아 죽였어. 기분이 어땠는지 알아? 정말 개 같았어. 그러면 뭐 해? 이미 그녀는 예전의 그녀가 아닌 걸! 이미 마음은 닫히고, 아버지가 내린 어거지 임무 덕에 혀를 뽑혔지. 내가 말리지 않았으면 아마 그걸 핑계로 그녀를 죽여 버렸을 거야! 젠장! 젠장!"

헤라즈는 바닥에 엎드린 채 흐느끼고 있었다. 그런 그의 모습을 바라보던 리히터는 고개를 저으며 그에게로 다가갔다.

"헤라즈."

"흐윽, 으흐흑. 아으으윽. 으아아!!"

리히터는 울고 있는 헤라즈를 잠시 슬픈 눈으로 쳐다본 뒤 바로 그의 복부에 자신의 주먹을 꽂아 넣었다.

퍼억!

"흐읍……!"

묵직한 타격음과 함께 헤라즈는 한 번에 정신을 잃었고 리히터는 허물어진 헤라즈의 몸을 들쳐 메었다. 그는 주변의 신족과 마족들에게 눈짓으로 지시를 내린 뒤 한 방향으로 터벅터벅 걸어가기 시작했다. 그의 헤라즈를 바라보는 시선은 전과 조금은 달라져 있었다.

"잠시 쉬는 게 좋을 것 같군요, 헤라즈."

리히터는 방금 전까지 헤라즈가 바라보았던 하늘을 올려다보았다. 이미 까맣게 어둠이 깔린 저녁 하늘 위에 떠 있는 달은 그런 둘의 마음을 아는지 같이 눈물 흘리고 있었다.

"헤라즈, 당신은 자신의 손으로 사랑하는 이를 죽여본 적이 있습니까?"

하지만 아무도 그의 말에 대답해 주는 이는 없었다.

"…그래서… 그랬는데… 그렇게 돼서… 그렇게 되는데. 깔깔깔깔!"

"꺄하하하. 언니, 그게 정말이에요?"

지금 나와 레아는 잡담으로 가는 길을 심심하지 않게 하고 있었다. 지금은 내가 이야기를 해줄 차례라서 내가 엘프의 숲에 있을 때의 일을 이야기해 주었는데 그것을 들을 때의 레아의 표정은 그야말로 시시각각 바뀌어갔다. 물론 티니도 내 뒤에 꼬옥 매달려서는 우리 둘의 이야기를 듣고 있었다. 다행히도 티니에겐 그날(!)의 기억이 전혀 없었다.

"그럼, 그래서 그때 그 자칭 폴리모프 드래곤을 그냥……!"

"그냥 뭐요?"

"어쩌긴, 항상처럼 모진 고문을 해주었지."

"어떻게요?"

그런데 연신 우리를 쳐다보는 지 둘의 시선은 왜 저리지?

그들이 쑤군덕대는 소리의 요점을 종합해 보면 대충 이렇다. 물론 심각하게 말하는 것은 아니고 이런 말을 나누며 킥킥대는 중이었다.

"저건 란 형이 아냐. 저건 란 형의 탈을 쓴 여자(?)야. 어떻게 아무리 여자라 해도 얼마 전까지 남자였는데……."

"애초에 여자가 되었다고 할 때부터 수상했는데 역시 가짜인 것 같군."

…….

저것들이 정말…….

"아, 레아. 기왕 말로만 하면 재미없으니까 직접 보여줄게."

"어떻게요? 근처에 산적은 없는 것 같은데."

"산적은 없지만 실험 대상은 있어. 그렇지이?"

이렇게 말하며 스을쩍 아아크와 제라드를 째려봐 주니 그들은 순식간에 얼굴의 핏기가 사라져서는 나에게 목숨을 구걸(…)하기 시작했다.

"아, 아하하하. 드, 들었어요, 누나?"

"아, 저기… 이건 말이죠……."

그 다음에 어떻게 되었는지는 직접 본 사람만 알 거라고 생각한다.

"끄아아아아악~!!"

"우에에에엑~!!"

엄청난 비명이 사방을 진동시켰고, 그 때문에 주변의 많은 동물들이 불쾌해하며 멀리 물러갔다. 동물들아, 미안해.

"우어어어~"

"또 좀비화냐? 빨리 원래대로 안 돌아와?! 라이트닝 볼트!"

"꾸에엑!!"

이렇게 한참 둘을 지지고 볶고 있으니… 물론 중간에 생명의 위험이 닥쳐왔다 하는 순간 바~로 직전에 그들에게 치유 마법을 써준 것은 물론이다.

그들을 안쓰럽게 여긴 레아가 조심스럽게 나를 말리기 시작했다.

"저기… 언니, 이제 그만 해도 좋을 것 같은데……."

"응? 그럴까?"

조금 더 하고 싶은 마음도 들었지만 레아의 부탁이니만큼 나는 곧바로 그들을 고문하던 손을 풀어주며 치료 마법을 걸어주었다.

"자자, 다음부터 또 그 딴 헛소리해 봐라. 리커버리."

주문과 거의 동시에 그들의 상처는 언제 괴롭혔냐고 따져도 좋을 정도로 사라져 버렸고, 그때에 맞춰 돌연 하늘로부터 마법 공격이 시작되었다.

"파이어 볼!"

"라이트닝 볼트!"

"윈드 스톰!"

"바리어!"

재빨리 나는 넓은 범위로 바리어를 펼쳤고 다행히 바리어를 치는 것이 빨랐다.

콰콰쾅—

빠지지직—

키기가각—

무시무시한 마법 공격이 바리어 위를 훑었으나 어떤 마법도 내가 펼친 바리어를 어떻게 하지는 못했다.

"누구냐?!"

하늘에는 세 명의 인영이 떠 있었다. 그들은 각각 빨간색, 파란색, 금색의 머리카락을 가지고 있었다. 재미있는 것은 그들의 옷차림도 각각 자신의 머리색에 맞추어져 있다는 것이다.

그들은 우리들을 노려보며 크게 윽박질렀다.

"세린을 돌려줘, 이 개자식들!"

"에엥?"

세린이라니? 그게 누구지? 게다가 저것들은 대체 뭐 하는 녀석들이기에 이렇게 다짜고짜 난폭한 방법으로 우리에게 인사를 하는 거고?

그들의 과격한 첫인사에 화가 날 대로 난 나는 그들을 향해 빽 소리 질렀다.

"세린이 누구기에 이렇게 난폭하게 구는 거야? 이 망나니들!"

"마, 망나니……!"

내 말에 충격을 받았는지 금색 머리 녀석은 순간 크게 비틀거렸다. 잠시 후 그들도 무언가 잘못되었음을 알았는지 서로 뭐라고 쑤군대더니 이내 고개를 끄덕이고는 우리가 있는 곳으로 내려왔다.

그렇게 서로가 서로를 견제하는 상황이 벌어진 가운데 저들 중에서 금색 머리가 앞으로 나서며 입을 열었다.

"아, 무언가 오해가 있으신 듯한데… 방금 전의 일은 사과드리겠습니다. 저희는 지금 한… 사람… 을 찾고 있습니다. 이름은… 세린이라고 하는데요. 혹시 알고 계십니까?"

…만약에 내가 막지 못했으면 아까의 그 공격에 일행이 모두 골로 갔을 텐데 그런 정도의 일을 그냥 '미안합니다' 라고 하면 '아, 그렇습니까? 괜찮습니다' 라고 할 줄 아나?

게다가 그걸 우리가 어떻게 알아? 당연히 우리는 모두 동시에 고개를 저었다.

하지만 그는 여전히 포기하지 않은 채 계속 말했다.

"저기, 그 아이가 어떻게 생겼냐 하면… 저기 계시는 저분처럼 에메랄드 빛 머리카락에 엘프의 뾰족한 귀를 하고 있습니다. 하지만 역시 저분처럼 보통 엘프에 비해 귀가 조금 짧고요."

저 녀석… 말하는 게 꼭 레아를 내놓으라고 하는 것 같잖아? 결국 욱한 감정이 든 내가 앞으로 나서려고 한 순간 레아가 먼저 나섰다.

"무언가 오해가 있으신 듯하신데, 저는 세린이 아니라 레아시아라고 합니다. 아마도 저를 그분으로 착각하신 듯하신데… 죄송하지만 사람을 잘못 찾으셨네요."

생긋 웃으며 대답하는 레아의 모습에 그들 셋은 순간 얼굴을 붉혔고 이내 잠시 헛기침을 하였다. 그런데 저 붉은 머리는 뭐가 그리 미련이 남는지 연신 레아가 그 세린이라는 여자—가 맞겠지?—라고 우기고 있었다. 그는 자기 일행인 금발과 청발에게 따지듯이 말했다.

"뭐야, 설마 그냥 '네, 그렇군요. 저희가 잘못 알았나 봅니다' 라고 하면서 물러가려는 건 아니겠지? 잘 봐! 저 아이는 분명히 세린이라고!"

"마그… 진정해."

금발남자가 마그라고 불린 빨간 머리 남자를 타이르려 했으나 이미 그는 상당히 흥분한 듯했다.

"아냐, 아니라고! 세린, 나야, 나! 어릴 때부터 같이 놀았던 마그라고. 나 모르겠어?!"

그렇게 말하는 그의 모습은 상당히 안쓰러워 보였으나 그래도 사실은 사실이다. 아무리 그런다고 레아가 그 세린이라는 여자 아이로 변하지는 않는다고.

"세린! 나라니까. 정신 차려봐!"

"마그! 정신 차려!"

퍽!

결국 참다못한 파란 머리가 그를 얼굴을 향해 주먹을 날렸고 그가 날린 주먹은 어지없이 그의 얼굴에 꽂혔다.

"아윽, 무슨 짓이야!"

"잘 봐! 저 여자는 세린이 아냐. 본인도 아니라고 하고 있잖아?!"

"아냐! 쟤는 세린이야! 어릴 때부터 같이 지냈던 내가 잘 안다고! 세린, 나야. 마그라고! 정말 모르는 거야?"

슬슬 제정신 상태에서 벗어나는 빨간 머리의 모습은 우리들에게 상당한 불안감을 안겨주었다. 만약에 레아가 정말 세린이라는 여자였다면 애절하다고 해줄 수도 있는 모습이었지만… 게다가 이상한 것은 그에게서 조금씩 새어 나오는 기운이 은근히 우리들을 압박하고 있다는 것이다.

…이거 뭔가 낌새가 안 좋은데?

"진정해, 마그! 세린이 아니라고 했잖아!"

"아니야, 아니야, 아니야, 아니야, 아니야!!"

빨간 머리는 갑자기 우리를 향해 손을 뻗었고 그의 손에서 마법의 기운이 감지되는 것을 느꼈다. 당연히 나도 재빨리 방어 준비에 들어갔다.

"안 돼, 루나틱 실드!"

"으아악! 너희가 세린이 아니면 죽어버려! 헬 파이어!"

콰아앙—

엄청난 굉음이 주변을 흔들었고 빨간 머리의 마법에 의한 폭발로 주변은 쑥대밭이 되었다. 다행하게도 우리 일행은 내가 펼친 마법 덕분에 전혀 다치지 않았지만 파괴되어 버린 주변의 자연 환경은 내 기분을 씁쓸하게 하였다.

'그런데 이거 헬 파이어라고 해도 좀 심한데?

그렇게 빨리 주문을 구현시킨 데다가 일체의 캐스팅 없이 시동어로만 구현시킨 주문이 이 정도라니… 나는 새삼 놀라지 않을 수 없었다. 물론 나야 이 이상의 위력을 가진 헬 파이어를 더 짧은 시간에 구현할 수도 있지만 무엇보다 저들은 인간이다. 아무리 잘 봐줘도 20대 중반의 외모였던 것이다. 올해로 101살의 나에 비하면 거의 다섯 배의 나이 차가 있는 것이다.

'저것들, 혹시 인간이 아닌 것이 아닐까?

라고도 생각해 보게 할 정도였다.

어느새 폭발로 인한 연기는 가라앉았고 가장 먼저 내 눈에 보인 것은 파란 머리가 빨간 머리의 복부에 주먹을 꽂아 넣고 있는 모습이었다.

풀썩—

그는 기절한 듯 땅바닥에 쓰러졌고 파란 머리는 그를 들쳐 메며 말했다.

"죄송합니다. 저희 친구가 그만 실수를 했군요. 저희는 이만 실례하겠습니다."

뭐야? 이게 그저 '실수'라고 치부할 수준이라고 하는 거야? 자칫하면 그대로 골로 갈 뻔했다고! 오늘 이걸로 벌써 두 번의 생명에 위협을 받았는데 저것들은 그리 대수롭지 않다는 듯한 표정이었으니 당연히 우리의 인상은 험악하게 일그러질 수밖에 없었다.

하지만 그들은 우리 안전은 전혀 신경 쓰지 않는다는 듯한 모습으로 사라질 뿐이었다.

"다시는 만날 일이 없을 겁니다. 오늘의 일은 그냥 잊어주시길. 워프!"

슈웅—

…저렇게 일방적으로 사라지면 뭐라고 해야 하는 거지? 우리는 잠시 황망한 시선으로 그들이 사라진 장소를 바라보아야 했다.

우리 일행 중 가장 먼저 제정신을 차린 나는 나머지 일행들을 보며 한마디 했다.

"자… 갈 길 계속 갈까?"

"…그래야죠."

역시 우리 사랑스러운 레아가 제일 먼저 대답해 주었고 나는 레아를 보며 기분 전환차 방긋 웃어주었다. 물론 레아도 마주 웃어주었음은 물론이다. 이럴 때마다 정말 레아가 사랑스럽다니까.

다다다다—

다시 출발하기 위해 막 말에 오르려는 우리들의 눈에 저쪽에서 이쪽으로 엄청난 속도로 달려오고 있는 어떤 물체가 들어왔다. 그것의 속도는 굉장해서 뒤에 상당히 뿌연 먼지구름이 생길 정도였다.

빠르다… 라는 생각을 하는 순간 이미 '그것'은 우리들 앞에 도착했다.

끼이익!

급정거하는 소리와 함께 엄청난 먼지구름이 우리들을 향해 날아들었고 나는 바람을 일으켜 먼지들을 날려 보냈다.

'그것'은 우리 앞에서 허리를 반쯤 숙인 채 숨을 몰아쉬며 말했다. 그런데… 저 등 뒤에 달려 있는 그 모양이 인상적인 크레이모어는…

"헥헥, 좀 서둘렀나? 무슨 일이십… 뭐야? 란, 너였냐?"

…그 물체의 정체는 란슬로 형, 아니, 란슬로 오빠였다.

"그래? 거 괴팍한 녀석들이네?"

"그러게 말야."

마을에 도착한 우리들은 여관에 짐을 풀어놓은 채 홀에서 술잔을 기울이고 있었다. 란슬로 형… 아니, 오빠도 같이 말이다. 물론 그 여관은 그 이름도 유명한 '악의 총본산'이었다(이 여관, 전국에 깔려 있는 것 같았다. 레미엘 녀석, 무슨 생각으로 이렇게 전 대륙에 여관을 깔아놓았을까?). 물론 큰 도시가 아닌 중소 규모의 마을이다 보니 여관도 그리 호화롭지는 않았지만 그래도 시설 좋은 상급 여관이라는 생각은 가질 수준이었다(물론 이미 르나 아이어 등의 수도 급 도시에 있는 '악의 총본산'에 비하면 너무나도 작아 보였지만…).

"그런데 혁… 오빠는 무슨 일로 여기 온 거야?"

"으음?"

란슬로 오빠는 내 질문에 대답하기 전에 기묘한 표정을 지었다.

"왜, 왜 그래?"

당황한 내 모습에 란슬로 오빠는 나를 이리저리 훑어보더니 흡족하다는 미소를 지으며 자신의 턱을 쓰다듬었다.

"흐음… '오빠'라… 참 숙녀 다 됐구나, 란. 이 '오빠'는 기쁘다."

은근히 '오빠'라는 단어에 힘을 주며 말하는 란슬로 오빠의 모습에 나는 조금 끓는 것을 느꼈다. 머리 속으로 무언가 그의 행동에 대한 보답(?)을 해주어야겠다고 생각했다.

그리고 물론 그 감정은 바로 실천으로 옮겨졌다.

빠악―

"꺄울~"

"누가 이렇게 되고 싶어서 이렇게 된 줄 알아!"

그래도 다행이라면 주먹으로 나갔다는 거군… 내가 주먹을 치켜든 채 빽빽 소리를 지르자 주변 사람들도 무슨 일인지 우리 주변으로 몰려오기 시작했다.

"무슨 일이야?"

"무슨 일이래?"

"몰라, 저기 엘프들끼리 다투던데?"

"사랑싸움인가?"

"엘프들의 사랑싸움이라, 이거 볼 만하겠는데?"

순식간에 와글와글 몰려든 주변 사람들 덕분에 나는 당장 치켜든 주먹의 방향을 돌리며 주변 사람들에게 소리 질렀다.

"뭘 그렇게 재미있다는 듯 보고 있어요?!"

하지만 이런 내 반응이 역효과였나 보다. 그들은 더욱 신나서(신이 났는지 겁을 먹었는지…) 쑤군대기 시작했다.

"이야, 엘프는 얌전하다더니 순 헛소문이었구만."

…부터 시작해서,

"역시 사랑싸움이었어. 저렇게 얼굴 빨개져서 흥분하는 거 봐."

"엘프도 부끄러워하는구나."

"하긴, 그들도 감정 가진 생물이잖아? 어쩌면 우리 인간보다 고등한 생물인데."

"고등한 생물이라면 좀 더 어른스러워야 하는 게 아닐까?"

…까지 매우 다양한 잡담들이 그들 사이에서 오갔다. 게다가 더욱 웃기는 것은 또 다른 당사자인 란슬로 오빠는 전혀 화를 내기는커녕 뭐가 즐거운지 연신 키득대고 있다는 것이었다.

"아, 거 무슨 일입니까? 좀 구경이나 합시다. 엘프라고요?"

순간 내 귀로 아주 익숙한 목소리가 들려왔다. 하지만 이내 내 귀를 의심해야 했다.

왜냐하면 이 목소리의 주인공은 상식적으로 생각했을 때 도저히 이 장소에서는 만날 수 없는 인물이기 때문이다.

어느새 그 목소리의 주인공은 한 손에 맥주잔을 들고 입에는 육포를 문 채 인파를 헤치며 이쪽으로 다가왔다.

이윽고 우리 앞으로 걸어온 '그'를 본 우리의 눈은 커질 수밖에 없었다. 그는 우리를 보며 반갑다는 듯 웃으며 맥주잔을 들고 있는 손의 반대쪽 손을 들어 올려 보였다.

"아아, 이거 반갑습니다. 오랜만까지는 아니지만 그래도 반가운 건 마찬가지군요."

"레미엘! 어떻게 이런 데에……!"

"어라? 레미엘 전… 읍!"

레아가 '전하'라는 호칭을 붙이기 전에 레미엘은 재빠르게 그녀의 입을 막았다. 레미엘은 천천히 그녀의 입에서 손을 치우며 입가에 손가락을 가져갔다.

"쉬~잇."

"응응."

레아도 눈치를 채고는 알겠다는 뜻으로 고개를 끄덕였고 나머지 일행들끼리도 각각 인사를 주고받았다.

"레미엘님, 건강하신 것 같군요."

"하하, 저야 언제나 건강하죠. 제라드 경도 건강하신 듯하니 다행이군요."

"형, 잘 지낸 듯하네?"

"너도 그런데 뭘."

하지만 이런 만남에서도 약간의 문제는 발생했다. 바로 란슬로 오빠와 레미엘 사이에서의 문제였다.

"어, 이거 마.림.둥.이. 형씨 아닌가? 빈갑구먼."

"아, 이거 왕.건.달. 엘프 분 아니십니까? 이렇게 다시 만나게 되니 저도 매~우 반갑습니다."

그렇게 범상치 않은 인사를 주고받는 둘의 눈 사이로 스파크가 튀고 있었다. 그들의 표정은 웃고 있었지만 억지라는 것이 눈에 확연히 보일 수준이었다. 그렇지 않고서야 이마에 힘줄이 튀어나와 있을 이유가 없지 않은가?

…아무래도 둘 사이에 무언가 불쾌한 일이 있었던 듯한데…

나중에 한번 물어봐야지.

"아아, 이런 데에서 여러분을 만나다니, 참 기묘한 인연이군요."

레미엘은 여전히 그 넉살 좋은 웃음을 지으며 술잔을 기울이고 있었다.

"그런데 너는 여기 무슨 일이야?"

내 질문에도 그는 그저 웃는 표정으로 맥주를 마시며 육포를 씹고 있었다.

그렇게 맥주 한 잔을 다 비우고 나서야 그는 대답을 하였다.

"찾을 사람이 있어서요. 그리고 좀 할 일도 있고 해서……."

"찾을 사람이라니? 혹시 너도 그 세린인가 하는 여자 찾는 거야?"

하지만 내 추측은 틀렸는지 레미엘은 두 눈을 동그랗게 뜨며 질문해 왔다.

"네? 세린이라니요? 그게 누군데요?"

결국 나는 아까 전 란슬로 오빠에게 한 이야기를 반복할 수밖에 없었고 내 말을 다 들은 레미엘은 고개를 끄덕였다.

"흐음… 그런 일이 있었군요."

하지만 어디까지나 '아아, 그랬군요' 정도였다. 한마디로 별로 흥미 없다는 것이었다.

그가 더 이상 이 일에 대해 질문하지 않을 거라고 생각한 나는 아까 했던 질문을 계속했다.

"그런데 찾는 사람이라니? 네가 찾는 사람도 있어?"

"아… 그게 말씀드리기가 좀 그렇군요. 어쨌든 저도 한 사람을 찾고 있습니다. 이름은 레노아 양이라고 하는데… 혹시 아십니까?"

레미엘은 그 레노아라고 하는 여자를 꼭 찾아야 한다는 결심을 비치고 있었다. 상당히 소중한 사람인 듯한데… 혹시 레미엘의 애인인가?

"그러니까… 으음. 그녀는 지금 마녀(Witch) 수업을 했기에 아마 점성술에 능할 겁니다. 혹시 오시면서 점치는 소녀를 보신 적이 없나요? 그리고 머리카락은 갈색인데… 흐음… 일단 그녀가 가출할 당시에는 어깨 아래까지 기르고 있었습니다. 그리고 나이는 이제 17살이니까 조금은 어린 티가 남아 있을 거고… 흐음… 그리고 또……."

레미엘은 무언가 더 생각해 내려는 듯 머리를 쥐어짜고 있었지만 결론은…

"이런, 더 이상은 생각이 잘 안 나는군요."

"……."

지금 중요한 사람 찾는 거 맞아? 당연히 우리들의 눈초리는 가늘어질 수밖에 없었다. 레미엘 자신도 조금은 무안해졌는지 머리를 긁적이며 화제를 돌렸다.

"그런데 라니오스 누나… 라고 해야겠죠? 어쨌든… 라니오스 누나 옆에 있는 숙녀 분은 초면인 것 같은데……."

그의 시선이 티니에게로 향했고 나는 티니의 머리를 쓰다듬어 주며 레미엘에게 소개했다. 티니의 머리를 쓰다듬어 주자 티니도 기분이 좋은지 내 품으로 더 안겨왔다.

"아, 얘는 디니라고 해. 얼마 전에 아는 분 부탁으로 잠시 맡아서 데리고 있어."

내 소개에 레미엘도 웃으며 자기소개를 했다.

"안녕하십니까, 티니 양. 전 레미엘이라고 하지요."

티니는 고개를 끄덕였고 레미엘도 한 번 더 싱긋 웃어 보였다. 그런데…

왜 저 웃음이 평범한 웃음으로 보이지 않는 거지? 그러고 보니 아까 전에 나를 보던 시선도 어쩐지 야시꾸리(…)한 것이…….

레미엘은 예의 그 수상한 웃음을 지으며 나와 티니를 바라보았다.

"왜, 왜 그렇게 뚫어져라 보는 거야?"

이때 나온 레미엘의 대답은 가관이었다.

"아, 저기 라니오스 누나, 오늘 밤 저와 같이 자지 않으실래요? 레아시아 양, 괜찮겠습니까? 아니면 티니 양이라도… 우욱!"

빠악—

짜악—

퍼억—

첫 번째 효과음은 내가 레미엘의 죽탱이를 한 대 치면서 난 소리였다. 그리고 두 번째 소리는 레미엘의 말도 안 되는 임대 신청(?)에 분노한 레아의 일격이었고 마지막의 타격음은 역시 얼굴이 새빨개진 티니의 어퍼컷이었다.

이 녀석… 로리콘이었나?

그리고 그렇게 순식간에 세 대나 맞고 나가떨어지는 여자 밝힘 바람둥이 레미엘을 보며 한마디 해주는 것도 잊지 않았다.

"말이 되는 소리를 해!"

털썩—

하지만 레미엘은 뭐가 좋은지 실실 웃으며 흐느적흐느적 일어섰다. 이럴 때엔 아아크보다 저 녀석이 더 좀비 같다는 생각이 든다.

"하하하, 멋진 펀치입니다."

그때 레미엘의 안주머니 안에서 무언가 꿈틀거리는 것이 보였다. 이내 '그것'은 레미엘의 품에서 빠져나오며 불평을 터뜨렸다.

"아야야. 레미엘님, 갑자기 넘어지시면 어떻게 해요? 아프잖아요!"

'그것'을 보며 우리는 모두 눈을 동그랗게 떴다. 아아크를 제외하고 말이다.

아아크는 이미 '그것'을 알고 있는지 '그것'에게 손짓을 하였다.

"여어, 제나. 오랜만이야."

"아, 아아크님, 저도 오랜만이에요."

'그것'은 전체적으로 어른 손으로 한 뼘 정도의 크기에 외모는 인간 소녀의 모습을 하고 있었다. 그리고 등 뒤에는 한 쌍의 반투명한 날개가 달려 있었다.

"페어리인가⋯⋯?"

무심코 중얼거린 내 말을 들었는지 그녀는 고개를 저으며 대답했다.

"아뇨, 전 호문크루스랍니다. 제 소개를 할게요. 전 레미엘님의 패밀리어, 제나라고 합니다. 만나서 반갑습니다."

제나는 허리를 숙이며 우리에게 인사했다. 그런데 가만, 호문크루스라고?!

"저기⋯ 호문크루스라면 보통⋯⋯."

내가 무엇이 궁금한지 안 레미엘은 웃음을 지으며 설명해 주었다. 이미 그의 얼굴은 마법으로 치료했는지 원래대로 돌아와 있었다(역시 많이 당해본 일이었을 거야).

"하하, 보통 호문크루스라면 그렇죠. 하지만 제나는 조금 특별한 호문크루스거든요."

레미엘의 말의 뒤에는 '제나는 특별한 방법으로 태어난 호문크루스입니다' 라는 의미가 붙어 있었다. 나도 명색이 마법사이니만큼(정확히는 마검사지만⋯) 그 비법이 궁금하지 않을 리가 없었다. 게다가 나도 예쁜 호문크루스를 패밀리어로 가지고 싶은 욕심도 들었고 말이다.

사실 전에도 호문크루스를 패밀리어로 할 수 있는 것을 알았지만 호문크루스는 평생 양육용 캡슐에서 나올 수 없다는 내용에 포기했던 일이 있었다.

"레미엘, 어떤 방법인데? 가르쳐 줘, 응?"

레미엘은 갑자기 자신에게 딜라붙으며 애교(⋯)를 부리는 나를 낭황한 눈초리로 바라보더니 이내 무언가 또 위험한 생각을 했는지 순간적으로 눈에 섬광이 지나갔다.

"하하, 물론 가르쳐 드려야죠."

"정말?"

여기까지는 좋았다. 하지만…

"단, 조건이 있는데……."

"뭔데뭔데? 내가 해줄 수 있는 거면 다 해줄게."

아니나 다를까, 그는 또 말도 안 되는 제안을 한 것이다.

그는 씨익 웃으며 검지를 치켜세워 보였다.

"저와 하룻밤만 자주신다면야… 으큭!"

빠악!

물론, 이 효과음의 정체는 모두 다 알고 계시리라 생각한다. 하나 특이한 점이 있다면 이런 레미엘의 작태에도 저 제나라는 호문크루스는 별다른 소리를 하지 않는다는 것인데… 그저 고개만 젓고 있는 것을 보니 많이 접해본 일인 듯싶다.

"이 음탕 바람둥이!! 자꾸 왜 이미 애인 있는 엘프 몸을 노리고 난리야! 난 지금 레아랑 같이 잔 적도 없단 말야!"

마지막 내 말에 레아는 얼굴이 홍당무처럼 변했다. 나도 내 말이 조금 과했던 것을 뒤늦게 깨닫고 고개를 숙였다. 얼굴이 너무 뜨거워졌으니까.

그리고 그 다음은? 내 엄청난 고함에 또다시 주점의 주객들이 모여들었다.

"뭐야? 또 무슨 일이야?"

"저 엘프 소녀, 양다리인가?"

"아냐, 저 엘프가 저렇게 화내는 걸로 봐서 저 청년이 양다리였을 거야."

"그런데 저 얼굴 붉어진 엘프 둘 다 여자 아닌가?"

"혹시 동성연애인가?"

"뭐어? 엘프가 동성연애를 한단 말야?"

"뭐야? 또 사랑싸움이야?"

"그런가 봐, 아까 전에 같이 자고 어쩌고 한 내용의 말이 오갔다니까?"

"엘프는 참 과격한 종족이었구만."

"그러게 말야. 다음부터 엘프를 만나면 조심해야겠어. 다짜고자 주먹질을 할지도 모르니까."

…….

거기다 란슬로 오빠가 덧붙인 한마디도 꽤나 압권이었다.

"그래, 아예 지금 보내 버려라. 끝장을 내버려."

…나중에 둘 사이에 무슨 일이 일어났기에 이러는 건지 꼭 물어봐야겠다고 생각해 두는 나였다.

"그런데, 레미엘."

"네? 무슨 일이신지?"

내 질문에 레미엘은 고개를 돌리며 질문했다.

"어떻게 우리보다 빨리 와 있었던 거야?"

분명 레미엘은 우리보다 늦게 출발했을 것이다. 아니, 게다가 본국으로 돌아가느라 상당한 시간을 소요하기까지 했을 텐데…

하지만 레미엘은 별로 대단한 일 아니라는 듯한 표정을 짓고 있을 뿐이었다.

"저희 프로튼에는 상당히 훌륭하고 빠르고 기발한 데다가 신속하지만 그만큼 황당하고 정확도 개판인데다 야만스러운 이동 방식이 있습니다."

무슨 소리야? 야만스러운 이동 방식이라니?

"혹시 동물 같은 것을 타고 다니는 거야?"

하지만 내 질문에도 레미엘은 대답하지 않고 단지 묘한 웃음을 지으며 고개를 저을 뿐이었다.

레미엘이 말한 그 운송 수단이 무엇인지 궁금해하고 있는 나에게 해답을 준 것은 의외로 티니였다. 그녀는 내 등을 손가락으로 톡톡 두드렸고, 그에 반응한 내가 뒤를 돌아보자 내 귀에 대고 속삭였다.

"주인 언니, 저 사람이 말하는 이동 수단은 아마 '캐논' 일 거예요."

캐논? 그건 또 뭐야? 하지만 일단 레미엘이 그 이상한 이름의 교통 수단(…)을 사용했다는 것은 알았으므로 나는 티니에게 고개를 끄덕여 보였다.

레미엘은 우리 둘이 속삭이는 내용을 들었는지─티니 목소리의 특성 때문에 속삭여 봤자─나와 티니를 바라보며 피식 웃었다.

"호오, 잘 알고 계시는군요. 혹시 타보셨는지?"

하지만 티니는 고개를 저었고 그럴수록 내 궁금증은 커져 갔다. 결국 아무래도 본인에게 직접 물어보는 것이 좋다는 결론을 내렸다.

"레미엘, '캐논' 이 뭔데 그래?"

"하하, 별로 대단한 건 아니라니까요."

"대단하든 안 대단하든 궁금하니까 말해 봐!"

레미엘은 여전히 말하기를 거부했으나 계속 끈덕지게 매달리자 결국 실토했다.

레미엘은 말하는 동안 생긴 작은 사고 덕분에 퉁퉁 부어버린 얼굴을 매만지며 설명을 해주었다.

"후우, 대단한 건 아닙니다. 사람을 쏘아 날리는 거죠."

"쏘아 날려?"

그게 무슨 소리야? 사람을 쏘아 날리다니? 사람이 무슨 화살인가?

"길고 둥근 원통형의 관이 있습니다. 그 안에 사람을 집어넣고 쏘아버리는 거죠."

흐음… 그거라면 쟈밀의 책(만물사전)에 나와 있던 '대포'라는 것과 흡사하군. 거기에는 사람이 아닌 '포환'이라고 부르는 쇠공을 집어넣는다는 게 다르지만.

"그럼 화약을 쓰는 거야?"

내가 생각해도 어이없는 질문에 레미엘 역시 황당함을 느꼈는지 옆머리에 굵은 땀이 맺혔다.

"설마요. 사람 죽일 일 있습니까? 마나의 반발력을 이용해서 밀어내는 방식이죠. 아, 물론 그렇게 '발사'해도 일단 당사자는 어느 정도 수준의 실드를 펼칠 정도는 되어야 살아서 목적지에 도달하겠죠. 물론 플라이 마법이나 페더 폴 마법은 필수고요. 추락사하기 싫으면 말이죠."

흐음, 그런 방법인가? 그럼 이건 '발사'가 아닌 '사출'이 되겠군.

레미엘의 설명은 계속되었다.

"하지만 이건 이것 나름대로 쓰기가 어렵습니다. 쓰기 전에 목적지를 타겟으로 잡은 다음에 확실하게 계산을 해야 하거든요. 게다가 거리가 멀어질수록 정확도가 떨어지는 문제가 있습니다. 때문에 요즘은 거의 쓰지 않습니다만……."

잠시 말을 흐리는 레미엘은 나와 티니를 보더니 이내 일행 전체를 훑어보았다. 그리고는 검지를 입가에 가져가며 부탁조로 말해 왔다.

"일단 이것은 저희 프로튼에서도 2급 기밀로 취급하는 물건입니다. 아무리 쓰지 않는 물건이지만 기밀이니만큼 일단 이 이야기는 타인에게 말하지 말아주셨으면 하는데……."

그의 말에 우리는 모두 고개를 끄덕였다. 이렇다 할 상황이 아니면 이야기를 꺼낼 이유도 없는 말이니까.

이내 레미엘은 티니를 흥미롭다는 시선으로 쳐다보았다. 문제는 그 흥미롭다는 시선이 조금 날카롭다는 것이지만(여기서 말하는 그 '날카로운 시선'은 같이 자고 싶다는 그 시선이 아니다)… 그런데 보통 이럴 때 평범한 어린아이라면 자기 보호자 품—지금의 경우라면 나 말이다—으로 안기겠지만 티니는 명색이 암살자 출신이라 그런지 오히려 자신의 손목에 있는 무기(일전의 그 날카로운 실—은사—이 나가는 무기인데 겉으로 보면 마치 팔찌와 비슷하게 생겼다)에 손을 가져갔다. 그러자 그 무기는 작게 '찰칵' 하는 소리를 내었다.

레미엘도 그 모습과 그 소리를 듣고는 질겁을 했다.

"이런이런, 보통 소녀 분이 아니셨군요."

두 손을 들며 고개를 젓는 레미엘의 모습에 티니는 다시 그 무기에 손을 가져갔고 다시 작게 '찰칵' 하는 소리가 났다. 아마 안전 장치 비슷한 것이 있는 것 같다.

"암살자였습니까, 티니 양?"

레미엘의 질문에 티니는 대답하지 않은 채 가만히 레미엘을 노려보고 있었고—나를 대할 때와 전혀 다른 태도였다. 나도 놀랄 정도로—그 상태로 계속 놔두었다가는 무슨 일이 터질 것 같은 분위기라 내가 중재에 들어갔다.

"그런 것까지 알 필요 없잖아. 안 그래?"

"뭐, 그렇기야 그렇지만……."

하지만 이미 그도 티니의 전직을 대충이나마 짐작한 듯한데… 뭐, 안다고 별일 생기는 건 아니겠지.

"그런데 형, 사람 찾는 거 말고 볼일이 또 있다고 했지? 그 볼일이라는 게 뭔데?"

아아크의 질문에 레미엘은 별로 대수롭지 않은 듯 대답했다.

"아아, 거래하러 가는 거야."

"거래?"

"응, 올해 분의 식량 거래. 머츠론은 우리 프로튼에서 곡식을 사가잖아. 이제 추수가 시작되었으니 거래를 갱신해야지. 아니, 원래는 미리 해 둬야 하는데 좀 늦었어."

레미엘의 대답에 아아크는 궁금한 표정을 지었다.

"그런 걸 국왕인 형이 몸소 갖다 온다고? 담당 없어?"

"아아, 당연히 담당이 있지. 너도 알지? 한지스 자작 말야."

"응? 아아, 그 변태늙은이?"

레미엘의 질문에 아아크는 아는 척을 했다. 그런데 변태늙은이라니? 대체 어떤 인간이기에? 아아크는 그 인간에 대해 별로 좋지 않은 감정이 있는 듯 살짝 인상을 찌푸렸다.

"그런데 그 변태늙은이가 왜?"

"원래 그자가 머츠론 쪽의 식량 거래를 담당했는데 이번에 비리가 적발됐어."

"무슨 비리?"

"감히 왕실의 곡식을 팔고서 계약서와 영수증을 조작해서 일부 대금을 횡령했더군."

레미엘은 마치 불구대천의 원수를 생각할 때처럼 두 주먹을 불끈 쥐며 이를 갈았다. 그의 태도에 아아크는 고개를 내저으며 한숨을 쉬었다.

"후우, 형이 그런 자세를 취하는 걸 보니까 그자를 어떻게 처분했는지 알겠다."

"당연한 거 아냐? 감히 왕실을 우습게 보다니. 그런 건방진 귀족은 세상에 존재할 가치가 없어."

레미엘의 말을 들어보니 처형했다는 거군. 하지만 왠지 그 정도로 끝난 것 같지 않은 생각이 들어 직접 질문을 해보았다.

"레미엘, 그 '변태할아범' 인가 하는 자를 어떻게 처벌했는데?"

"누나… 그런 건 차라리 안 듣는 게……."

"당연히 삼대를 멸하고 작위를 박탈했죠. 아, 전 재산의 몰수도 있었군요."

"뭐어?!"

레미엘의 당연하다는 말투에 나는 놀랄 수밖에 없었다. 아아크는 아까보다 더 큰 한숨을 쉬며 고개를 돌렸다. 듣고 있던 란슬로 오빠도 크게 놀란 듯 입이 벌어져 있었다.

"그, 그럼… 당사자 외에도 죄없는 가족들까지 다 처형한 거야?"

"당연한 일입니다. 그렇게 엄하게 하지 않으면 귀족들은 결국에 기어오릅니다."

레미엘은 웬일인지 조금 흥분한 듯했다. 그는 아까보다는 덜했지만 평소보다 말에 힘이 들어가 있었다.

"그리고 그런 귀족들이 하나둘씩 늘어나면 결국 왕권은 그런 자들에 의해 처절하게 유린되죠. 그때가 되면 나라고 뭐고 없게 됩니다. 불길한 징조는 불씨일 때 미리미리 짓이겨 놓아야 합니다."

"그런… 그래도 그건 너무 심하잖아?"

내 말에 레미엘은 한숨을 쉬었다.

"후우, 누나는 엘프니까 이해하지 못할 수도 있겠죠. 저희 프로튼은 마법사의 나라입니다. 저희는 소브런같이 기사도로 무장한 매너있는 귀족도, 크로이츠같이 뼈대있는 자존심 때문에라도 청렴한 귀족도 없습니다. 항상 호시탐탐 왕권에 기어오를 생각만 하는 쓰레기뿐이죠."

"그럼 아예 귀족이라는 계층을 다 없애면 되지 않나?"

"그렇게 할 수 있었으면 진작 그렇게 했을 겁니다. 하지만 그렇게 할 수가 없으니까 문제이죠. 아무리 왕이 잘나도 그 광대한 영토를 혼자 다 스릴 수는 없습니다. 마법사들도 저희 국정에 자주 협력을 해주지만 따로 영지를 가지고 싶어하는 마법사는 거의 없습니다. 일부 연구비가 궁한 마법사들이 연구비를 충당하기 위해 잠시 몇 년 정도 맡는 정도일까. 결국 귀족이 필요하게 되죠. 이것이 저희 프로튼이 소브런이나 크로이츠에 버금가는 국력과 영토를 가졌으면서도 왕국으로 남아 있는 이유입니다. 제후국 같은 걸 만들면 위험하니까요."

"흐음……."

대충 이해는 가겠지만… 역시 인간의 형벌은 이해하기 힘들어. 갑자기 궁금한 것이 생긴 나는 이번에는 레아에게 질문했다.

"레아, 소브런은 귀족을 어떻게 처벌해?"

"네? 아아, 제가 아는 바로는 반역죄를 제외한 대부분의 죄는 기사 자격을 박탈하는 정도로 끝나는 걸로 알고 있어요. 한 번 기사 자격을 박탈당한 자는 다시는 기사가 될 수 없긴 하지만요."

어라? 이쪽은 의외로 가벼운 처벌이잖아? 왜 같은 인간의 나라인데 이렇게 형벌이 다른 거야? 같은 죄라도…

하지만 레미엘은 내가 질문도 하기 전에 그 의문에 대한 답을 해주었다.

"후우, 레아시아 양. 소브런은 기사 작위가 없으면 아무것도 못합니다. 결코 대수로운 게 아니라구요. 죽이지만 않을 뿐이지 어쩌면 그 이상의 정말 고달픈 형벌입니다."

그리고 아아크가 그의 설명을 이어받았다. 이럴 때 보면 둘이 정말 잘 맞는 한 쌍이린 말야……

"소브린은 기사의 명예를 중요시하는 만큼 기사가 아닌 귀족은 귀족 취급도 못 받아. 게다가 기사가 아닐 경우에는 아무리 황족이라도 하급 문관조차 할 수 없지. 게다가 기사가 아니면 영지조차 못 받아. 물려받는 영지라도 다스릴 권한이 없고."

"다스릴 권한은 있어. 다만 수조권을 못 받는 거지."

아아크의 말을 레미엘이 정정해 주었다. 아마 수조권이 왕 대신 세금을 대신 걷는 권리였지?

"그게 그거잖아? 누가 거저 일하겠어?"

"일단 다른 건 엄연히 다른 거다, 아아크."

레미엘은 몸을 뒤로 젖히며 크게 기지개를 켰다.

"으아아~ 어쨌든 그렇게 돼서 내가 직접 거래에 임하러 가는 거야. 물론 이건 핑계에 불과하고 진짜 목적은 레노아 양을 찾는 거지만."

그의 말에 아아크가 문득 무언가 생각난 듯 손뼉을 치며 질문했다.

"형, 혹시 그 레노아 양, 엘즈마이어 경의 동생 아니었나?"

"응, 이제 기억났냐?"

"내가 잘 기억할 리가 있어? 하긴, 유일하게 형을 차버린 여자이니 다른 여자들에 비해 선명하게 기억나기는 하지만."

호오, 레미엘이 채이기도 했단 말야? 저 천하의 바람둥이가? 비단 놀란 것은 나뿐이 아니었다. 레아도 조금의 의외라는 듯 호기심있는 표정을 하고 있었다.

"레미엘, 네가 채인 적도 있었어?"

"아, 조금요."

은근슬쩍 대충 때우고 넘어가려는 듯한 레미엘의 태도는 나의 호기심을 더욱 자극했다.

"뭐야, 그렇게 어물쩡 넘어가려는 건. 빨리 사실대로 말……."

하지만 나는 이내 하던 말을 멈출 수밖에 없었다. 레미엘이 쓸쓸해 보이는 듯한 표정을 짓는 게 아닌가?

'오늘은 레미엘의 표정이 다양하게 변하는구나.'

"제가 이렇게 여자를 두루 섭렵하려다가 미움을 받고 말았죠. 그녀에게."

그의 쓸쓸한 자조적 웃음에 나는 갑자기 레미엘에게 미안해졌다.

"…미안, 쓸데없는 말을 해서."

"아뇨, 괜찮습니다. 고의로 그러신 것도 아닌데요. 빨리 찾아야죠, 레노아 양을."

하지만 여전히 쓸쓸한 표정이 남아 있는 레미엘의 모습은 그리 괜찮아 보이지 않았다.

그런 레미엘이 안쓰러웠으나 잠시 후에 그의 표정이 원래대로 돌아온 직후에 한 한마디는 그런 감정을 단번에 씻어 내리게 하였다.

"아, 라니오스 누나, 기왕 사과의 뜻으로 제 부탁 하나만 들어주실래요?"

"뭔데?"

"오늘 밤 저를 위로해 주세요. 침대에서."

빠각!

"캐액!"

"말이 될 소리를 해!"

이게, 만나자마자 자꾸 음담패설을 난무하는 이유는 뭐야?! 짜증나게.

설마 지금 나까지 꼬시려고 하는 건가? 이미 레아와 연인 사이에 있는 나를?

그러고 보니 전에 내가 여자로 변한 이후 다시 만났을 때의 레미엘의 시선이 왜지 느끼해진 것 같기두 했고…

'설마, 기분 탓이겠지. 이미 그 레노아라는 사모하는(?) 여인도 있잖아?

하지만 지금 속은 불안해 죽을 지경이었다. 저놈, 지금 레노아와 나 둘 중 어느 쪽에 고백(…)할지 고민하는 중인지도 모른다는 생각이 들고 있으니까.

뭐, 그렇다고 한다 쳐도 레미엘의 태도를 보면 아직 그 레노아란 여자 쪽에 더 큰 마음이 가 있는 듯하지만…

이렇게 된 이상 빨리 레미엘이 레노아를 찾아서 둘이 맺어지게 만들어 나한테 화살 날리는 행동을 중지시켜야지. 그 여자와 맺어지면 그녀의 성격 때문에 바람피우지는 못할 테니까(직접 만나본 적은 없지만 레미엘의 이야기로 미루어보아 그럴 거라 생각한다).

아마크의 형

커다란 동굴, 너무 거대한 나머지 동굴이라기보다는 건물 내부라고 해도 좋을 정도로 거대한 동굴 안에 세 명의 인물이 있었다. 그들은 예의 그 거대한 동굴 내부에 나뉘어져 있는 한 방 안에 있었다.

그곳에는 마법 실험을 하는 장소였는 듯 바닥 곳곳에 마법 실험에 쓰는 도구들과 시설들이 바닥에 널브러져 있었다. 하지만 이미 누군가 침입했었는 듯 중요한, 또는 가치가 있는 물건들은 이미 사라진 채 그리 값어치없는 것들만이 바닥에 뒹굴고 있을 뿐이었다. 다른 방도 마찬가지였으나 이곳과 다른 점이 있다면 원래 무슨 용도로 쓰였는지 모를 정도로 깨끗하게 털려 있다는 것이었다.

세 명의 사내 중 붉은 머리, 일전에 마그라고 불린 사내는 눈앞의 광경을 바라보며 이를 악물었다.

"젠장……."

그리고 그것은 나머지 두 사내도 크게 다르지 않았다. 특히 금발의 사내는 크게 동요하고 있었다.

"이럴 수가……."

그는 큰 충격을 받은 듯 몸을 부들부들 떨고 있었다. 청발사내의 경우가 가장 냉정을 유지하고 있는 듯하였으나 그 역시 겉모습이 그럴 뿐 굳게 쥔 두 주먹이 떨리고 있었다.

적발의 사내, 마그는 결국 끓어오르는 화를 주체하지 못하고 바닥을 세게 내려쳤다.

쿵!

제법 큰 소리가 동굴 내부를 울렸으나 동굴 내부의 암석이 단단한지 그가 친 바닥은 아무 피해를 입지 않았다. 오히려 마그의 주먹만 상처를 입고 피를 흘릴 뿐이었다.

"젠장! 어떤 새끼야! 감히 세린의 레어를 털어간 자식들이?!"

평소에는 침착을 유지하던 청발사내도 상당히 흥분한 듯 마그의 말에 한마디 덧붙였다.

"게다가 세린은 행방 불명. 누구인지 모르겠지만, 만약 세린에게 무슨 일이 생겼을 경우에는 나, 제르카테스의 이름을 걸고!"

그리고 그의 말을 금발사내가 받았다.

"그리고 나 리크라테스의 이름을 걸고!"

마지막으로 마그가 그 말을 받았다.

"나 마그루라의 이름을 걸고!"

마지막 한마디는 셋이 동시에 외쳤다.

"절대 용서하지 않겠다! 절대로!"

그제야 셋은 오랜만에 자신들의 생각이 일치한다는 것을 눈치 채고는 서로를 바라보며 피식 웃었다.

"이거 간만에 완벽하게 의견과 생각이 일치했군."

"그러게 말이다."

"이런 일에 내가 빠질 수 없으니까."

한마디씩 주고받은 셋은 이내 몸을 돌렸다. 그리고 크게 걸음을 옮기며 레어를 빠져나왔다.

"그런데 방금 그거 꽤 멋있었지 않았냐?"

"그러게 말야."

"다음에 기회가 있으면 한 번쯤 또 써먹어보자."

이드는 공중에 떠 있었다. 그리고 그의 주변에 많은 이들이 모여 그의 말을 기다리고 있었다. 그들은 대부분이 신족과 마족들이었다.

이드는 자신을 바라보고 있는 이들을 둘러본 뒤 서서히 입을 열었다.

"다들 알고 있을 거라 생각한다. 내가 이드다."

그의 한마디에 많은 이들이 고개를 끄덕였다. 이미 알고 있다는 대답의 표시였다.

그들의 모습을 보며 이드는 계속 하던 말을 이어 나갔다.

"간단히 말하겠다. 이제부터 우리는 이 물질계의 존재들과 전쟁을 할 것이다."

이드는 이런 말을 하면서 속으로는 한숨을 쉬고 있었다. '이런 짓도 벌써 몇 번째인가?' 라는 생각을 하며.

"이미 이 자리에 모인 이들은 대충이나마 알고 있을 것이다. 이 순간을 기해 신계와 마계는 사라진다!"

순간 그곳에 모였던 이들 사이에 큰 술렁임이 지나갔다. 그들이 알고 있던 바와 조금 달랐던 것이다.

하지만 이드는 그에 대한 해명은 하지 않은 채 계속 자신의 할 말을 계속했다.

"아까의 말을 반복하겠다. 우리가 하는 것은 '전쟁'이다! 그리고 승리해야 한다. 이것은 우리의 이상을 위해, 그리고 우리가 살아남기 위한 유일한 방법이 될 것이다!"

그의 기세에 수군거림이 그쳤다. 모두 그의 위세에 눌린 것이다.

"너희가 살던 신계와 마계는 잊어라! 이제부터 이곳이 너희가 살 곳이될 것이다. 그리고 우리의 삶의 터전을 확보하기 위해 벌이는 전쟁이라는 것을 잊지 말도록!"

하지만 그의 말을 듣고 있는 신족과 마족은 이해할 수가 없었다. 저이드라는 인간이 자신들의 우두머리를 이겼기 때문에 지금은 그가 자신들의 우두머리이다. 그래서 그의 명에 따라 이 물질계에 내려왔지만 자신들이 살고 있는 신계와 마계를 버려가면서까지 이 생활하기 불편한, 보통 불편한 것이 아닌 이 지상계에서 살아야 한다는 것을 그들은 이해할 수가 없었다.

이드도 그것을 알고 있다는 듯 설명을 해주었다.

"지금 여기 모인 자들은 궁금할 것이다. 어째서 너희들의, 너희들만의세계였던 신계와 마계를 버려가면서까지 이곳 중간계에 와야 하는지.

그의 말을 듣고 있는 모든 신족과 마족들은 이어질 그의 다음 말을 기다렸다. 이드도 그것을 알고 있는 듯 고개를 끄덕인 뒤 잠시 숨을 고른뒤 설명을 계속했다.

"너희들도 알고 있는 이들이 많을 것이다. 자신이 살고 있는, 아니! 이제는 살았던 신계와 마계가 붕괴하고 있었다는 것을!"

많은 이들이 고개를 끄덕였다. 그의 말대로 이 물질계의 시간으로 몇십 년 전부터 자신들의 세계가 붕괴하기 시작했던 것이다.

"그대로 놔둔다면 너희들은 몇백 년쯤은 더 살 수 있었겠지. 하지만그것으로 만족할 것인가? 아마 아니라고 할 이들이 대부분일 것이다. 나는 그렇게 믿는다. 목숨을 유지한다는 것보다 자신이 그렇게 의미없이 죽어간다는 것에 불안함과 분노를 느꼈을 것이다!"

은근히 자신들을 띄워주는 이드의 말에 모두들 고개를 끄덕였다. 심지어는 사실은 목숨을 유지하기에 바빴던 이들 역시 말이다.

"붕괴한 신계와 마계는 의미없이 사라지지 않는다. 두 세계는 이제 이 세계에 융합할 것이다. 아마 당장부터 어느 정도 막힌 숨이 풀릴 것이다."

이드는 잠시 말을 멈추었다. 그리고 위압적인 시선으로 자신을 올려다보는 신족과 마족들을 다시 한 번 둘러보았다. 그의 시선을 마주치는 이마다 그의 눈빛에 위축되고, 감탄하고, 어떤 이들은 정면으로 그의 시선을 받아내었다.

"하지만 그것만으로는 부족하다! 이제부터 필요한 것은 영체이다! 지금 이 순간, 정확히 말하자면 붕괴하던 신계와 마계가 이 세계와 융합하는 순간부터 잠시 이 세계는 다른 세계와 모든 것으로부터 단절된다! 이 순간부터 죽는 자들은 모두 이 세계를 구성하는 물질로 변화한다. 알겠나?"

이드의 말에 그들은 크게 놀랐다. 그가 말하는 대로라면 이 순간부터 죽게 된다는 것이 소멸과 큰 차이가 없게 된다는 것이므로.

"그러니까 죽지 마라! 무차별로 이 세계의 존재들을 제압하다가는 이쪽도 큰 손실이 있을 것이다. 또한 이 세계에도 강대한 존재들이 있다는 것을 잊지 말도록! 일단은 휴식을 하며 힘을 비축해라. 당장 전쟁을 시작하지는 않는다. 전쟁이 끝날 때까지 더 이상의 휴식은 없다고 생각하며 쉬어라. 이상이다."

그것으로 연설을 마친 이드는 이내 천천히 밑으로 내려왔다. 그리고 그의 말이 끝나자 대부분의 신족과 마족들은 다른 곳으로 사라졌다.

"수고했어요, 이드."

그가 땅 위로 내려서자마자 레노가 힘든 표정을 하고 있는 그를 부축했고 이드는 순순히 그녀의 부축을 받았다.

"뭐, 수고까지는… 하지만 정말 다른 의미로 힘들기는 힘들더군."

"우후훗."

왠지 투정을 부리는 듯한 이드의 모습에 레노는 웃었다.

'그래요, 이것이 진짜 당신의 모습이에요.'

이드는 자신을 보고 웃어주는 레노를 보며 느꼈다. 자신은 왜 이 세계에 머물지 못하는 것인가, 그리고 왜 이 세계의 이들을 속이며, 심지어는 자신을 아끼고 사랑해 주는 이들까지 속여가며 이런 짓을 해야 하는가?

하지만 이미 멈출 수 없었다. 돌이킬 수가 없게 되었다. 굴러가기 시작한 운명의 수레바퀴는 수많은 업을 짊어진 상태일지라도 멈추지 않고 굴러가기 시작한 것이다. 설령 그것의 끝이 비참한 파멸이라 할지라도.

"레노."

갑자기 가라앉은 목소리로 자신을 부르는 이드의 모습에 레노는 고개를 들었다. 그녀의 눈앞에는 언제나 이드와는 다른 이드가 있었다.

"이드, 갑자기 왜 그……."

와락―

레노의 눈이 커졌다. 돌연 이드가 자신을 껴안은 것이다. 그녀의 어깨를 잡고 있는 이드의 손은 떨리고 있었다.

"이 세계에서 내가 제일 사랑하는, 이 세계에서의 나의 연인, 레노."

"아……."

레노의 눈에 눈물이 고였다. 기쁨과 슬픔이 동시에 교차한다는 것은 이런 것일까? 비록 그는 자신을 '사랑한다'고, '연인'이라고 말해 주었지만 그것은 어디까지나 '이 세계에서'였기에…….

이드는 레노를 껴안은 손에 더욱 힘을 주었다.

"…미안해."

"……."

레노는 대답이 없었다. 대답을 할 수가 없었다. 그녀는 자신을 껴안은 이드의 등을 쓰다듬으며 말했다.

"이드… 저는 역시 당신의 진정한 연인은… 될 수 없는 건가요?"

"…미안해."

이드의 입에서는 연신 미안하다는 말이 흘러나올 뿐이었다. 하지만 레노는 고개를 저었다.

"아뇨, 기뻐요. 이드는 제 부탁을 들어주었잖아요? 이 세계에서만이라도 저의 연인이 되어주시니까……."

"…미안해."

이드는 레노의 이마에 자신의 입술을 가져갔다. 그리고 그녀를 안고 있던 손을 풀어주며 뒤로 물러났다.

"레노… 나는 사실… 너희들을 속이고 있는지도 몰라."

"네?"

레노가 의아한 표정을 지으며 그에게 대답을 요구했지만 이드는 계속 미안한 표정만을 지은채 서 있을 뿐이었다.

"설령 이드가… 저와 다른 이들을 속이고 있어도… 저는 당신 곁에 있을 거예요."

"……."

이드는 대답이 없었다. 다만 레노를 향해 고개를 끄덕여 주었을 뿐이었다. 힘없는 미소와 함께.

이드와 레노가 서로를 껴안은 채 서 있을 무렵, 멀리서나마 그 모습을 보고 있는 이가 한 명 있었다. 그는 바로 애거트였다.

그는 멀리서 바닥에 앉은 채 둘을 바라보며 웃음을 지어 보였다. 하지만 매우 힘이 없는 웃음이었다.

"하아, 역시 당신은 이드를 포기하지 않나요?"

그는 자리에서 일어섰다. 그리고 옆에 놓인 자신의 무기 인피니티를 들어 올려 어깨에 걸치며 그들 반대쪽으로 터덜터덜 걸어갔다.

"그렇게 하십시오. 저도 당신을 사랑할 겁니다. 지금 이 순간 동안만."

한참 걸어가던 애거트는 문득 뒤를 돌아보았다. 이미 그의 시야에 이드와 레노는 보이지 않았지만 그래도 막연히 그들이 있을 방향을 바라보고 있었다.

"저도 아마 후에는 당신을 사랑하지 못할 테니까요."

그 뒤로 그는 뒤를 돌아보지 않았다. 그저 혼자서 걸어갈 뿐이었다.

이드가 말한 '전쟁 전의 마지막 휴식'을 취하기 위해서.

"하아, 이번 휴가는 나 홀로 휴가인가? 쓸쓸하구나."

결국 우리는 별일없이 레니암에 도착할 수 있었고 언제나처럼 '악의 총본산' 여관에 짐을 풀었다.

우리는 각자 자기 방에 짐을 풀어두고(1인실 두 개―나와 티니 용(우리둘 다 몸집이 작아서 사용 가능. 게다가 티니는 죽어도 나한테서 떨어지려 하지 않기에 어쩔 수 없었다), 3인실 하나―레아 용(아이아크와 제라드, 그리고 란슬로 오빠), 그리고 스페셜 룸(…)―레미엘 용)식당으로 내려왔다. 레미엘이 있어서 그런지 우리는 귀빈 전용 식당에서 식사를 하게 되었다.

"아, 여러분, 만약에 급하시지 않다면 돌아가실 때에도 저와 함께 가시지 않겠습니까?"

"얼마나 걸리는데? 우리는 아마 하루나 이틀 정도면 끝나는데."

레미엘은 잘되었다는 듯 웃으며 대답했다.

"저도 그 정도면 됩니다. 일단 계약서만 작성하면 되니까요. 마침 잘되었군요."

"그래⋯⋯."

솔직히 나는 별로 잘된 게 아닌데⋯ 돌아가는 도중에도 '같이 자주실래요?'를 들어야 하는 상황이 벌어지고 마니까.

아, 차라리 이때 물어보는 게 나을 것 같았다.

"레미엘."

"질문하시죠."

언제든지 대답해 줄 준비가 되어 있다는 듯한 태도의 레미엘을 보며 나는 따지듯이 물었다.

"너, 자꾸 여기 오는 동안 '같이 자주세요'를 몇 번이나 했는지 알지? 대체 그러는 이유가 뭐야?"

하지만 내 질문에 레미엘은 전혀 찔끔하지 않은 채 오히려 미미한 미소를 지으며 대답했다.

"그걸 질문이라고 하시다니 너무하시는군요. 당연한 거 아닙니까?"

"뭔데?"

나는 살짝 인상을 찌푸리기까지 했으나 레미엘은 여전히 웃음을 잃지 않고 있었다.

"라니오스 누나를 처음 볼 때부터 느낀 겁니다. '만약에 이분이 여자였다면 청혼을 했을 텐데'라고."

"⋯그래서 결론이 뭐야?"

내가 속을 진정시키느라 앞에 놓인 냉수를 마시는 동안 나온 레미엘의 대답은 가관이었다.

"양다리를 걸치고 싶은데요."

"……."

역시나였나……? 이마에 힘이 잔뜩 들어가는 가운데서도 레미엘의 말은 끝나지 않았다.

"저도 포기 안 할 겁니다. 라니오스 누나가 원래의 남자로 되돌아가지 않는 이상 계속 누나에게 대시할 테니까요. 설령, 이미 레아시아 공주 전하와 연인 관계라도 말이죠."

…역시 저 녀석은 바람둥이야. 이런 대사를 뱉어내면서도 얼굴색 하나 바뀌지 않고 계속 웃고 있다니… 오히려 내 쪽이 얼굴에서 열나는데.

나는 간신히 떨리는 몸을 진정시키고 입을 열었다.

"…웃기지 마."

"네?"

내 목소리가 너무 작아서 못 들은 듯 레미엘은 다시 말해 달라는 표정을 지었고, 나는 그동안 평정을 되찾고 그를 향해 단호하게 말했다.

"웃기지 마. 난 무슨 일이 있어도 레아와 결혼할 테니까. 너의 애인이 되어줄 생각은 전혀 없어."

여기가 귀빈실이라 주변에 아무도 없어서 다행이지… 이런 대사를 이렇게 잘도 뱉어내다니, 나도 미쳤나 봐. 게다가 내 말에 레아도 부끄러운지 얼굴을 붉히고는 몸을 이리저리 배배 꼬고 있었다.

하지만 이런 상황에서도 우리의 막강(…)한 레미엘은 그저 허허 웃을 뿐이었다.

"하하하, 물론 예상하고 있었습니다. 하지만 포기 안 할 겁니다. 아셨죠?"

"흥."

마침 그때 식사가 도착했고 레미엘의 얼토당토않은 구애는 그제야 멈출 수 있었다.

　나는 지금 화를 내고 싶었다. 생각 같아서는 당장 저 인간을 흠씬 두 들겨 패주고 싶은 심정이었다.
　하지만 그렇게 할 수 없었다. 이 자리는 공석이기 때문이고, 나는 '부탁' 을 하러 온 입장이기 때문이다.
　"그렇다는 것은… 머츠론은 협력을 해주시지 않겠다는 것입니까?"
　두 겹의 두툼한 턱, 살이 투실투실 쪄서는 아래로 축 처진 뺨, 불룩 튀어나온 뱃살에 뒤룩뒤룩 온몸에 달라붙은 비계들.
　지금까지 내가 만나왔던 인간들의 지도자와는 판이하게 다른 모습이었다.
　그는 은근히 '나 지금 화났습니다' 라는 뜻을 비치는 내 모습에도 여전히 그 거만한 표정을 지으며 대답했다.
　"그렇소. 신탁이라니, 웃기지도 않는군."
　"…신을 모독하시는 겁니까?"
　한 나라의 지도자라는 인간이 지 모양 지 꼴이라니. 나는 정말 어떻게 이 나라가 아직도 살아 있는지 그것이 궁금할 따름이었다.
　"신? 허어, 그런 있는지 없는지도 모르는 존재를 떠받드는 집단이 하라는 대로 해야 올바른 것이겠소? 웃기는군."
　"……."
　나는 속에서 올라오는 감정을 주체하기 위해 부단히 노력을 해야 했다. 이자는 감히 우리 엘프들의 신이신 에루이아님까지 모독하고 있는 것이 아닌가?
　하지만 그는 연신 그 두툼한 입술 가죽을 씰룩이며 계속 지껄여 댔다.
　"여보시오, 엘프 아가씨. 우리는 지금 바쁘단 말이오. 고자 그런 말도 안 되는 예언 따위 신경 쓸 틈이 없단 말이오. 그렇다고 그런 걸 믿고 우리도 그 일에 협력을 한다고 시민들이 우리 당을 더 지지해 주기라도 한단 말이오? 아차차, 이건 못 들은 것으로 해주시오."

지지율? 그건 뭐지?

하지만 내가 그런 생각을 하든 말든 그는 연신 별 희한한 이유 같지도 않은 이유를 들어가며 내 신경을 긁어댔고, 결국 결론을 말하자면…

'일없소'.

가 되었다.

"으아악! 열받어! 인간이 더럽고 추악한 종족이라는 건 저런 녀석 때문에 나오는 거구나!"

"언니, 진정해요."

나는 애꿎은 샐러드에 화풀이를 해가며 화를 삭이고 있었고, 그런 내 모습을 보고 당황한 레아는 나를 말리느라 애쓰고 있었다.

레아에게는 미안한 일이지만 난 지금 도저히 참을 수가 없었다.

"가아악! 그건 레아, 네가 그 인간 자식을 못 봐서 그래. 그 자식이 어떤 말을 했는지 알아? 그전에 나를 볼 때부터 구역질나는 눈으로 날 쳐다보는 거야. 내가 '왜 그런 눈으로 보십니까?' 라고 하니까 그제야 조금 제대로 된 시선으로 날 보더군. 지금도 그 눈빛을 생각하면…으으으, 끔찍해, 끔찍해."

나는 양팔로 몸을 감싸며 몸을 부르르 떨었고, 그런 내 요란한 모습에 결국 티니도 나를 말리는 데 동참하게 되었다. 하지만 목소리 때문에 차마 말로 하지는 못하고 내 옷자락을 살살 잡아당기는 행동을 취해 보였다.

그런 티니의 행동에 나는 그녀의 머리를 만져 주며 말했다.

"…미안해, 티니. 이 언니는 지금 도저히 참을 수가 없단다."

그렇게 내가 또 한바탕 난리를 치려고 하는 순간 레미엘이 등장했다. 그는 자신의 일(곡물 거래)을 마치자마자 이쪽으로 왔는지 나갈 때 입고 있던 그 예복을 그대로 입고 있었다. 그리고 그의 패밀리어인 제나는 데리고 오지 않은 듯 보이지 않았다.

"아아, 먼저 식사들하고 계셨군요."

레미엘은 가장 먼저 내 쪽으로 시선을 돌리더니 이내 내 표정을 보고는 예의 그 웃음을 지었다(하긴, 레미엘은 언제나 싱글싱글 웃고 있지만…).

"이런, 라니오스 누나께선 일이 잘 안 풀리셨나 보군요."

"…네가 상관할 일이 아니잖아?"

그러자 레미엘은 피식 웃으며 방금 웨이터가 가져온 와인을 잔에 따르며 나직이 한마디 했다.

"이노센트."

"…치사한 놈."

레미엘의 한마디에 아아크, 제라드, 레아 모두가 궁금하단 표정을 지었으나 나나 레미엘이나 대답 안 해주기는 마찬가지였다.

"이런. 란, 너 저 바람둥이에게 뭔가 꼬투리라도 잡혔냐?"

눈치없는 란슬로 오빠는 이렇게 질문했고 나는 그런 란슬로 오빠에게 화풀이를 했다.

"오빠는 모르면서 끼어들지 마!"

"…씨이, 나만 미워해."

어린애 같은 투정을 부리는 란슬로 오빠는 제쳐 두고…

레미엘은 잔을 잡고는 살살 흔들었다. 그의 손 움직임에 따라 잔에 있는 액체가 출렁였다.

"걱정 마십시오. 그럴 줄 알고 누나의 일까지 해결하고 왔으니까."

"정말?!"

갑자기 밝아진 내 모습에 레미엘은 씨익 웃어 보였다.

"그럼요. 누구 일인데 제가 설마 그냥 지나쳤겠습니까? 사실 누나가 대통령 관저에서 나오실 때 표정 보고 '아, 퇴짜 맞았구나' 라고 느꼈죠. 그래서 제가 그 일까지 승낙을 받아왔습니다."

"어떻게, 어떻게?"

나는 완전히 강아지 모드—일단 이렇게 붙이도록 하겠다—가 되어서는 레미엘에게 꼬리를 치기 시작했다. 그런 내 모습에 레미엘은 연신 웃음을 지우지 못한 채 대답했다.

"하하, 대단한 건 아닙니다. 곡식을 거래할 때 미리 바가지를 씌워놓고 시작한 후에 끝날 때쯤에 은근슬쩍 신탁에 관한 이야기를 꺼냈죠. 협력하면 곡식의 값을 깎아준다고 했더니 냉큼 승낙하더군요. 덕분에 예년보다 조금 싸게 팔아버렸지만 말입니다."

설명을 마친 레미엘은 나를 보며 웃고 있었다. 그의 모습은 마치 '잘 했죠? 빨리 칭찬해 주세요' 라고 말하는 것 같았다. 뭐, 이번에는 참 잘한 일이니 칭찬해 줘도 되겠지.

"고마워, 레미엘. 덕분에 일이 잘 끝났어."

"하하, 라니오스 누나가 기쁘다면야 전 좋죠. 그런데 그렇게 말로만 끝내실 겁니까?"

이 다음에 나올 말이 무엇인지 나는 이미 다 짐작하고 있었다. 덕분에 좋던 기분이 다시 바닥으로 곤두박질치는 것을 느끼며 나는 그에게 질문했다.

"왜? 같이 자달라고 하려고?"

"하하하, 이미 알고 계시지 않습니까?"

생각 같아선 당장 저 녀석을 한 대 먹여준 다음에 고래고래 소리 지르고 싶었지만 장소가 장소인지라 일단 참기로 했다.

"내가 무슨 대답을 할지도 이미 알고 있을 텐데……?"

"하하, 물론 잘 알고 있죠. 그럼 어떤 방법으로 제게 보답하시겠습니까?"

레미엘은 빨리 대답해 보라는 듯 마치 선물 기다리는 어린아이의 그 순진무구한 표정으로 나를 바라보고 있었다. 우엑, 역겨워.

"…만드라고라 한 송이!"

"네에? 아니, 그 꽃을 가지고 계십니까?"

역시 레미엘도 마법사인지라 매우 놀라워하는 표정과 좋아하는 표정이 동시에 떠올랐다. 나는 '이거면 되겠다' 라는 생각을 하며 미소를 지었다.

"물론 내 집에 잘 모셔져 있지. 돌아갈 때 들렀다 가."

"하지만 엘프의 숲은……."

"아, 걱정 마. 내가 책임지고 우리 집까지 올 수 있게 해줄 테니까. 물론 나갈 때도 책임지고 보내줄 테니까."

내 호언장담에 레미엘은 기분이 좋은 듯 함박웃음을 지었다.

"구하기 힘든 만드라고라 꽃에다 엘프의 숲 견학까지. 이거 확실히 손해 보는 거래 조건은 아니군요."

"그렇지? 그럼 이걸로 그 이야기는 끝이다."

"그렇게 하죠. 하지만 다음에는 꼭 같이 자줄 것을 허락하게 할 빚을 만들고 말겠습니다."

저 녀석은 정말…….

레미엘의 노골적인 태도는 아무리 많이 접해도 도저히 익숙해지지 않는단 말야. 레아도 저 포기할 줄 모르는 불굴의 태도에 질렸는지 어색한 웃음을 지을 뿐이었다. 뭐, 레아야 내가 언제나 자신을 사랑한다는 것을 잘 아니까 그냥 호호 웃는 거고… 티니? 그녀는 레미엘이 저런 소리를 할 때마다 엄청난 경계의 눈빛을 보내는데, 이미 레미엘도 그냥 허허 웃으며 받아넘길 정도로 많이 겪혔다.

그런데 여기서 문제는 티니의 그 표정이었다. 레미엘이 '같이 자줘요'라고 할 때마다 티니의 눈빛은 단순히 경계의 눈빛 정도가 아니라 가끔 레미엘이 노골적으로 그런 말을 할 때에는 거의 경멸과 증오의 눈빛까지 담아서 그를 본다는 것이다. 내 생각에는 이런저런 것으로 짐작해 보건대─특히 일전의 그(!) 사건─아마 티니는 그 '같이 잔' 누군가에게 엄청 변태적인 짓을 당했는 듯싶다. 불쌍한 우리 티니.

내가 이런 생각을 하며 옆에 앉은 티니를 쓰다듬어 주자 티니는 기분이 좋은지 밝게 웃어주었다.

그리고 레아도 내 기분이 다 풀려서 웃고 있는 것을 보고는 함께 웃어주었다.

"어머, 언니. 티니만 그렇게 예뻐해 줄 거예요? 저는요?"

"물론 레아도 예뻐해 줘야지. 나의 사랑하는 연인인데."

"아이… 언니도 참."

"호호호, 부끄러워하긴."

하지만 이런 말을 하는 나도 얼굴이 화끈거리고 있었다. 일전에 세인과 레인 이상이라고 생각하고 있는 나였다.

그런데… 거기 아아크와 제라드, 그리고 란슬로 오빠! 대체 그런 시선으로 우리를 보는 이유가 뭐야?!

게다가 란슬로 오빠가 중얼거린 한마디는 압권이었다.

"릴… 보고 싶어. 흑."

…그리고 보니 란슬로 오빠는 릴과 연인 사이였지?

갑자기 이런 생각이 들었다. 만약에 내가 레아와 헤어지게 된다면?

…아마도 굉장히 외로울 것이다.

"아, 그러고 보니 이야기하는 동안 식사가 다 식었네요."

레미엘의 가벼운 한마디였다.

쟈밀은 자신의 집무실에서 언제나처럼 서류들을 정리하고 있었다. 하지만 다른 점이 있었으니, 그는 지금 웃으면서 서류를 정리하고 있었다는 것이다.

"흐흥~ 흥흥~ 룰루루~"

사각사각—

경쾌한 콧노래에 맞춰 그의 손에 들린 펜도 매끄럽게 움직이고 있었고 그럴수록 그의 작업 환경은 더욱 밝아졌다.

하지만 으레 이럴 때면 꼭 등장하는 방해꾼이 있기 마련이다.

스륵—

"실례합니다아~"

당연히 레이였다. 물론 그를 보자마자 쟈밀의 인상은 마구잡이로 구겨졌다.

"…왜 왔냐?"

불쾌하다는 감정이 팍팍 묻어 나오는 쟈밀의 말에 레이는 언제나처럼 눈웃음을 지었다.

"하하, 왜 그렇게 저만 싫어하십니까? 이거 섭하군요."

"그럼 싫어할 짓을 하지 마!"

"하하, 제가 언제…….."

슝—

쟈밀은 레이가 말을 마치기 전에 그를 향해 들고 있던 펜을 집어 던졌고, 그가 던진 펜은 아쉽게도 목표물을 맞추는 데에는 실패해 버렸다. 펜은 그대로 레이의 뒤에 존재했던 벽을 통과하듯이 뚫고 지나갔다.

레이는 자기 뒤의 벽에 뚫린 구멍을 힐끔 보고는 과장되게 무섭다는 모션을 취해 보였다.

"이런이런, 그 순간에 펜에 소멸의 권능을 부여하다니. 빠르시군요."

"시끄러! 용건이나 뱉고 빨리 사라져."

퉁명스럽기 짝이 없는 쟈밀의 말에 레이는 고개를 저었다. 하지만 여전 눈가에는 곡선이 그려져 있었다.

"다 했어요."

짧은 레이의 대답에 쟈밀의 눈썹이 꿈틀했다.

"…벌써?"

"네, 이제 도장만 남았어요. 원판처럼 하얀색으로 해드릴까요?"

쟈밀은 고개를 끄덕임으로써 긍정을 표했다. 레이도 고개를 끄덕이는 것으로 대답을 대신하였다.

"아마 알카드 씨 부탁이었겠죠? 그분은 꼭 그럴 때는 하얀색을 쓰시더라구요."

"그 녀석 취향 내가 알 바 아니지만 기왕 부탁했으니 들어줘야지."

레이는 다시 한 번 고개를 끄덕여 보인 뒤 바로 문을 열고 밖으로 나갔다.

레니암으로 가는 큰길, 지금 그곳을 한 갈색 머리의 소녀가 걷고 있었다. 그녀는 여행을 하는 중인 듯 간편한 여행복을 입고 있었다. 특이한 점이라면 그녀의 뒤를 쫓아오는 검은 고양이 정도일 것이다. 그녀는 일전에 세인들의 점을 봐주기도 했던 그 소녀였다. 소녀는 상당히 힘이 드는 듯 이마에 땀이 송골송골 맺혀 있었다.

그녀는 잠시 길가에 멈춰 선 뒤 팔을 들어 이마에 흐르는 땀을 닦았다.

"휴우, 힘들어."

소녀는 길 옆에 앉은 후 가방에서 수정 구슬 하나를 꺼내었다. 이내 그녀는 점을 보는 듯 한 손으로 수정 구슬을 든 채 다른 한 손으로는 구슬을 조심스레 쓰다듬으며 주문을 외웠다.

잠시 후 그녀는 비교적 만족할 만한 결과를 얻은 듯 웃음을 지으며 다시 일어섰다.

그녀가 다시 길을 재촉하려고 걸음을 옮기려는 때 그녀의 눈에 한 사람이 걸어오는 것이 보였다. 그는 전체적으로 하얀 바탕의 조금은 특이한 옷을 입은 사내였다. 무엇보다 그를 돋보이게 하는 것은 그가 어깨에 걸고 있는 것은 거대한 차크람이었다. 그것의 지름은 무려 2미터에 달하였다.

상대의 모습에 소녀는 긴장을 하며 사내의 옆을 지나려는 순간 사내가 그녀를 보고는 말을 걸었다.

"여어, 아가씨. 혼자 여행하시나 보죠?"

깜짝.

잔뜩 긴장한 상태에서 상대가 자신을 부르다 보니 소녀는 크게 놀랐다. 그리고 저 사내가 자신을 어떻게 할 것 같은 생각에 몸을 부들부들 떨었다.

사내는 자신을 보며 몸을 떨고 있는 소녀의 모습에 한숨을 쉬었다.

"에휴. 이봐요, 아가씨. 내가 아가씨를 어떻게 할 거라 생각합니까? 이건 단순히 호의라구요, 호의."

"누… 구시죠?"

아직 자신에 대한 경계를 풀지 않는 소녀를 보며 사내는 허탈한 미소를 지었다.

"전 애거트라고 하는데 모험자입니다. 아가씨의 이름을 들을 수 있을까요?"

"저는… 레노아라고 해요."

레노아의 대답에 애거트는 고개를 끄덕였다.

"레노아라… 좋은 이름이시군요. 그런데 무슨 일로 이렇게 혼자서 위험한 여행을 하고 계시는 거죠?"

"……."

레노아가 대답을 하지 않자 애거트는 고개를 크게 끄덕였다.

"뭐, 좋습니다. 처음 보는 낯선 사람이 그리 신용적이지는 않겠죠. 그럼 제가 맞춰볼까요?"

"……?"

알아들을 수 없는 애거트의 말에 레노아는 의아한 표정을 지었고, 애거트는 그런 레노아를 보며 씨익 웃었다.

"일단… 가출하셨군요! 그럼 안 됩니다! 가족 분들과 연인 분께서 크게 걱정하고 계신다구요!"

"……!!"

레노아는 갑자기 박력있게 소리 지르는 애거트의 모습에 한 번 놀랐고, 자신에 대해 정확하게 맞춘 것에 대해 또 한 번 놀랐다.

그리고 그녀가 놀란 가슴을 진정시키기도 전에 그의 말은 계속되었다.

"그 다음은… 누군가의 운명에 도움을 주기 위해서라… 이게 무슨 뜻이죠?"

"그것은……."

하지만 레노아는 대답할 수가 없었다. 그것은…

"저도 몰라요."

자신도 모르기 때문이었다.

"에에? 그런 게 어디 있어요?"

어이가 없다는 듯한 애거트의 모습에 레노아는 그만 웃어버렸다. 그의 표정 변화는 정말 재미있었기 때문이다.

"쿡쿡, 하지만 저도 자세히는 몰라요. 그저 제 운명이 인도하는 길로 나가는 것뿐."

레노아는 잠시 표정을 가라앉혔다. 그리고 고개를 들어 애거트를 바라보았다.

"당신도 운명을 보는 눈이 있으시군요."

"그렇게 됐습니다. 게다가 당신보다 더 뛰어나죠. 덕분에 고생 많이 했습니다."

"후훗, 이해해요."

이미 서로에 대해 통하게 된 둘이었다. 때문에 많은 말은 필요없었다.

애거트는 허리를 숙이며 레노아에게 손을 내밀었다.

"동행해 드릴까요, 레이디?"

그의 행동에 레노아는 웃으며 그의 손을 마주 잡았다.

"그렇게 해주신다면 고맙겠군요, 나이트."

자신을 부르는 호칭에 애거트는 너털웃음을 지었다.

"하하하, 나이트라니. 당치도 않습니다."

"하지만 지금은 기사보다 멋져요."

"이미 연인도 있으신 분이 그런 말씀 하시면 오해받습니다."

'연인'이라는 말에 레노아의 얼굴이 붉어졌다. 이미 그런 이야기를 할 정도면 자신이 좋아하는 이에 대해 대강은 알고 있을 터였으니 말이다.

"아가씨가 모르는 것 같아 말씀드리죠. 이대로 가시면 다시 화해를 할 수 있는 기회가 생깁니다."

순간 레노아의 눈이 커졌다. 애거트의 말에 난처한 생각도 들었지만 반대로 기쁜 감정도 동시에 들었다. 아무리 그래도 사랑하는 사람이니까 말이다. 그녀는 급한 감정에 애거트에게 다급히 질문했다.

"그, 그럼 얼마 안 가서 그분을 다시 만날 수 있나요?"

"그럴 것 같군요."

고개를 끄덕이는 애거트의 모습에 레노아는 기쁨과 난처함을 동시에 느꼈다. 어찌해야 좋을지 알 수 없었기 때문이다.

애거트와 레노아는 나란히 걸음을 옮기며 계속 대화를 하였다. 그 주제는 최근 흐려지기 시작한 운명에 관한 것이었다.

"그런데 아가씨도 요새 잘 안 보이십니까?"

"설마… 애거트님도 그러신가요?"

"하하, 조금 그렇습니다. 그래도 눈에 힘 주면 보일 정도는 되지요."

"그런가요? 전 이제 아주 부옇게밖에 안 보여요."

"그런데 님이라니요. 그렇게 안 부르셔도 됩니다."

"그럼… 이렇게 부를게요. 애거트 오빠. 괜찮죠?"

"하하하, 오빠라… 듣기 좋군요. 물론 대환영입니다."

그리고 둘은 잠시 후 어느 한 무리의 일행을 만났다. 그것은 특히 애거트에게 있어, 그리고 그들 일행 중의 한 사람에게 있어 결코 만나지 말았어야 할 사이의 만남이기도 했다.

애거트는 이미 그 느낌을 받은 듯 눈을 가늘게 뜨며 중얼거렸다.

"이런, 이거 큰일이군요."

"네?"

갑자기 알아들을 수 없는 말을 하는 애거트의 모습에 의문을 표시하는 레노아를 보며 애거트는 쓴웃음을 지었다.

"이거, 초면부터 안 좋은 모습을 보여 드리게 될지도 모르겠군요."

그 말을 끝으로 애거트는 계속 정면을 주시했다. 그리고 천천히 손을 뻗어 자신의 어깨에 걸치고 있던 차크람 인피니티를 바로잡았다.

　이리저리 해서 결국 좋게 일이 다 끝난 나는 이제 엘프의 숲으로 돌아가기 위해 발걸음을 옮기고 있었다.
　"그럼 이제 슬슬 전쟁 준비를 해야겠군요."
　레미엘은 자못 긴장된다는 말투로 이야기를 꺼냈다. 겉으로 보면 그는 그냥 눈웃음만 짓고 있는 듯하였으나 그 눈빛은 강한 예기를 내뿜고 있었다.
　"그렇겠지. 그래도 조금 휴식을 취할 여유가 있으면 좋겠는데. 이건 너무 사치스러운 소리일까?"
　이렇게 말하며 나는 레아를 쳐다보았고 레아는 배시시 웃으며 얼굴에 홍조를 띠었다.
　"레아, 같이 엘프의 숲에서 쉬지 않을래?"
　"물론요……."
　레아는 기쁜 듯 받아들여 주었고, 그런 모습을 보는 나 역시 매우 기분이 좋아졌다. 그리고 티니 역시 나와 같이 가겠다는 듯한 모습을 보였다.
　그렇게 되면 엘프의 숲에 가는 인원이 나, 레아, 티니, 란슬로 오빠, 그리고 잠시 들렀다 갈 레미엘까지 5명이군.
　"그럼 아아크와 제라드는 어떻게 할 거야?"
　내 질문에 아아크는 당연하다는 듯 대답하였다.
　"저야 물론 집에 돌아가야지요. 아마 전쟁이 벌어지면 나도 참전하게 될 겁니다."
　"제라드는?"
　내 질문에 제라드는 잠시 망설이는 기색을 보였으나 이내 고개를 저으며 대답하였다.

"제 본래 임무는 공주님의 호위였지만 라니오스… 누나… 라면 그리 걱정할 필요는 없다고 봅니다. 게다가 엘프의 숲을 저 같은 인간이 함부로 들어가기에도 그렇고……."

왠지 그는 자꾸 레아를 계속 따라다니고 싶어하는 눈치였으나 곧 포기한 듯 조금은 서운함이 남아 있는 표정을 지으며 대답했다.

"일단 황실에 보고를 해야지요. 그리고 저도 아마 다시 제2근위대에 돌아가서 준비를 해야지요."

하지만 아무리 그래도 무언가 미련이 남는 듯한 모습이었다. 제라드 녀석, 기사로서 레아를 사모했었나? 하긴 레아도 공주인데다 외모도, 마음도 이렇게 아름다운데 레이디로 모시고 싶은 기사깨나 있었겠지. 나도 첫눈에 반했는데.

"응?"

돌연 아아크는 무언가 이상한 듯 의문 부호를 중얼거렸고 그런 그의 모습은 왠지 예사롭지 않은 느낌을 주었다.

"왜 그래? 아아크, 설마 아침에 먹은 게 잘못된 거야?"

레미엘만은 아직 눈치를 못 챘는지, 아니면 갑자기 묘하게 돌아가려는 분위기를 환기시키고 싶은 건지 되지도 않는 농담을 시도했으나 당연히 그 정도로 아아크의 분위기가 밝아질 리는 없었다.

"무슨 일이야, 아아크?"

"이상해요. 무언가 기묘한 느낌."

평소의 그 닳아 빠진 나사 같은 아아크가 저런 표정을 짓다니… 새삼 나도 놀라워지는 순간이었다. 그는 마치 고뇌하는 영웅과 같은 모습을 보이고 있었던 것이다.

그러던 도중 우리가 가는 길 앞에 두 명의 사람이 눈에 띄었다. 한 명은 갈색 머리를 한 소녀였고 다른 한 명은 역시 갈색 머리의 청년이었다.

그는 우리를 보더니 이내 아는 척을 해왔다. 정확히 말하면 우리 전체가 아닌 우리 일행의.

"여~ 오랜만이구나, 아아크. 아, 그리고 거기 란슬로… 였나? 그쪽도 반갑군."

한 손으로는 거대한, 지름이 2미터에 달하는 커다란 챠크람을 잡고 다른 한 손을 흔들며 아아크에게 아는 척을 하는 이 사내의 모습에 당사자인 아아크는 인상을 찌푸렸다. 그리고 제라드와 란슬로 오빠의 경우에는 각자 자신의 검을 뽑아 들고 경계의 자세를 취하고 있었다.

"오랜만이군. 그동안 뭘 하고 다녔지?"

적대감이 풀풀 묻어 나오는 말투에 나는 깜짝 놀랄 수밖에 없었다. 아아크가 이런 태도를 보인 적은 이번이 처음이었기 때문이다.

하지만 상대는 신경 쓰지 않는 듯 여전히 허허 웃으며 대답하였다.

"뭐, 이렇다 할 거 있나? 그냥 여기저기 떠돌아다녔지."

"거짓말하지 마! 그냥 떠돌아다녔는데 우리 가문이 널 찾지 못할 리가 없잖아?!"

상당히 분노한 듯한 이이크의 모습에 레미엘을 제외한 나머지 일행은 크게 놀라고 있었다. 언제나 헤헤거리며 웃고 다니던 평소의 아아크의 모습으로는 상상할 수 없는 모습이었기 때문이다.

"하아, 정말 옛날과 달라졌구나. 옛날에는 그래도 꽤 귀여울 때가 있었는데."

"닥쳐! 감히 네가 그 딴 말을 할 자격이 있다고 생각해?"

아아크는 앞으로 뛰어나가며 자신의 너클을 양손에 장착했다. 아무리 봐도 싸울 기세였다.

"네가 나를 이길 거라고 보냐?"

"우습게 보지 마!"

숙―

아아크는 힘껏 주먹을 내질렀지만 상대는 여유있게 그것을 피해내었다. 그리고는 곧바로 아아크의 옆구리를 걷어찼다.

퍽!

"크윽!"

상당히 강한 일격이었는 듯 아아크는 신음성을 흘리며 옆으로 밀려났다. 다행히 상대는 더 이상 아아크를 공격할 생각이 없는 듯 뒤로 물러났다.

"이봐이봐, 함부로 덤비지 말라니까. 넌 아직도 나를 이기려면 백만년은 멀었다니까."

"시끄러! 그런 거 상관없어!"

아아크는 이내 신법을 사용했는지 양손에 낀 너클이 하얗게 빛나더니 이내 다시금 상대에게 달려들었다.

"하압!"

쉬익―

"느려."

"야압!"

부웅―

"멀었다니까."

"차앗!"

후웅―

"안 되니까 그만 하라고!"

퍼억―

"끄악!"

아아크는 계속해서 상대에게 공격을 시도했지만 하나도 제대로 명중

시키지 못한 채 그의 공격 한 번에 우리가 있는 곳으로 날려왔다.

그는 아아크를 내려다보며 소리 질렀다.

"무모한 짓은 하지 마라! 만약 이기고 싶으면 진품으로 승부해라!"

저건 또 무슨 소리야? 진품이라니. 그는 아아크를 향해 차크람을 겨누며 인상을 찌푸렸다.

"무기도, 실력도 너는 날 이길 수 없는데, 그건 용기가 아니라 무모함이다. 내 손으로 너를 죽이게 하지 마!"

일단 나는 쓰러진 아아크에게 회복 주문을 걸어주었다.

"아아크, 물러서. 네 상대가 아냐."

"안 돼! 난 저 자식을……!"

하지만 여전 아아크는 막무가내였다. 대체 무엇이 아아크를 이렇게까지 하게 만드는 것일까? 그것이 궁금해졌다.

그런 와중에도 아아크는 내 손을 뿌리치려 하고 있었다.

"이거 놔! 당장 저 자식을……!"

"아아크!"

짝

결국 보다 못한 내가 아아크의 뺨을 세게 때렸고 그는 황망한 시선으로 나를 바라보았다.

"란 누나……."

"정신 차려! 죽고 싶은 거야? 지금 저자에게 덤비면 개죽음뿐인 거 잘 알잖아! 그렇게 죽고 싶어?! 그렇게 죽고 싶으면 우리 모르게 죽으란 말야!"

아아크의 눈에 눈물이 맺혔다. 눈 밑에 고인 눈물은 어느새 그의 볼을 타고 길게 흘러내리고 있었다.

"흑, 으흑."

"이, 이봐… 아아크."

와락!

갑자기 울기 시작한 아아크의 모습에 당황한 내가 정신을 차리기도 전에 그는 나를 껴안으며 대성통곡하기 시작했다.

"흐윽, 으흑, 으허헝. 엄마, 엄마. 엄마!"

"이, 이봐……."

요새 들어 난 왜 이렇게 남자들한테 인기가 많을까… 하는 이상한 생각까지 하며 어정쩡한 자세로 서 있는 나를 보며 레아는 눈짓을 해 보였다.

나는 부드럽게 아아크를 마주 안아주었다.

"아아크……."

"으아앙, 으항, 으아아아아!"

궁금했다. 대체 무슨 일이기에 아아크가 이렇게 슬퍼하는지. 나는 계속 아아크를 토닥여 주었고 잠시 후에야 아아크는 조금 진정이 되었는지 울음을 그쳤다.

그는 울음을 그치자마자 내 품에서 빠져나오며 얼굴을 붉혔다.

"미, 미안해요, 란 누나. 이럴 생각은 없었는데."

"으응, 아냐. 괜찮아."

…라고는 했지만 아아크의 눈물과 콧물로 범벅이 된 내 옷을 보면 전혀 괜찮지 않다는 생각이 들기도 했다. 나중에 꼭 따져야지.

"그런데 무슨 일이야? 왜 저 인간과……."

여전 그 남자는 우리 앞에 서 있었다. 제라드와 란슬로 오빠도 여전히 그를 경계하고 있었고, 그 상대 남자의 일행인 듯한 소녀도 저 뒤에서 난처한 듯한 시선으로 이쪽을 보고 있었다.

그때 아리송한 표정으로 저쪽 소녀를 바라보던 레미엘의 눈이 커졌다.

그리고 그는 당황함과 놀라움이 섞인 목소리로 그녀를 향해 말했다.

"호, 혹시 레노아 양이십니까?"

"……!!"

저 여자가 레미엘이 좋아한다는 그 여자였나? 레미엘은 움찔하는 상대의 모습을 보며 자신의 생각이 맞다고 확신한 듯 더 큰 소리로 외치기 시작했다.

"접니다, 레미엘. 당신을 사랑하는 레미엘입니다!"

…저런 대사를 아무렇지도 않게 말하다니… 경력이 많아서 그런 건가?

상대 여자는 당황한 기색이 역력했다. 레미엘은 더 목소리를 올려 크게 외치고 있었다.

"대체 무슨 일로 집을 나갔던 겁니까? 제 잘못이라면 이만 저를 용서해 주실 수 없겠습니까, 레노아 양?"

레미엘의 말에 레노아라는 여자는 안절부절못하는 듯 몸을 이리저리 꼬기 시작했다. 문제가 있다면 지금 크게 싸움이 일어날까 말까 하는 와중에 저런 닭살스런 대사를 남발하고 있다는 것.

그러는 와중에도 아아크와 상대 남자의 무언의 대치는 계속되고 있었다. 그런데 그 사내는 무언가 재미있는 생각이 나기라도 한 듯 씨익 웃으며 질문했다.

"아아크, 아까 보기 좋던데? 네 애인 분이냐?"

그의 한마디에 아아크의 얼굴은 붉게 물들었고 이내 말까지 더듬기 시작했다.

"무, 무, 무, 무, 무슨 소리야?! 란 누나는 엄연히 따로 애인이 있다고. 아, 아까 것은 실수야, 실수!"

"아, 실수면 실수지 왜 그렇게 말을 더듬어?"

갑자기 마치 친한 친구와 같은 모습을 연출하는 두 사람의 모습에 나는 굉장히 혼란스러웠다.

잠시 친근한(?) 분위기를 연출하던 아아크는 이내 또다시 아까의 그 표정을 지으며 상대 남자를 노려보았다.

"그건 그렇고, 정말 뻔뻔해. 어떻게 이렇게 당당하게 내 앞에 모습을 드러낼 수 있는 거지?"

도대체 이 두 사람의 관계가 무엇일까? 내 생각에도 이 두 사람은 원래 상당히 친근한 관계였다는 것 정도는 추리할 수 있었지만 그게 한계였다.

하지만 그 질문을 따로 할 필요는 없게 되었다. 본인들이 알아서 말해 주고 있었으니까.

"내가 따로 날 잡아서 네 앞에 나타났냐? 보다시피 우연이라고, 우연. 게다가 동생을 만나는 것까지 허락을 받아야 한다면 이 세상은 정말 삭막한 세상이로군."

동생? 아아크가 저 사내의 동생?

그러고 보니 둘의 분위기가 비슷한 것 같기도 하지만…….

하지만 아아크는 여전 매서운 눈으로 그를 노려보고 있었다. 이윽고 아아크의 입에서 나온 말은 상당히 놀라운 것이었다.

"형 행세 하지 마! 네가 어머니를 살해하고 집을 나갔을 때부터 너와 난 이미 형제가 아냐!"

"뭐… 야?"

그렇다는 것은 아아크와 저 사내가 서로 형제이며, 저 형이라는 자는 자기 어머니를 죽이고 집을 나왔다는 것인데…….

아아크의 말에 그의 형이라는 남자는 고개를 숙였다.

"미안, 아아크. 하지만…….."

"변명은 필요없어! 나도 알아! 그 차크람, 인피니티의 마성 때문인 거!"

"……."

인피니티? 인피니티라… 어디서 들어본 것 같은데…

아, 기억난다. 아마 내 기억이 맞다면…

그런데 저게 인피니티라고? 쟈밀의 책에 나온 설명과 다르잖아?

"에… 인피니티라면 검은색에… 에또… 크기나 모양은 비슷한 것 같지만……."

왜 시커먼색이라는 인피니티가 하얗게 된 건가 하면… 그것도 기억이 난다.

저런 무기라면 으레 그렇듯이 사용자가 무기를 압도하면 인피니티는 사용자의 속성에 맞추어 그 색깔이 변한다고 하던데…….

"색을 보니 지금은 무기에게 인정을 받은 듯하군. 하지만 그렇다고 해서 네가 지은 죄가 없어지지는 않아!"

흥분을 가라앉히지 못한 채 고래고래 소리치는 아아크를 보며 이런 생각을 해보았다. '목 쉬겠다' 라고…….

아아크의 추궁에 상대는 순순히 고개를 끄덕였다.

"그렇겠지. 이미 저지른 일은 저지른 일이니까."

그는 들고 있던 인피니티를 다시 어깨에 걸치며 말했다.

"용서해 달라고 하진 않는다. 다만, 운명이었다."

알 수 없는 상대의 말에 아아크는 조소를 보내었다.

"흥, 역시 형은 여전하군. 그때도 운명이라고 했었지."

"사실이니까."

그는 그대로 몸을 돌렸다. 하지만 아무도 그를 공격하지 않았다.

"너희들을 보니 우리가 질 것 같다는 예감이 드는군. 하지만 그것도 운명이겠지."

저 녀석, 왜 저렇게 운명, 운명, 노래를 부르는 거지? 그는 뒤도 돌아보지 않은 채 이쪽을 향해 손을 흔들어 보였다.

"전쟁은 삼 개월 후다. 푹 쉬어두라고."

그는 잠시 멈춰 서며 한마디 덧붙였다. 그런데 아무래도 하는 짓이 일부러 자신을 멋지게 보이려고 하는 짓 같은데……

"그리고 아아크, 란슬로. 너희 둘, 기대하고 있겠어."

그 말을 끝으로 그의 신형은 멀리 날아가 버렸다. 아아크는 그가 사라진 방향을 바라보며 이를 갈았다.

"젠장, 역시 아직 저 녀석을 따라잡을 수 없는 건가?"

아아크의 모습은 굉장히 분하다고 온몸으로 외치는 듯할 정도였다. 그는 잠시 그런 상태로 서 있다가 이내 바닥에 주저앉았다.

"하아, 그렇다면 나도 할 수 없는 건가?"

"아아크, 설마?"

레미엘의 모습에 아아크는 씨익 웃으며 대답했다.

"그래야지. 돌아가자마자 우리 집 지하실부터 들르게 생겼어."

"그래?"

그들의 대화를 들어보면 아무래도 하스 가의 집 지하실에 무언가 대단한 무기가 있는 것 같은데… 아까 그 사내가 말한 '진품'이라는 것인 듯하다.

그리고 이미 아아크의 표정은 평소와 같아져 있었다. 그는 언제나처럼 웃고 있었다.

"자자, 서두르자구요. 휴가는 고작 3개월이에요, 3개월."

하지만 오늘의 일로 아아크를 보는 내 시선은 달라질 수밖에 없었다. 그는 감추고 있는 것이다. 웃음이라는 표정으로.

레미엘은 지금 손이 발이 되도록 빌고 있었다. 물론 그 대상은 레노아였다. 레미엘은 레노아를 만난 이후로 이틀이 지난 오늘까지 계속 잘못했다고 빌고 있는 것이다. 덕분에 나는 레미엘의 '같이 자주세요'를 안 듣게 되어서 좋지만.

"레노아 양, 화 푸세요. 제가 잘못했습니다."

"홍, 전하가 바람 안 피운다는 약속을 믿느니 차라리 엘프가 나무를 벤다는 말을 믿겠어요."

…저 여자, 뭔가 잘못 알고 있군. 엘프라고 나무 안 베는 건 아닌데.

"저기… 레노아 양이라고 하셨나요?"

"네, 그런데… 설마?"

그러고 보니 이 여자, 어디서 낯이 익은데… 분명히 어디서 만난 적이 있는데.

설마?

"아, 혹시 전에 그 점을 봐주신……."

"네, 맞아요. 그런데 혹시……."

돌연 기괴하게 일그러지는 그녀의 표정은 나를 불안하게 만들었다. 아니나 다를까, 그녀의 질문은 나를 황당하게 만들었다.

"혹시 당신도 전하에게 '당하신' 건가요?"

휘청—

까딱하면 낙마할 뻔했다. 게다가 간신히 자세를 바로잡고 주변을 둘러보니 나머지 일행의 표정도 말이 아니었다. 그제야 레노아도 아니라는 것을 알고는 헛기침을 하였다.

"험험, 아닌가 보군요. 착각해서 죄송합니다."

"저기… 그런데요……."

"네?"

조심스럽게 말을 거는 내 모습에 그녀는 말해 보라는 표정을 지었다. 그런데 이걸 말해야 하나?

"저기… 엘프도 나무를 베기는 베거든요?"

"네에?"

그녀는 못 들을 말을 들은 것처럼 크게 놀랐다. 하지만 어쩌리, 사실인데.

"정말이에요. 엘프도 병든 나무를 베기도 하고 잘못 난 가지를 쳐주기도 하고 가끔 집이나 가구를 만들 때에도 나무를 베구요. 물론 나무가 죽을 정도로 심하게 하지 않는 데다가 바로 치료해 주지만요. 그리고 사용할 목적으로 나무를 베는 것은 일정 기간에 한 번으로 날짜가 정해져 있지만요."

"그, 그래… 요?"

그때 난 보지 말았어야 했다. 그녀의 옆에서 사악하게 웃고 있는 레미엘의 모습을. 그는 돌연 눈에서 광채를 뿜으며 레노아를 공격(?)했다.

"이런, 레노아 양. 제 말도 믿어주셔야 할 상황이 생겨 버렸군요."

기분 탓인지 레미엘의 말투는 음산하기까지 했고, 레노아는 그런 레미엘의 모습에 식은땀을 흘리기까지 했다.

"저, 전하… 이것은……."

"호오, 설마 자신이 한 말씀을 번복하시는 겁니까?"

저 목소리를 울림음 처리하면 잘 어울릴 듯한데. 한번 승기를 잡기 시작한 레니엘은 쉴 새 없이 레노아를 괴롭혔다.

"레노아 양이 원하신다면 절대 바람피우는 일은 없을 겁니다. 이것은 제 이름을 걸고 맹세하죠."

"……."

레노아도 저렇게 단호하게 말하는 데다 자신의 이름을 걸기까지 하는 레미엘의 모습에 동요하기 시작했다.

하지만 인생은 결코 순탄하지 않은 법이라고 누가 그랬던가? 우리의 호프(?), 아아크는 장렬히 레미엘을 훼방 놓은 것이다.

"레노아 양, 믿지 마세요. 저래 놓고 바람피운 작자입니다. 아니, 바람 피운 적은 없군요. 다리를 여러 개 걸쳤다든가, 바람을 피우지 않겠다며 가명에 걸고 맹세했든가 하는 일은 있었죠. 일전에 실제로 바람을 안 피운다고 각서를 쓰는데 이름을 잘 보니까 레미엘이 아닌 레니엘이더군요."

"…사실인가요, 전하?"

하지만 여전 레미엘은 뻔뻔하게 웃으며 대답을 했다.

"하하하, 설마요. 제가 그런 파렴치하……!"

"그럼 이건 뭐야?"

아아크는 품속에서 한 장의 종이를 꺼내었고, 그 종이에는 예의 그 '레니엘'이라는 이름이 선명하게 써 있었다. 옆에는 꽤 큰 도장까지. 아마 옥새겠지.

레미엘? 그대로 침몰해 버렸다. 레노아의 따끔따끔한 눈초리를 받으면서.

잠시 레미엘은 아아크를 노려보았으나 아아크는 코웃음을 치며 정면으로 받아주었다.

하지만 여전 레미엘은 강했다.

"하지만 레노아 양, 제가 아니면 결혼할 상대가 마땅치 않으실 텐데요."

"흐, 흥이에요. 누가 또 속을 줄 알아요?"

그순간 레미엘은 레노아가 타고 있는 말로 옮겨 타더니 그대로 레노아의 턱을 잡은 뒤 그녀의 입술에 자기 입술을 맞추었다.

갑작스러운 키스에 그녀나 우리 모두나 하나같이 당황하고 있는 가운데 레미엘의 입맞춤은 한참 동안 지속됐다.

"으읍, 음!"

물론 레노아는 반항을 시도했지만 레미엘의 교묘한 기술(…)은 그런 그녀의 반항을 모조리 무력화시키며 집요하게 그녀의 입술을 계속 점거하고 있었다.

어느 정도 시간이 지났을까, 레미엘은 그제야 레노아의 입술에서 자신의 입술을 떼며 빙긋 웃었다.

"기왕 다시 한 번 확실하게 도장 찍어드리죠. 전 포기 안 할 겁니다."

분명 나한테도 저런 말을 했었지. 레미엘의 모습에 레노아는 얼굴을 붉혔다.

"…전하는 정말……!"

"너무 적극적이죠? 진정한 사랑 앞에서는 얼마든지 더욱 적극적일 수 있습니다."

어떻게 하면 저런 대사를 아무 표정의 변화없이 할 수 있을까? 하지만 유감스럽게도 아직 레미엘의 말은 끝나지 않았다.

"게다가 이미 이보다 적극적인 사랑을 나누지 않았습니까, 저희 둘은?"

"푸헙!"

레미엘의 결정타 한마디에 레노아는 얼굴이 새빨개진 채 아무 말도 하지 못했고, 우리들 역시 그 대담함에 어처구니없어할 수밖에 없었다.

그런 레미엘의 모습에 제나도 흥분해서는 그에게 따져들기 시작했다. 반쯤은 질투에 의한 행동이기도 했다.

"레미엘님! 너무하세요. 아직 결혼도 안 한 사이에 그런 일까지 벌였단 말이에요?"

"그럼 어때, 이미 우리 둘은 반지도 한 쌍 맞추었는데."

그렇게 말하며 레미엘은 레노아의 왼손을 들어 올렸고, 그녀의 왼손과 레미엘의 왼손에는 서로 모양이 똑같은 반지가 각자의 약지에 끼워져 있었다.

그러나 이번에도 우리의 영웅(…) 아아크의 훼방은 존재했다.

"어라, 형? 그거 전에 왕실 직속 대장간에 대량 생산해 달라고 하청했던 반지잖아? 그때 아마 오십 개 생산했던 것 같은데……."

아아크의 훼방에 레미엘은 인상을 확 구기며 아아크를 쳐다보았지만 역시나 우리의 아아크는 당당하게 그 시선을 받아넘겼다(훗날 아아크에게 들으니 이것은 어떤 여성에게 어떤 모양의 반지를 선물했는지 헷갈리지 않도록 미리 같은 모양의 반지로 맞추어둔 것이라고 한다).

그리고 둘이 잠시 마법을 통해서 뭐라고 대화를 주고받은 듯싶었다. 서로 바라보고 있는 동안 레미엘의 시선이 몇 번 바뀌는 걸 보니(이 당시 대화 내용〈레미엘:또 무슨 헛소리야?! 아아크:이번에도 증거 보여주리? 나한테 영수증 있어. 레미엘:…대체 그런 문서가 어디서 난 거야? 아아크:어라, 몰랐어? 제나가 버리던 거 다 주워온 건데. 레미엘:큭, 내 다음부터 제나한테 이런 일 맡기나 봐라.〉).

그리고 당연히 레노아의 시선은 싸늘해질 수밖에 없었다.

"……(싸늘~)."

"아, 아하하. 저기… 레노아 양?"

"저리 가요!"

탁—

레노아는 조금 거칠게 레미엘을 밀쳐 냈고, 덕분에 레노아의 뒤에 타고 있던 레미엘은 뒤로 몸이 쏠리게 되었다.

"어어어어!!"

"꺄악, 전하!"

놀란 레노아는 재빨리 레미엘을 향해 손을 뻗었고, 레미엘은 기다렸다는 듯 의미심장한 미소를 지으며 그 손을 마주 잡았다. 그리고는 반탄력으로 몸을 튕기며 또다시 레노아의 입술에 자신의 입술을 부딪쳤다.

"······!!"

하지만 이번에는 그리 길게 끌 생각이 없었는지 레미엘의 입술은 금방 떨어졌고 레노아는 또다시 얼굴이 붉어졌다. 물론 레미엘이야 예의 그 뻔뻔한 웃음을 짓고 있었지만 말이다.

"하하하, 이것 참··· 레노아 양, 감사합니다."

"···전하, 바보."

결국 레노아는 토라진 채 품속에서 무언가를 꺼냈다. 그것은 손바닥만한 크기의 작은 빗자루였다. 하지만 그녀가 그것을 손 위에 올려놓은 채 짧은 주문을 외우자 그것은 이내 보통의 빗자루만큼 커졌다.

"전하는 바보예요!"

이내 말에서 빗자루로 옮겨 탄 그녀는 빠른 속도로 멀리 날아가 버렸고 순식간에 상황이 뒤바뀌게 되자 레미엘은 다급한 표정을 지었다.

"이, 이런. 그녀가 이렇게 상급의 마녀(Witch)였을 줄은 몰랐는데······."

역시 마녀의 지팡이가 좋기는 좋은 듯싶었다. 저 정도 속도를 플라이 주문으로 내려면 장난이 아닌데··· 하는 생각을 하는 순간 이미 레노아의 모습은 아주 작아져 있었다. 보아하니 그녀는 마치 하늘 꼭대기에라도 가보겠다는 듯 점점 높은 곳으로 올라가고 있었다.

"라니오스 누나, 레노아를 데려와 주시면 안 될까요? 부탁할게요."

레미엘은 다급히 내게 부탁했고, 나는 이 참에 아예 조건을 걸어버리기로 했다.

"좋아. 대신 다음부터 나한테 이상한 음담패설하지 말 것."

"그런 조건이라면 당연히 수락하죠."

내 조건에 레미엘은 흔쾌히 고개를 끄덕였다. 나는 급하게 주문을 시전한 뒤 그에게 한마디 덧붙이며 레노아가 날아간 방향으로 날아갔다.

"레노아! 멈춰!"

내 속도가 레노아보다 더 빠른 관계로 나는 그리 어렵지 않게 그녀를 따라잡았고, 그녀는 내가 자신을 따라잡은 것에 당황스러운 듯한 표정을 지었다.

"어, 어떻게……."

"레미엘이 좀 바람둥이이긴 하지만 널 좋아하는 건 변함없는 것 같은데. 안 그래?"

"하지만……."

나는 아무래도 이 아이를 데려가려면 먼저 설득부터 해야 할 것 같았다.

"레미엘은 진심으로 널 사랑한다고. 이건 거짓이 아냐."

"당신이 뭘 알아요?"

의외로 표독스럽게 말하는 그녀를 보며 난 그녀가 단단히 삐쳤다는 걸 알았다. 이거 구슬리기 힘들겠는데…

"레노아, 내 말을 들어봐. 레미엘은… 아악!"

지지직—

"꺄악!"

그때 순간 하늘에서 스파크가 일어났다. 그러더니 곧 이어 우리 바로 위의 하늘에서 수많은 전류가 모였고, 그것은 이내 둥근 원의 형태를 이루었다.

"뭐, 뭐야, 저건?"

그 원의 가운데로 검은 공간이 펼쳐졌다. 그리고는 그 안에서 무언가가 튀어나오기 시작했다.

구우우웅―

"꺄악!!"

공간이 열리는 듯한 모습과 함께 그 안에서 하얀 무언가가 나타났고, 그것이 나타남으로 인해 생긴 충격파와 바람에 의해 나와 레노아는 멀리 날아가 버렸다.

"레노아!"

다행히 비행 주문은 깨지지 않았고, 나는 정신을 잃은 레노아를 받아드는 데에 성공했다.

그리고 아까 전의 그 하얀 물체는 어느새 저 아래로 떨어지고 있었다.

쿠아앙―

거대하 폭음과 함께 그것이 떨어진 곳에 거대한 흙먼지가 피어올랐다. 그리고 그 흙먼지가 가라앉았을 때 그것은 땅속으로 처박혀 버렸는지 보이지 않았다.

"뭐, 뭐야? 저건……."

하지만 이렇게 생각만 한다고 뭐가 해결되는 것도 아니고… 게다가 아까 빨리 나느라 상당한 체력의 소비도―마력 소비도 있었지만 내 마력량에 비하면 별로 티도 안 나는 정도였다―있고 한 나는 레노아를 안아 든 채 다시 지상으로 내려왔다.

쿠아앙―

"꺄악!"

갑자기 하늘에서 떨어진 무언가가 추락한 위치 근처에 있던 세인과 스프린은 크게 놀라며 다급히 바닥에 엎드렸다. 그중에서도 스프린의 놀라움은 이만저만이 아니었다. 더불어 황당함까지 여기는 그녀였다.

'대체 프리텐스가 왜 하늘에서 떨어진 거지?'

아무리 이곳저곳을 찾아도 나오지 않던 것이 갑자기 하늘에서 떨어지다니, 세상에 이런 황당한 경우가 있을까? 그것도 바로 자신들의 옆에 말이다.

"아야야, 대체 뭐야?"

세인은 몸에 달라붙은 먼지를 털어내며 일어났다. 그로서는 마른하늘의 날벼락이 간신히 비껴 간 상황이었다. 스프린의 경우야 어찌 보면 복이 굴러 들어온 것일 수도 있겠지만.

스프린은 다급히 세인의 손을 잡아끌었다.

"주인님, 빨리 저쪽으로 가봐요!"

"어? 왜?"

"빨리요!"

결국 레인의 손에 이끌려 문제의 물체가 떨어진 곳까지 끌려간 세인은 이내 그 장소를 보고 놀라워했다.

"이, 이게 뭐야?"

"이게 제가 찾던 거예요, 주인님."

스프린의 대답에 세인은 찬찬히 그 물체를 훑어보았다. 비록 몸체 대부분이 땅속에 처박힌 볼품없는 상황이었지만 땅 위로 나와 있는 부분만 보아도 그것이 비행선이라는 것을 알 수가 있었다. 세인은 감탄하며 스프린에게 질문했다.

"우와아~ 스프린, 이게 뭐야?"

그의 질문에 스프린은 짧게 대답했다.

"이것이… 프리텐스예요."

대답하는 그녀의 표정에는 긴장감이 역력했다. 더불어 불안감도.

그녀는 마음속으로 질문했다.

'라니오스님, 전 꼭 이드와 싸워야 하는 건가요?'

"스트라이크! 훌륭하게 떨어졌습니다."

레이는 기분 좋게 외쳤지만 쟈밀은 레이와는 정반대의 분위기를 연출하고 있었다.

"야, 이 멍청한 녀석아!"

쟈밀은 화가 나서는 연신 레이에게 고함을 지르고 있었다. 이미 포기한 레이는 그저 귀를 틀어막고 있을 뿐이었다. 그렇게 하고 있어야 간신히 듣고도 귀가 아프지 않을 수준이 되었던 것이다.

"기껏 수리했더니 그걸 저런 난폭한 방법으로 집어 던져?! 네가 지금 제정신이냐!"

"어쩔 수 없었다고요. 그건 쟈밀도 잘 알잖아요?"

"알긴 뭘 알아?!"

마치 천지를 울릴 듯한 쩌렁쩌렁한 목소리에 방 전체가 진동했고 개중 유리로 만들어진 일부 물건들은 깨지기까지 했다.

"아, 그럼 어쩌란 말입니까? 이미 차원 봉쇄를 시킨 상태에서 저런 커다란 물건을 별 탈 없이 갖다 놓을 방법은 저것뿐이었다구요."

빡—

하지만 쟈밀은 거침없이 레이의 뒤통수를 후려쳤다. 그 뒤 그의 얼굴은 또다시 예의 그 추상화 모드에 들어갔다.

쟈밀은 한 자 한 자 또박또박 끊어가며 말했다. 그의 뒤에서는 검은 오로라가 스멀스멀+꿈틀꿈틀 피어오르기 시작했다.

"네.가. 직.접. 갖.다. 놓.으.면. 되.잖.아!!"

하지만 언제 레이가 그의 추상화 면상에 굴한 적이 있던가? 그는 언제나처럼 예의 그 미소를 지을 뿐이었다.

"귀찮은데요?"

펑!

결국 쟈밀은 폭발하고 말았다. 그리고 레이는 그가 품 안으로 손을 집어넣는 순간 이미 방문을 열고 탈출을 시도하고 있었다.

"서!!"

나는 조금 전에 떨어진 그 '정체 불명의 하얀 무언가'에 대해 알 수 없는 불안감을 느껴야 했다. 왠지 내가 알고 있는 것 같다는 생각이 드는 것이었다. 그리고 그런 생각은 나를 '그것'이 떨어진 곳으로 움직이게 하고 있었다.

슈슉—

숲 속이라 더욱 빠르게 움직일 수 있었다. 나는 빠르게 나무 사이를 지나며 아까 '그것'이 떨어진 장소로 다가가고 있었다.

샤샥—

나는 뒤늦게야 나도 모르는 사이에 나 이상의 속도로 내 뒤에 따라붙는 존재를 느끼고 엄청 놀랐다. 하지만 이내 다시 안심할 수 있었다. 그것은 바로 티니였기 때문이다.

'역시 어째신인가?'

이런 생각을 하며 계속 다리 놀리기를 얼마나 했을까? 나는 결국 '그것'이 떨어진 장소에 도달할 수 있었다.

하지만 조금은 늦은 건지도 모르겠다. 이미 '그것'은 움직이고 있었던 것이다.

위이이잉—

낮은 회전음을 내며 그것은 천천히 떠오르고 있었다. 전체적으로 하얀색의 금속성 질감을 느끼게 하는 몸체, 넓게 양 옆으로 펼쳐진 순백의 금속 날개. 거의 50미터에 달하는 거대한 물체의 모습에 나는 넋을 잃고 말았다.

"프리… 텐스……."

순간 내 입에서 무어라고 단어 하나가 흘러나왔다. 하지만 그것이 무엇인지가 생각이 나지 않았다. 무언가 무의식적으로 중얼거린 한마디. 하지만 그 한마디가 왠지 모르게 중요한 단어라고 생각된 나는 아무리 머리를 잡고 생각해 보았지만 생각이 나지 않았다.

결국 나는 제삼자에게 내가 한 말을 물어보는 일을 만들고 말았다.

"티니, 혹시 아까 전에 내가 중얼거린 말 들었니?"

아지만 아쉽게도 티니는 고개를 저었다. 그리고 그사이 어느새 '그것'은 상당히 높은 곳까지 떠올라 있었다.

부아아아— 퓨웅—

그리고 그것의 뒤에서 불이 뿜어져 나온다 싶더니 순식간에 멀리 날아가 버렸다. 마치 무슨 도깨비불이라도 본 듯했다. 단지 쑥대밭이 된 주변 지형이 그것이 있었음을 알리고 있었다.

"무엇일까? 아까 그것은……."

잠시 나는 그렇게 멍하니 그것이 있었던 곳을 보고 있었다.

"흐음… 그런 일이 있었군요."

레미엘은 턱을 매만지며 골똘히 생각하는 모습을 보여주었고 아아크와 제라드, 란슬로 오빠의 경우에는 애초에 신경 쓰지 않았다.

"그런데 왠지 알고 있는 느낌이었다고 했나요, 언니?"

레아는 왠지 이 이야기에 꽤 관심이 있는 듯한 모습을 보였다. 나는 혹시 레아가 무언가 알고 있는가 하는 막연한 생각이 들었다.

"응, 그런데 레아, 혹시 그게 뭔지 알고 있는 것 있어?"

"아니요. 하지만 왠지 특이해서요."

"그래……?"

하긴, 레아가 알 리가 없지. 티니도 별 관심이 없는지 그저 아무 생각 없이 내 뒤에 달라붙어 있을 뿐이고…….

그때 레미엘이 무언가 생각났다는 듯 손바닥을 마주쳤다.

"혹시 이계의 물건이 아닐까요?"

"이계?"

이계라… 다른 세계의 물건이라는 건가?

"네, 이계. 다른 세계. 사실 고대의 기록에도 그런 비슷한 것이 있었어요. 푸른 벼락과 하얀 불꽃에 대한 기록이."

"그게 뭔데?"

레미엘은 고삐를 고쳐 잡으며 설명을 계속했다.

"글쎄요… 대략 8백 년 전쯤이었나? 그때에도 이계의 것으로 추측되는 물체가 떨어졌다고 하는 기록이 있거든요."

"그게 그 '푸른 벼락과 하얀 불꽃'이라는 거고?"

"네, 그 책에는 그 둘은 금속의 일종으로 추측되는 물질로 구성되어 있었다고 했어요. 하지만 얼마 지나지 않아 둘 다 없어졌죠."

하얀색, 그리고 푸른색의 물체… 금속이고… 하지만 얼마 지나지 않아 없어졌더라…

"혹시 둘이 같은 장소에 떨어진 거야?"

"아니요. 이계와의 문으로 추측되는 게이트가 열렸을 때는 같이 떨어졌지만 최종 낙하 위치는 판이하게 달라요. 푸른 것은 머츠론 쪽에, 그리고 하얀 것은 소브런 쪽에."

"흐음……."

사실 그렇게 집착할 이유는 없었다. 하지만 좀 전의 그 하얀 물체가 레미엘이 말하는 그 '하얀 불꽃'과 같은 것이라는 생각이 들었다. 등장하는 현상도 비슷했고, 둘 다 이상한 공간이 열리며 떨어졌으니까.

"하지만 이건 비공식 기록이라 그리 신빙성이 없어요. 게다가 책 곳곳이 소실돼서 빠진 내용도 많고."

하지만 너무 비슷한 것이 많았다. 하얀색… 하얀색.

게다가 내가 그것을 처음 보았을 때 중얼거린, 지금은 무엇인지도 기억이 안 나는 그 한마디.

나는 그것이 결코 무관계한 일이 아니라고 확신 지었다.

'하아, 하지만 정작 중요한 그 물체가 없으니…….

하지만 보통 저런 것이 모습을 드러냈을 경우에는 얼마 지나지 않아 다시 모습을 드러내는 것이 통례이지. 문제는 아무래도 전쟁이 시작하는 타이밍에 나타날 거라는 게 불 보듯 뻔했지만.

"하아, 결국은 기다리는 것밖에 방법이 없나?"

일단은 엘프의 숲에 돌아가서 쉬자. 그리고 쟈밀의 책을 조금 더 뒤져 봐야겠어. 여러 가지 이유로 말이다.

여자의 변신은 조금 과해도 무죄?

어느덧 우리는 엘프의 숲에 도착하였다.

"그럼 저희는 이만 여기서 헤어지겠습니다."

"그래, 잘 가."

"공주님, 부디 옥체 보존하시길."

"제라드도 건강하세요."

"란 누나, 3개월 후에 다시 만나."

"그래, 그때 다시 보자."

짧은 이별의 인사를 나누며 아아크, 제라드는 각자의 나라로 돌아갔고 남은 우리 일행―나, 란슬로 오빠, 레미엘, 제나, 레아, 티니, 레노아―은 숲 안으로 발걸음을 옮겼다.

"아아, 얼마 만에 돌아오는 거냐?"

정말 반가웠다. 숲에 들어오자마자 내 몸을 감싸는 이 상쾌한 느낌도 좋았다. 가는 도중 레미엘은 뭐가 그리 신기한지 계속 주변을 둘러보았다.

"흐음… 역시 명색이 엘프의 숲이라 그런지 나무들의 생식 상태가 굉장히 좋군요."

그걸 말이라고 하나? 레미엘 말대로 명색이 엘프의 숲인데. 그러고 보니 신기해하는 것은 레미엘뿐만이 아니었다. 레아와 티니도 레미엘보다 정도가 덜하기는 했지만 주변을 둘러보며 감탄 어린 표정을 하고 있었던 것이다. 레노아의 경우는 그저 그런지 평소의 그 표정이었다.

그렇게 숲 안으로 어느 정도 들어갔을까? 갑자기 일련의 무리가 우리 앞에 나타났다.

"인간들이여, 이곳은……."

"아, 모스 아저씨!" ×2

말을 타고 들어오니 우리를 인간으로 착각했나 보다. 일단 우리가 누군지 좀 정확히 판단하고 올 것이지.

나와 란슬로 오빠의 외침에 그제야 우리를 다시 보는 모스라그 아저씨였다.

"어라? 큰 란, 작은 란. 둘 다 벌써 돌아온 거냐?"

의아하다는 표정으로 우리 둘을 가리키는 모스 아저씨의 말에 우리는 각각 자신이 겪었던 일을 대강 말해 주었다. 뭐, 란슬로 오빠의 경우엔 '막 출발해서 만난 파티가 얘네들이더라' 라는 짧은 한마디에 정리됐지만.

"…해서 그렇게 된 거예요."

내가 설명을 하는 동안 모스 아저씨는 무언가 궁금하다는 표정을 하고 있었다. 내 이야기도 반쯤 흘려가는 듯할 정도로 말이다.

역시나 내가 말을 마치자마자 그는 나에게 대뜸 질문을 해왔다.

"그런데 작은 란, 너는 어째 목소리가 좀 가늘어진 것 같다."

그의 질문에 나는 적당히 얼버무려서 대답을 하려고 하는데, 그 순간

이 멍청한 란슬로 형이 나 대신 설명을 해주겠다고 하려는 듯 앞으로 나서는 것이었다.

"아, 그건 말이… 으읍!"

다행히 그가 이야기하기 전에 그의 입을 틀어막는 데 성공한 나는 그런 행동을 하는 나를 이상한 시선으로 바라보는 모스라그에게 웃음 지어 보였다.

"네? 무슨 말씀이세요. 아마 기분 탓이겠죠."

"그런가?"

사실 안 그래도 유명한 나인데 내가 여자로 변했다고 해봐라. 또 얼마나 난리이겠는가?

"무슨 소리야? 너 얼마 전에… 욱!"

눈치없는 란슬로 오빠는 그 일에 대해 말할 뻔했으나 다행히 내가 그의 옆구리를 팔꿈치로 찌르는 것이 빨랐다.

"조용히 못해!"

"왜?"

"일단 말하지 마! 남자로 돌아갈 방법이 있으니까."

"그래?"

…얼마 전에 한 가지 남자로 되돌아갈 방법이 생각난 덕에 지금은 그나마 희망이 있겠구만…….

그런데 너무 오래 있으니 이 여자 생활이 당연한 것처럼 인식되고 있잖아? 역시 빨리 해결해야지, 이거 원.

"그럼 저희는 이만 들어갈게요."

막 인사를 하며 마을 안으로 들어가려는 우리를 모스 아저씨가 급히 다시 불러 세웠다.

"어어, 잠깐 그 인간은 누구야?"

레미엘과 레노아를 가리키며 묻는 모스 아저씨에게 나는 생긋 웃으며 대답해 주었다.

"친구예요. 남자 쪽은 조금 부도덕적인."

"…부도덕적이라뇨?"

레미엘은 무언가 불만이라는 듯한 모습이었지만 깨끗이 무시했다. 게다가 레노아도 동의한다는 듯 고개를 끄덕이는 모습에 레미엘의 표정은 기묘하게 일그러졌다. 하지만 역시 깡그리 무시!

"그래? 하지만 오래 있게 하지는 마라. 가만, 거기 엘프인 두 명도 초면인 것 같은데……."

이번에는 레아와 티니를 가리키며 질문하는 그의 모습에 나는 간단히 대답해 주었다. 이제 슬슬 대답하기도 귀찮았기 때문이다.

"이쪽은 제 애인, 그리고 이쪽은 아는 분 딸이에요. 됐죠? 들어갈 게요."

"…그래라."

모스 아저씨도 조금은 무안한지 순순히 옆으로 비켜주었고 우리는 곧바로 마을로 들어갔다.

레미엘은 우리 마을을 보며, 정확히는 마을 중앙의 나무를 보며 탄성을 질렀다.

"오오, 이렇게 거대한 나무가 있다니 놀랍군요. 혹시 이것이 그 세계수라고 하는 나무입니까?"

역시 마법사라 그런지 궁금한 것도 많지…

"글쎄, 세계수였는지 어쩐지는 잘 모르겠지만. 일단 이게 이 엘프의 숲 중심이 되는 나무야."

그리고 우리는 바로 우리 집으로 향했다. 집이 다른 엘프들이 생활하고 있는 곳과 상당히 멀리 떨어져 있다 보니 가는 데에 시간이 꽤나 걸렸다.

그리고 그렇게 걷다 보니 집에 도착하였다.

"음? 이 집만은 인간들의 양식으로 만들어졌네요?"

"어어."

레미엘은 '이런 곳에 이런 집이 있다니' 라는 듯한 표정을 지으며 집을 이리저리 살펴보았다.

레아는 우리 집을 보며 짧게 한마디 했다.

"와아, 예뻐요."

예쁜가? 내가 보기엔 인간의 것과 그다지 차이가 없는 것 같은데.

"그런데 레아는 이전에도 우리 집 본 적이 있잖아?"

"하지만 그때는 워낙 경황이 없었는 데다가 여러 가지로 상황이 복잡하다 보니 이렇게 외관을 볼 여유가 없었다고요."

"그래?"

"그래요. 그런데 이 집 정말 예쁘게 지은 것 같죠?"

하긴, 자세히 보면 견고하면서도 어딘가 간결한 미가 있기도 한 거 같기두 하고…

말이 '작은' 이지 사실 나와 쟈밀 둘이서만 살아가는 것—이렇게 말하니 어감이 이상하네—치고는 꽤나 넓은 편이다. 아니, 상당히 넓다. 왜냐하면 이 집은 내 연구소이기도 하니까. 다만 그 부분은 저 가지들 안쪽으로 들어가 있어서 안 보이는 거지. 물론 대부분의 면적이 내 연구소로 할당되어 있으니 생활 공간은 그리 큰 편이 아니지만.

"자, 들어와."

나는 문을 열며 일행에게 손짓했고 이내 그들은 알아서 잘 들어왔다. 집 내부에 대해서는 레미엘이 한마디 했다.

"의외로 넓군요."

나는 저 바람둥이와는 그리 오래 있고 싶은 생각이 없었기에 당장 실험 재료 보관실로 들어갔다.

"흐음… 여기에 있었던 것 같은데……."

그렇게 중얼거리며 나는 재료 창고를 뒤졌고 결국 내가 생각해도 의외로 많은 식물들 사이에서 만드라고라였던 걸로 기억되는 꽃이 들어 있는 화분을 찾았다.

그런데 여기 식물들… 오랫동안 보살펴 주지 않아서인지 조금 시들해진 것도 몇몇 보인다. 릴한테 부탁해 놓고 가는 건데…….

어쨌든 만드라고라를 찾은 나는 레미엘에게 가져다 주며 물었다.

"자, 이거 맞지?"

화분을 받아 든 레미엘은 이내 그것을 이리저리 돌려보고 올려다보고 내려보더니 대답했다.

"흐음… 책에 나온 대로라면 이게 맞군요. 그런데 이런 귀한 꽃을 어디서 얻은 겁니까?"

어디서 얻기는, 쟈밀이지. 하지만 그런 걸 다 얘기할 수도 없고 얘기할 생각도 없는 나는 그냥 짧게 대답했다.

"받았어."

내 대답에 섞인 '깊게 묻지 마'의 뜻을 알았는지 레미엘은 무언가 더 물어보려는 표정을 물렀다.

"그런가요? 어쨌든 감사하게 받겠습니다."

그런데 레아는 무언가 마음에 드는 것을 발견했는지 내 앞에 있는 실험용 꽃들을 훑어보았다.

"와아, 이건 무슨 꽃이에요? 예쁘다아~ 이런 꽃은 처음 봐요. 게다가 저 꽃도 예쁘고… 저 꽃도…….

레아는 한 꽃의 화분을 들어 올리며 말했고 레미엘은 그런 그녀의 질문에 친절하게 답해주었다. 사실 내가 대답해 주고 싶었지만 잘 기억이 안 나서… 그러고 보니 레아가 들고 있는 저 꽃은… 게다가 지금 티니가 코에 가져 대고 있는 저 꽃은…

"아, 그 꽃은 '카리로넬스'라고 꽃말은 '지옥에나 떨어져라'입니다."

멍~

쨍그랑—

순식간에 벙찐 표정이 된 레아는 화분을 떨어뜨리고 말았고 당연히 화분은 바닥에 떨어지면서 깨져 버렸다.

"이, 이런. 미안해요, 언니."

"아, 아냐……."

그냥 이쯤에서 그만둘 것이지… 레미엘의 설명은 계속되었다.

"라니오스 누나에게는 희귀한 꽃이 많이 있군요. 방금 레아시아 양께서 가리키셨던 저 꽃과 저 꽃은 각각 '라뱅한스'와 '그로켄트'라고, 꽃말은 각각 '죽이고 또 죽여준다'와 '죽어도 못 죽는다'입니다. 세 개가 조금씩 효과는 다르지만 일단 가공하면 즉사, 또는 죽음 이상의 고통을 주는 막강한 독을 만들 수 있다고 하더군요. 이, 이제야 생각난 건데 티니 양께서 향기를 맡고 계시는 저 꽃은 '마코티즈'라고 맹독성의 꽃가루가……."

털썩—

레미엘의 말이 끝나기도 전에 티니는 안색이 퍼렇게 변한 채 쓰러져 버렸고 놀란 나는 다급히 그녀를 안아주었다.

"티니, 정신 차려. 티니!"

레미엘은 그런 와중에도 태연하게 내 연구소 내부를 둘러보고 있었다. 그러더니 티니를 안은 채 안절부절못하는 나를 보며 한마디 했다.

"라니오스 누나, 그대로 놔두면 티니 양은 5분도 못 버팁니다. 다행히 그 독은 해독 마법으로 치유 가능합니다만. 뭐, 가공하기에 따라 치유 마법으로 해독이 불가능하게 할 수도 있지만."

"아, 아차……! 큐어 포이즌!"

급한 마음에 안절부절못하며 아무것도 하지 못하던 나는 그제야 티니에게 해독 주문을 걸어주었고 그제야 티니의 안색도 한결 좋아졌다. 나는 당장 저 만년 태연자약의 레미엘에게 한마디 하고 싶었지만 나중으로 미루었다.

"티니, 괜찮아?"

내 질문에 티니는 미안한 표정을 지으며 고개를 끄덕였다.

"주인 언니… 죄송해요."

"아냐, 미리 안 말해 둔 내 잘못이지. 다행이다, 아무 일 없어서."

내 대답에 티니는 기쁜 듯 웃음을 지었고 나는 레미엘을 바라보며 말했다.

"자, 볼일 끝났지?"

쉽게 말해서 이제 나가달라는 내 말에 레미엘은 예의 그 웃음을 지었다.

"하하, 이거 너무하시는군요. 바로 쫓아버리려고 하시다니……."

"너를 옆에 놔두었다가는 언제 위험하게 될지 모르니까."

하지만 그런 내 말에도 레미엘은 유연하게 받아쳐 냈다.

"하하하, 설마 제가 상대의 동의도 구하지 않고 일을 벌이는 무뢰배로 보이십니까?"

"그, 그건 아니지만……."

내가 당황한 모습을 보며 빙글빙글 웃던 레미엘은 옆에 있던 레노아가 한마디 하자 그제야 나갈 기미를 보였다.

"뭐 해요, 전하. 계속 여기서 실례를 저지르실 건가요?"

"그건 아닙니다만……."

"그럼 빨리 돌아가야죠. 라니오스님, 실례했습니다. 안녕히 계세요."

레노아는 레미엘을 붙들고 문밖으로 끌고 나가고 있었고 나는 그런 레노아를 보며 마주 인사를 해주었다.

"잘 가세요, 레노아 양. 다음에 다시 만나요."

"네."

그렇게 문밖으로 그들을 전송하니 그들 둘은 레노아의 빗자루를 타고 순식간에 멀리 날아가 버렸다. 레노아는 빗자루를 타는 와중에도 '이건 1인승인데' 라며 투덜댔지만 그래도 결국 레미엘을 태우고 같이 가버렸다.

"자아, 그럼 이번에는 내가 퇴장할 차례인가?"

란슬로 오빠의 갑작스러운 말에 나는 의아해졌다.

"왜? 벌써 가려고?"

사실 내심 란슬로 오빠도 다른 데에 좀 갔으면 좋겠다고 생각했지만 이렇게 일이 잘 풀리니(?) 내심 기분이 좋아지기도 했다.

란슬로 오빠는 뒤로 팔장을 끼며 씨익 웃어 보였다.

"그럼 내가 여기 있으면서 방해하길 바라냐? 뭐, 정히 원한다면 얼마든지 있어줄 수도 있지."

"그건 아니지만……."

"하하하, 방해꾼은 사라져 주마. 잘해보라고."

그렇게 말하며 란슬로 오빠는 결국 다시 여행을 한다면서 가버렸다. 결국 집에는 나와 레아, 티니 이렇게 세 명이 남았다.

"자, 3개월 동안 뭘 하지?"

내 질문에 레아는 순식간에 얼굴을 붉혔으나 이내 서로의 성별을 생각해 냈는지 어색한 웃음을 지었다.

"아하하… 뭐 어쩌겠어요. 아무리 언니와 제가 사귀는 사이라도……."

"그렇네… 지금은 여자구나……."

결국 이렇게 해서 제1과제는 정해졌다. 바로 내가 남자로 되돌아갈 방법을 찾는 거!

실행은 빨라서 나는 당장 자밀이 준 책을 뒤지기 시작했다. 일단 여기 오면서 생각해 둔 방법이 실행 가능한 것인지 확인해야 하니까.

하지만…

"이게 다 란 언니가 보관하던 책이에요?"

…양이 좀 많아야지.

"후우, 일단 저주에 관한 것부터 찾아봐야지."

이렇게 말하며 책장으로 다가가는 나의 발걸음은 내가 생각해도 결코 가볍지 않았다.

그렇게 책만 뒤지기를 며칠이나 했을까? 나는 결국 성별을 바꾸는 저주를 걸게 하는 아이템 제조법을 찾아내었다. 게다가 의외로 만드는 데 그리 대단한 난이도가 요구되는 것도 아니었다.

"찾았다!"

너무 기쁜 나머지 나는 큰 소리로 외쳤고 그런 내 외침에 밖에 있던 레아와 티니도 후닥닥 내가 있는 서고 안으로 뛰어들어 왔다.

"란 언니, 무슨 일이에요?"

티니도 말은 안 하고 있었지만 궁금한 표정으로 나를 바라보았고 나는 활짝 웃으며 그들을 향해 내가 찾은 책을 펼쳐 보였다.

"봐, 이제 예전처럼 '오빠' 라고 부르게 될 거야."

물론 레아와 티니는 이 책의 내용을 제대로 이해하지 못하겠지만 일단 내가 하는 말의 의미를 알아챈 레아는 크게 기뻐하였다.

"와아, 그렇다는 것은 남자로 돌아갈 방법을 찾았다는 건가요?"

"응, 비록 저주 아이템을 만들어서 달고 다녀야 하지만. 일단 폴리모 프 마법을 유지하며 다니는 것보다 완벽하고 무엇보다 귀찮지가 않으니 까."

"언니, 잘됐네요."

"어허, 이제는 다시 예전처럼 오빠라고 부르라니까."

"아차, 축하해요, 오빠."

"에헤헤."

티니는 무슨 소리인지 어리둥절한 모습을 보였으나 어쨌든 내가 웃어 서 그런 건지 어색하나마 같이 웃어주었다.

하지만 누가 그랬던가? 인생이라는 것은 순탄하면 재미없는 거라 고…….

나는 그 저주 아이템을 만들기 위해 책을 자세히 읽기 시작한 순간 그 것을 절실하게 느꼈다.

"훙훙훙~ 랄랄라~ 어디 보자. 재료는… 우에엑!!"

갑작스러운 내 괴성(?)에 또다시 놀란 레아와 티니는 급히 내 실험실 안으로 들어왔고 나는 그런 그들 앞에서 상당히 보기 흉한 모습을 연출 할 수밖에 없었다.

"히잉… 어떻게 해……."

망할, 하필이면 왜 이 재료를 요구하느냔 말야!!

"히잉, 왜 하필 만드라고라가 필요하냐고……."

만드라고라는 아까 레미엘에게 준 거 하나가 끝인데… 씨앗이 있기는 하지만 다시 키우려면 그게 몇 년인데…….

정말 재수 옴 붙은 날이었다.

"그럼 어떻게 하죠?"

"어떻게 하긴. 당연히 다시 뺏어와야지!"

…라고는 했지만, 어떻게 자존심이 있지 준 걸 다시 뺏어오겠는가? 그렇다고 레미엘에게 쓸 일이 있으니 돌려달라고 했다가는 그 '그럼 대신에 같이 자주세요'가 또 나올 테고…….

"으아악!! 어떻게 하지?"

하지만 그렇게 고민한다고 무슨 수가 나오겠는가? 결국 우리는 레미엘을 찾아가기로 했다.

"일단 가서 얘기하자. 워프할 테니까 내 옆에 붙어."

"무슨 일이시죠?"

레미엘 녀석, 그사이에 좌우대칭이 안 되는 모양으로 헤어 스타일을 바꿨군. 뭐, 이건 상관없는 이야기고.

"만드라고라 돌려줘."

그렇게 말하면서도 나는 다음으로 이어질 그의 음담패설을 예상하고 한 대 먹일 준비를 했는데 그의 대답은 전혀 의외의 것이었다.

"그러죠. 드리겠습니다."

그의 의외로 순순한 대답에 내가 벙쪄 있는 걸 본 레미엘은 어색한 웃음을 지었다.

"하하하, 물론 다른 걸로 주시겠죠? 아아, 이제 그런 헛소리 안 할 겁니다."

저거, 레미엘 맞나? 아니면 어디 아픈 건가?

"…무슨 심경의 변화야?"

"간신히 레노아 양을 구슬려서 약혼 약속을 받았는데 그걸 망칠 수 없지 않습니까?"

호오, 드디어 둘이 그렇게까지 했다는 건가? 레미엘은 옆에 있던 제나에게 만드라고라를 가져다 달라고 했고 잠시 후 한 마법사가 만드라고라를 가지고 왔다.

"그건 그렇고 좀 섭섭하군요. 이제는 더 이상 누나라고 부를 수 없으니."

"…그래, 형이라고 불러라!"

그렇게 만드라고라를 받아 든 내가 막 문을 열고 나가려고 할 때 뒤에서 레미엘이 한마디 했다.

"…다행입니다."

"응?"

"란 형이 원래대로 돌아왔으니 저도 더 이상은 딴생각 안 해도 될 테니까요."

…그런 애초에 레노아만 바라봤으면 되는 거였잖아?!

결국 우리는 예상외로 쉽게 만드라고라를 받아올 수 있었다.

하지만 언제나 그렇듯 인생이 순탄하면 오히려 그게 더 이상한 것이다. 우리는 그렇게 만드라고라를 받아 들고 돌아가는 길에 또 하나의 대사건을 맞이하게 된다.

만드라고라를 받아 든 뒤 우리는 다시 워프로 엘프의 숲 근처에 돌아왔다.

"다행이에요, 오빠. 생각보다 훨씬 수월하게 일이 돌아가서."

"그러게. 이제 남은 건 아이템을 만드는 일뿐이야."

흐음… 그런데 그건 무슨 모양으로 만들지? 목걸이? 귀고리? 그것도 아니면 팔찌?

이런 생각을 하며 길을 가고 있을 때 우리 앞에 누군가가 나타났다.

일전의 빨간 머리, 파란 머리, 금발 머리였다.

그들은 전처럼 우리를 보자마자 다짜고짜 소리 질러왔다.

"역시 세린이 맞았어!"

뭐야, 또 그 세린타령이야? 게다가 다시는 자기들을 볼 일은 없을 거라고 하더니. 게다가 이번에는 좀 침착한 성격인 것 같았던 금발과 청발도 무서운 눈으로 우리를 노려보고 있었다.

"그렇게 노려보면……!"

하지만 나는 하던 말을 다 할 수가 없었다. 갑자기 엄청난 압박감을 받았기 때문이다.

쿠웅─

"뭐, 뭐야……!"

단순히 노려보는 것뿐인데 몸을 움직이기가 힘들어졌다. 그리고 그것은 티니도 마찬가지인 듯 몸을 덜덜 떨고 있었다. 게다가 온몸을 죄어오는 이 한기, 압박감, 그리고 공포…….

그런데 이상한 것은…

"역시 세린이었어!"

레아는 전혀… 까지는 아니었지만 그리 큰 영향을 받지 않은 듯 가만히 서 있는 것이었다. 오히려 그녀는 저들의 분위기에 눌린 우리 둘을 걱정스런 시선으로 보며 저들을 경계할 뿐이었다.

"오빠, 티니, 괜찮아요?"

그때 갑자기 온몸을 짓누르던 압박감이 탁 풀렸다. 갑작스러운 해방감과 함께 나와 티니는 그대로 바닥에 주저앉았다. 내 옷은 이미 내가 흘린 땀으로 젖어버렸다. 아마 티니도 마찬가지리라.

"하악, 하악."

"오빠, 괜찮아요?"

괜찮고말고… 하지만 방금의 저 압박감은…….

아까 전까지 우리를 노려보던 셋은 이제는 벙찐 표정을 하고 있었다.

"…유괴는 아닌 것 같지?"

"아냐, 세린도 속아 넘어간 건지 어떻게 알아?"

"…마그, 내가 보기에는 오히려 사이좋은 관계인 것 같은데? 문제있다고 생각할 정도로…….."

유괴라니? 저들은 내가 레아를 유괴라도 했다고 생각했나? 그러고 보니 어느새 나도 레아를 저들이 찾는 세린과 동일인이라고 생각해 버렸군.

이러는 와중에도 저들은 자기들끼리 뭐라고 열심히 떠들고 있었다.

"역시 단순히 비술의 부작용인 것 같아."

"응. 그런 것 같다."

"그래서 나이 든 분들께 해결 방법을 알아온 거잖아."

그들은 그렇게 알 수 없는 회의를 마친 듯하더니 이내 우리에게 다가왔다.

당연히 다가오는 그들을 보며 우리 셋은 경계의 자세를 취했다. 하지만 그들의 자세는 의외였다. 갑자기 금발이 우리에게 고개를 숙이며 사과를 해온 것이다.

"죄송합니다. 뭔가 오해가 있었나 보군요."

그 말을 시작으로 그는 우리에게 상황의 설명을 해주기 시작했다.

"당신들도 알다시피 저희는 세린이란 아이를 찾고 있습니다. 그리고……."

그는 잠시 뜸을 들였다. 하지만 그것은 그리 길지 않았다.

잠시간의 정적을 깨고 그가 한 말은 정말 비현실성의 극을 달리는 것이었다.

"저희가 찾는 세린은 인간이나 엘프가 아닌… 드래곤입니다."

"그 말을 믿으라는 겁니까?"

난데없이 레아와 세린이 동일인이고 그 세린이 드래곤이라니, 그렇다는 것은 레아가 드래곤이라는 것 아닌가?

내 질문에 그는 고개를 끄덕이며 설명을 해주었다.

"물론 믿기 힘드실 겁니다. 하지만 사실입니다. 저 아이의 진짜 이름은 아힌세르린. 이미 2만 3천여 년을 살아온 웜 급의 드래곤입니다."

이제는 소설을 쓰는구나. 그의 말에 나는 물론이고 당사자인 레아도 황당하다는 시선을 보내고 있었다.

"하지만 사실인지 아닌지는 곧 드러납니다."

그의 말이 끝나자마자 그는 정확히 레아를 가운데 두고 그녀를 둘러쌌다.

"무, 무슨……!"

"비켜주십시오. 저희는 그녀에게 걸린 비술의 부작용을 풀 겁니다."

하지만 비키고 자시고도 없었다. 파란 머리가 우리를 향해 가벼운 손짓을 하는 순간 우리는 이미 그들 바깥쪽으로 밀려난 것이다. 워낙 갑작스럽게, 그리고 순식간에 일어난 일에 나나 레아나 모두 어찌할 새도 없었다.

우리가 당황하고 있는 가운데에도 금발은 전혀 상관하지 않는 듯 자기 일행들에게 지시를 내렸다.

"시작하자."

키잉—

순간 그들의 몸이 각각 붉은색, 금색, 푸른색으로 빛나기 시작했다. 그와 동시에 레아를 중심으로 그 세 가지 색깔이 뒤섞인, 그리고 중앙 부분은 녹색의 마법진이 그려지기 시작했다.

저것은 나도 익히 책에서 본 적이 있었다.

"워, 원진 비술……!"

원진 비술, 그것은 이미 실전되었다고 하는 마법진을 그려내는 방법이다. 비록 막대한 마나의 소모가 있기는 하지만 가장 완벽한 모양으로 마법진을 그리는 데다 불순물이 없는 관계로 그 마법의 가장 완벽한 효능을 보기 위해서 꼭 필요한 비술이다.

이미 마법진은 완성되어 레아를 중심으로 녹색의 빛이 뿜어 나오기 시작했다.

휘이이잉―

사방이 녹색으로 물들었다. 그리고 가장 밝은 빛을 발하는 중심, 레아의 형체가 점점 커져 가기 시작했다. 어느새 그것의 모습은 이미 인간의 그것이 아니었다. 물론 엘프도 아니었다.

목이 길어지고 등 뒤로 날개가 돋았다. 그리고 무엇보다도 압도적으로 덩치가 커져 가기 시작했다.

"정말… 레아는 드래곤이었나?"

내가 놀라워하는 도중에도 그 빛의 형상은 더욱 기져 가고 있었다.

구오오오―

그러던 도중 갑자기 빛이 깜박이기 시작했다. 무언가 문제가 생긴 듯하였다.

마법을 펼치던 그들 셋도 크게 당황한 듯한 모습이었다.

"뭐, 뭐야!"

"큰일이다. 마나가 모자라!"

"젠장, 대체 몇 년이나 되돌린 거야?!"

그들도 안간힘을 쓰는 듯하였지만 아무래도 무언가 부족한 듯하였다. 그러던 중 그들이 부족하다고 하는 것이 마나임을 알고는 내가 그들에게 외쳤다.

"이봐요! 마나가 부족한가요?"

"그, 그렇소."

금발이 힘겨운 모습으로 고개를 끄덕였고 나 역시 고개를 끄덕이며 그들에게 다가갔다.

"그럼 도와드릴게요. 제 자리를 만들어주세요!"

나도 마력 하나는 자신있으니까 충분히 도울 수 있을 거라 확신했다. 그들도 처음에는 불안한 표정이었으나 이내 서로 합의를 본 듯 고개를 끄덕이며 조금씩 옆으로 이동해 내 자리를 만들어주었다. 나는 재빨리 그곳으로 이동했다.

"으흑……"

나는 당장 빠져나가는 마력을 보며 놀랄 수밖에 없었다. 세상에 무슨 마력을 이렇게 많이 갈취해 가는 거지? 이런 생각을 하는데 내 머리 속으로 금발청년의 목소리가 들려왔다.

"주문 공식을 알려 드릴 테니 그것에 맞추어 마력을 운용해 주십시오."

그의 말이 끝남과 동시에 내 머리 속으로 지금 그들이 운용 중인 주문의 공식들이 흘러 들어왔고, 나는 그 공식에 맞추어 마나를 운용해 나가기 시작했다. 그러자 마구잡이로 대책없이 빠져나가던 마나도 안정세에 들어갔다.

"호오, 굉장하시군요. 저희 이상의 마력입니다. 엘프라고 믿기 힘들군요."

금발은 감탄한 듯한 표정을 지었고 그의 말을 들은 적발과 청발은 못 믿겠다는 표정으로 나를 바라보았다.

하지만 나는 지금 한 가지만을 생각하고 있었다. 제발 그녀가 드래곤으로 돌아가더라도 나를 생각해 주었으면 하고 말이다.

'레아… 네가 원래의 모습으로 돌아가더라도… 나를 잊지 않았으면 해. 나는 너를 사랑하는걸.'

그렇게 또다시 얼마나 마력을 퍼부었을까? 진작에 마력이 떨어진 그들은 나에게서 마력을 빌려오고 있었고, 사실 그 마력도 내 마력이 아닌 귀고리에 비축된 마력이었다. 하지만 그런 방대한 마력에 따라가지 못하는 체력은 나를 거의 초죽음으로 몰아넣고 있었다.

하지만 레아를 위한다는 생각 하나만으로 버티고 있을 무렵, 순간 내 몸에 시원한 기운이 훑고 지나간 듯한 느낌이 들었다. 그러면서 내 몸 안으로 무언가가 들어오는 느낌도 같이 받았다.

다시 힘이 들어가게 되어 한결 편하게 마법진을 유지시키는 나의 귀로 금발의 목소리가 들려왔다. 중간에 힘이 보충된 나와는 달리 그들의 목소리는 상당히 지쳐 있었다. 그런데 셋 다 왜인지 나를 바라보는 시선에 놀라움이 섞여 있었다. 아마 내 마력에 놀란 것이겠지.

"조금만 더 하면 됩니다. 이제 거의 다 끝나가는군요."

그동안 레아의 크기는 엄청나게 커져 있었다. 높이만 해도 거의 20여 미터에 달하고 있었던 것이다. 이미 우리들도 마법진으로부터 한참을 물러서 있었다. 마법진은 이미 레아의 발 밑에 깔려 보이지도 않았다.

쿠우우우—

그리고 드디어 서서히 빛이 사그라들기 시작했다. 그리고 그 빛이 사라짐과 동시에 나타난 것은…

"정말… 이네."

녹색이라고 하기조차 미안했다. 찬란한 에메랄드 빛의 몸체는 실제 보석보다도 훨씬 아름답게 빛나는 색이었다. 전체적으로 늘씬하게 뻗은 몸선, 등 뒤로 길게 난 두 쌍의 날개, 그리고 위용있으면서도 아름다운 얼굴.

지금 그녀는 아름다운 하나의 그린 드래곤의 모습으로 나를 내려다 보고 있었다. 물론 어떻게 보면 무서웠지만 지금의 그녀의 모습은 마냥 친근했다. 단지 레아의 모습이라는 이유 하나만으로인지는 모르겠지 만.

그녀는 나로부터 고개를 돌려 다른 세 명의 드래곤을 바라보았다. 이 윽고 그녀의 입이 천천히 열렸다. 그리고 그 입에서 크지만 나지막한 목 소리가 들려왔다.

"오랜만이에요, 리크, 제르, 그리고 마그 오빠."

내 애인은 드래곤

"다시 소개할게요. 제 이름은 아힌세르린. 줄여서 세린이라고 불러주세요."

그녀는 다시 예의 그 하프 엘프의 모습으로 폴리모프해 우리 앞에 나타났다. 하지만 왠지 이상한 것이 있었다, 그것도 두 가지나.

첫째로는 그녀가 더욱 어른스럽게 보인다는 것이다. 그거야 그녀가 폴리모프한 모습에 따른 것이니까 큰 문제가 아니지만… 두 번째는…….

이상하게 레아와 티니가 나보다 작게 보인다는 점이다. 원래라면 티니와 나의 키가 비슷해야 할 터인데, 지금의 내 모습은 티니와 비슷하기는커녕 레아보다도 커진 것이다.

"와아, 어른스러운 것도 너무 멋져요."

나를 본 레아의 한마디였다. 의아하게 느낀 나는 당장 근처의 물가로 뛰어가 내 모습을 비쳐 보았고 크게 놀랄 수밖에 없었다.

어른이 된 것이다. 그것도 원래의 남자로 돌아오기까지 하면서. 여자라면 몸매가 잡히고 무엇보다도 가슴이 나올 테니까.

내 모습은 내가 봐도 너무나 멋있고 아름다웠다. 가늘은 얼굴 선에 금색의 큰 눈동자, 그리고 치렁치렁한 금발은 엉덩이 아래까지 흘러 내려와 그 색을 뽐내고 있었다. 게다가 175㎝쯤 하는 키는 최고로 내 마음에 드는 것이었다. 그렇다고 내 얼굴에 내가 반해서 개울 물에 코 박고 죽을 만큼 나는 바보가 아니다.

"만세! 드디어 완전히 어른이다!"

목소리까지… 완벽하게 성인의 모습이었다. 기쁜 마음에 나는 크게 소리 질렀고 레아… 아니, 세린은 그런 내 모습을 보며 쿡쿡 웃었다. 그리고 티니의 경우에는 아직도 상황 판단이 되지 않은 듯 어리둥절한 모습이었다.

그런데 왜 이렇게 움직이기가 힘들지? 하지만 그 이유는 매우 간단했다. 옷이 작으니까.

넉넉하다 못해 헐렁했던 내 옷은 이제는 내 몸을 상당히 빡빡하게 죄고 있었던 것이다. 그리고 그 꼴은 상당히 웃기는 것이었다.

"쿡쿡쿡, 란 오빠. 외모는 둘째 치고 옷차림 때문에… 호호호호."

그렇게 해서 일단은 금발사내가 건네주는 옷을 입었다. 대충 사이즈가 맞았으니까.

"호오, 결국 해버렸었나요?"

"뭐, 그렇게 됐지."

쟈밀과 나머지 일당(…)들은 테이블 가운데에 놓인 거대 수정 구슬을 보며 하나같이들 입가에 흐뭇한 미소를 머금고 있었다. 물론 레이의 경우는 예외로 하겠다.

구슬 안에 비친 라니오스의 새 모습을 보며 흐뭇하게 웃는 쟈밀에게 레이가 장난스럽게 한마디 건넸다.

"그런데 무슨 계기로 원래대로 되돌릴 생각을 하신 거죠? 게다가 저렇게 어른스럽게 만들어주기까지 하고요."

보통 같으면 레이가 뭘 말하든 일단 인상 구기고 보는 쟈밀도 이번은 웃음을 머금은 채 대답해 주었다.

"무엇보다 본인이 원하잖아? 그리고 저게 오히려 더 마음에 드는 모습이군. 역시 귀여운 건 순간이야. 뭐니 뭐니 해도 장부다운 게 제격이지."

그의 말에 주변 인물들은 쟈밀을 의심스럽다는 시선으로 바라보았다. 그들의 눈가에는 한결같이 검은 그림자가 드리워 있었다.

'저게 어디가 장부답다는 겁니까……?'

물론 본인에게 직접 말했다가는 어떤 결과를 초래할지 알기에 그들은 그 말을 직접 입에 담는 실수를 하지는 않았다.

"하하, 귀고리에 저장한 분까지 마력이 바닥나야 네가 남긴 '선물'이 발동되게 하다니. 핀치에 몰린 영웅의 변신인가?"

즐겁다는 듯 크게 웃는 제이를 보며 쟈밀도 싱긋 웃었다.

"와아, 막내도 저렇게 변하니까 멋있네요?"

"어머, 라오야, 란이는 이미 애인 있단다?"

장난스러운 표정을 지으며 건네는 레디의 농담에 라오는 양 볼을 부풀렸다.

"부우~ 누가 임자 있는지 몰라요? 저도 매너는 있어요."

"그런데 저 드래곤 아가씨에게 손댄 게 레디 양 맞던가요?"

루나의 지적에 레디는 일부러 자신을 바라보는 나머지 한패(…)들의 시선을 외면하며 대답했다. 그녀는 얼굴이 조금 상기되어 있었다.

"흥, 저 계집애 때문에 영웅전쟁 때는 꽤나 가슴 졸였단 말예요."

조금은 삐친 듯한 레디의 모습에 쟈밀은 피식 웃음을 지었다.

"훗, 아무리 그래도 그렇지. 동결된 시간 설정을 역행시키다니."

"그럼 늙어버리게 할 걸 그랬나요?"

뾰로통한 레디의 표정에 쟈밀은 결국 폭소를 터뜨렸다.

"하하하하! 그, 그런 표정 짓지 말라고. 푸하하."

"흥!"

완전히 삐쳤다는 듯 팔장을 끼며 몸을 홱 돌리는 레디를 향해 쟈밀은 확실히 못을 박아두었다.

"그래도 이제 저 아이는 란이의 신부 될 아이니까 미워하지는 말아라. 알았지?"

"몰라요. 흥!"

평소에는 하지도 않던 '삐친 척'을 하는 레디의 모습을 보며 주변 인물들은 모두 실소를 머금었다.

"라니오스입니다. 그리고 이쪽은 티니입니다."

"리크라테스입니다."

"제르카테스다."

"마그루라."

그렇게 서로 통명성과 인사를 주고받은 뒤 골드 드래곤인 리크라테스는 나에게 레, 아니, 세린의 지금까지 기억을 잃었던 이유를 설명해 주기 시작했다.

"당신들도 보았듯이 세린은 그린 드래곤입니다. 그것 2만 년이 넘은 윔 급의 드래곤이죠."

2만 년? 그렇다는 것은 세린이 나보다 200배는 더 살았다는 거잖아? 세린도 그런 내 시선을 알고는 피식 웃음을 지으며 대답해 주었다.

"호홋, 괜찮아요. 지금처럼 그냥 이름만 부르세요. 저도 전처럼 오빠라고 부를게요. 괜찮죠?"

"하지만……."

"어허, 오빠도 참."

"…알았어."

무엇보다 문제는 내가 세린을 대할 때였다. 아무래도 그녀가 드래곤인데다가 2만 년을 넘게 살았다는 것을 안 데다 그녀도 예전의 자신을 되찾았다 보니 자연히 그녀를 대하기 껄끄러워진 것이다.

잠시 그런 복잡한 시선으로 세린을 바라보고 있자 리크라테스는 헛기침을 하였다.

"커험, 어쨌든 이야기를 계속하자면……."

그의 이야기를 종합해 보면 이렇다.

사실 세린은 흔히 남들이 말하기를 '좀 모자란 드래곤'이었다는 것이다(이 부분에서 내가 '뭐가 모자라다는 건데요?'라고 묻자 세린이 얼굴을 붉히며 적극적으로 리크라테스를 말렸다). 그의 아버지―말이 아버지이지 드래곤은 중성이다…한마디로 세린이나 저 세 명도―아즈라우드는 그런 세린을 정성껏 돌보아주었고―보통 드래곤은 성룡식을 마치는 순간 남남이 된다고 한다―세린도 그런 자신의 아버지를 크게 의지하였다. 그리고 후에 뒤늦게나마 그녀가 스스로 독립을 하게 된 이후에도 그녀는 자주 아즈라우드를 찾아가 이런저런 이야기를 하기도 하고 응석을 부리기도 하였고 아즈라우드는 그런 그녀를 언제나 아껴주었던 것이다. 그 당시 드래곤들에게 이 이야기는 욕을 먹기도, 특이하다는 이야기를 듣기도, 그리고 참 감동적이라는 이야기를 듣기도 하면서 드래곤 사이의 화제가 되었다고 한다.

그리고 어느 날 그런 아힌세르린이라는 앙증맞은 드래곤의―이때 리크라테스는 세린을 보며 싱긋 웃음을 지어 보였고 세린은 부끄러운 듯 살짝 얼굴을 붉히며 웃었다―소문을 듣고는 세 명의 드래곤이 그녀를 보러 왔는데 그게 바로 여기 있는 세 명이었다. 게다가 그들이 이야기하기를 세린의 외모는 드래곤 중에서도 보기 힘든 미인, 아니, 미룡이라고 한다. 어쨌든 그렇게 셋은 그 뒤에도 자주 그 이쁜 드래곤을 보러 세린의 레어에 놀러 갔고 그때마다 갖가지 보물들을 가져왔다고 한다.

그런데 그러던 중 영웅전쟁이 발발했고 그 당시 웜 급의 드래곤이던 넷은 당연히 모두 전쟁에 참가했었다. 그러던 중 세린이 저지른 무언가의 실수 때문에—이것은 설명해 주던 리크라테스도 자세히 언급하지 않았다—그의 아버지인 아즈라우드가 죽게 되었고 크게 자책하던 세린은 결국 자신의 레어에 틀어박혀 수백 년 동안 나오지 않았다는 것이다.

그리고 그 다음 설명은 세린이 받아서 했다.

"저는 그때 차라리 죽고 싶다고 느꼈었어요. 하지만 막상 자살을 하려고 하니 그것도 안 되더라구요. 그래서 저의 시간을 동결시키는 비술을 사용했죠. 물론 드래곤의 상태로는 덩치가 너무 크다 보니 엘프의 상태로 변했죠. 그렇게 제 몸을 캡슐 안에 집어넣고 제 시간을 정지시켰어요. 아니, 정지시키게 하려고 했죠."

그런데 그것이 정지가 아닌 역행이 되었다고 한다. 게다가 엘프로 폴리모프한 상태로 시간의 역행을 당하다 보니 일종의 부작용으로 인해 기억을 잃어버린 데다가 생물학적으로도 거의 엘프가 되어버렸다는 것이다. 당연히 폴리모프는 풀리지 않고 드래곤 특유의 강인함이나 드래곤피어 같은 고유의 특수 능력도 쥐뿔 없게 된 것이었다고…

그리고 그녀가 마지막으로 남긴 한마디는 내 가슴을 찡하게 만들었다.

"그래도 살아 있기를 잘한 것 같아요. 이렇게 좋은 분과 사랑이라는 것도 하고 말이에요."

말이 끝남과 동시에 그녀는 따뜻한 시선으로 나를 바라보며 생긋 웃었고 순식간에 기분이 하늘을 뚫어버릴 정도로 올라간 나는 그만 정신을 잃을 뻔했다.

사실은 정말 정신을 잃기 직전까지 갔지만 갑자기 옆에서 느껴지는 엄청난 살기에 기절도 하지 못한 것이다.

그 살기의 정체는 바로 마그루라였다. 게다가 나머지 둘 드래곤도 그리 좋은 시선으로 나를 보는 것이 아닌 듯싶었다.

셋의 시선의 내용은 하나같았다.

'너, 거기 엘프! 빨리 안 사라저?!'

나도 바보는 아닌지라 그들이 왜 그렇게 나를 노려보는지 이해했다. 그들 입장으로 보면 '굴러온 돌이 박힌 돌 뽑아버린' 상황일 테니까……

하지만 당장 닥친 문제는 그들의 살기에 눌려서 몸을 움직일 수가 없다는 것이었다. 하지만 다행히도 세린이 그들의 눈빛에 눌려 식은땀을 흘리는 나를 보고는 뒤에서 껴안아주며 그들에게 한마디 쏘아붙였다.

"왜 제 애인 괴롭혀요! 빨리 드래곤 피어 안 풀어요?"

질끔—

그녀의 말 한마디에 셋은 그야밀로 '이제 세상 살 이유가 없어～!' 라고 온몸으로 외치는 듯한 자세를 취하기 시작했다. 즉, 털썩 바닥에 주저앉은 그들의 모습이 회색으로 탈색되기 시작하는 것이었다.

그런데 세린은 레아에서 세린으로 변하면서, 아니, 돌아오면서라고 해야 하나? 어쨌든 세린이 되면서 조금 더 적극적이 된 것 같은… 뭐, 나야 좋지만.

마그루라는 엄청 절망된 상태에서도 용케 말을 더듬으나마 세린에게 질문을 던졌다. 문제는 그 질문도 흐물흐물 날아간다는 거지만……

"세린… 설마 진심은 아니겠… 지?"

"그래, 설마 2만 년 이상 지낸 우리보다……"

"저런 엘프 녀석이……."

나머지 둘도 그 열성도의 차이가 조금 있을 뿐—아마 마그루라가 레드 드래곤이라 성격이 가장 급해서 그런 게 아닐까 싶다—그들의 표정은 하나같이 절망을 앞에 둔 모습이었다.

하지만 세린은 그런 그들에게 냉정하게 칼을 박아버렸다.

"시끄러워요! 제가 누구 사랑하는 데 왜 참견이에요?!"

이제는 내가 더 키가 커서인지 세린이 나를 껴안고 있으니 내 등에 폭 묻힌 듯한 느낌이었다. 그래, 이거야~ 남자는 누가 뭐래도 여자를 자기 품속에 안아야 해~

세 명의 드래곤은 용케 아직 완전히 침몰하지는 않았다. 내가 짐작해 보건대 아마 그들은 마지막 한 가지에 희망을 걸고 있는 듯싶었다. 그걸 어떻게 아느냐고? 지금 저들의 눈이 좌절의 회색 칼라에 둘러처진 와중에서도 나를 노려보는 눈이 번쩍번쩍 빛나고 있는데 그걸 모르겠는가? 하지만 세린도 그걸 알았는지 그들에게 최후의 한 방을 때려 넣어버렸다.

"이상한 생각 하지 말아요! 란 오빠는 하이 엘프라서 영원히 살 뿐 아니라 죽여도 다시 살아나니까. 전 란 오빠랑 평생 동안 오순도순 행복하게 살 거예요!"

쿠구구궁—

결국 마지막 희망까지 잃은 그들은 엄청난 굉음과 함께 붕괴되어 버렸고 세린은 그런 그들을 무시하며 내 손을 잡아끌었다.

"자, 오빠. 가요."

세린은 내 손을 잡고는 숲 안으로 끌고 들어갔고, 나는 조금은 동정을 담아 이미 가루가 되어 바닥에 흩어져 있는 그들을 바라보아 주었다.

그런데 왠지 아까부터 무언가 빠졌다는 생각이 드는데… 그게 뭐지?

'으음… 뭔가 빠진 것은 같은데… 으음……'

하지만 그것은 금방 확인할 수 있었다. 티니가 내 뒤를 따라오고 있으니까.

하지만 문제는 거기서 딸려온 것이다. 티니의 얼굴색이 오늘은 조금 가라앉은 것 같다고 해야 하나… 아니면 어두워졌다고 해야 하나.

나는 그런 그녀의 머리를 쓸어주며 웃어 보였다.

"티니, 무슨 걱정이니?"

그러자 티니는 아까 전의 표정을 지운 채 바로 웃음을 지었다. 그런데…

왜 얼굴이 붉어지는 거지? 설마……!

"흐음… 아시아스……."

"아아… 아라나스……."

순간 아라나스와 아시아스는 온몸의 힘이 풀리는 것을 느꼈다. 단지 피곤하거나 한 그런 단순한 이유가 아니었다. 그런 자연스러운 것이 아닌, 강제로 힘을 흡수당하는 느낌을 받았으니까.

그리고 그 한마디를 끝으로 둘은 정신을 잃었다. 하지만 정신을 잃는 와중에도 둘은 서로의 손을 꼭 마주 잡고 있었다.

그리고 그들이 정신을 잃은 지 얼마나 되었을까? 그들이 있는 서고의 문이 열리며 네이란이 들어왔다.

"라라라라~ 황제 폐하야~ 누나 왔어요~ 응?"

네이란은 '보통 이쯤 되면 두 황제들이 반겨줘야 정상인데…' 라는 생각을 하며 서고 내부를 살펴보았다.

"흐음… 지금 장난치시는 건가요? 아니면 숨바꼭질? 어디 숨어 있을까나아~"

네이란은 그때까지만 해도 단순히 둘이 장난을 치고 있는 것이라고 생각했다. 그녀가 두 황제를 찾아내기 전까지만 해도 말이다.

그리고 그녀가 두 황제를 찾아내었을 때는 이미 두 황제의 상태는 정상이라고 하기가 힘든 모습이었다. 바닥에 쓰러진 두 황제는 연신 식은 땀을 흘리며 신음성을 흘리고 있었던 것이다.

"꺄악! 아시아스! 아라나스! 정신 차려요! 황제 폐하, 얘들아! 정신 차려!!"

놀란 네이란의 목소리가 넓은 서고 전체에 메아리쳤다.

소환 마법 계승

"흐음, 그럼 이런 거나 만들어볼까?"

"뭔데요, 뭔데요?"

레아, 아니, 세린도 지금 내가 펼친 부분에 관심이 있는 듯 내 옆으로 얼굴을 밀착시켰고 나는 그런 그녀에게 내가 말하는 부분을 손가락으로 짚어주었다.

"여기 이거."

"흐음… 하지만 이런 마법검은 효율이 별로 안 좋을 텐데요?"

역시 내 예상대로 과거의 기억을 모두 찾은 그녀는 마법에 대해서도 빠삭하게 잘 알고 있었다. 덕분에 토론 상대가 생긴 나로서는 정말 즐거운 일이었다.

하지만 이렇게 열심히 실험과 토론을 하고 있으면 어느새 티니가 뾰로통해져 버리느라 또 난리였다.

내가 남자로 돌아온 뒤, 그리고 어른의 모습으로 성장한 뒤 마을 안에는 상당히 큰 난리가 일어났다. 일단 '미숙아가 컸다!' 라는 이야기가 돌았음은 물론이고 '드래곤 신부를 데리고 왔다!' 까지 퍼진 것이었다. 덤으로 '하이 엘프다!' 까지 일부 엘프한테 퍼져 버린 상태였다. 그 일부 엘프가 대체로 나이 든, 거의 장로쯤 하는 할배들이라 소문이 퍼지는 것은 억제되고 있지만, 나도 그리 따로 이야기한 적은 없었지만 왜 내가 하이 엘프인 것을 감춰야 하는 건지… 아마 하이 엘프의 정체를 아는 그들로서는 내가 하이 엘프임을 감추고 싶겠지만 보통은 하이 엘프가 일전의 티니 아버지 때처럼 엘프의 수호자로 알고 있는 이들이 대부분일 텐데… 뭐, 어쨌든 장로 할배들이 당부하니 이야기하지는 않는 게 좋을 듯싶다. 아무리 그들이 하이 엘프의 실체를 모르더라도.

어느덧 나와 세린, 그리고 티니가 이곳에서 휴가(?)를 보낸 지도 어느새 한 달 반이 지났다. 일전의 그 드래곤 삼인방(…)은 그때 이후로 전혀 소식이 없었고—아마 충격이 컸을 거라 생각한다. 내심 그들에게 미안하다—티니가 남자로 변한 나에게 연애 감정을 가지게 된 듯싶었지만 어쩌리, 이미 나한테는 세린이 있는걸. 게다가 이미 나와 세린에게 티니는 동생, 또는 딸 정도로 생각되어 버릴 정도니 어떻게 보면 티니에게도 미안했다.

이 마법 실험들, 사실 세린이 가지고 있는 도구들을 빌리고 싶었는데 그녀의 레어는 이미 정체 불명의 괴한들에 의해 깔끔하게 털려 있는 상태였다고 한다. 그것도 상당히 최근에……

나는 오늘따라 조금 시끄러운 듯한 바깥을 내다보며 말했다.

"세린, 오늘은 좀 시끄러운 것 같지 않아?"

"그러네요? 무슨 일 있나요? 보통은 너무 조용해서 졸릴 정도였는데."

그리고 그 소란스러움은 점점 이곳과 가까워지고 있었다. 나는 직감적으로 '오늘은 무언가 일이 있구나' 하는 느낌을 받게 되었다.

아니나 다를까, 누군가가 매우 급한 듯 거칠게 우리 집 문을 열어젖히며 뛰쳐 들어왔다.

"란아! 큰일이야!"

뭐야, 란슬로 형이 아니잖아?

그 소란의 정체는 네이란 누나였다. 그녀는 여기까지 계속 뛰어왔는지 연신 거친 숨을 몰아쉬고 있었다. 그러니까 평소에 운동 좀 하지…….

"누나, 무슨 일이에요?"

내가 다가가며 질문하자 그녀는 일단 놀라는 표정부터 지었다. 그녀의 표정은 한마디로 '내가 번지수를 잘못 찾은 건가?' 하는 표정이었다.

"어… 누구신지……?"

"…접니다, 저."

어느 정도 지나서야 네이란 누나는 나를 알아보았고 나를 알아본 후의 그녀는 다짜고자 한숨부터 푸욱 내쉬었다.

"하아, 그 귀엽고 예쁜 란이는 어디 가고 이렇게 훤칠한 청년이 있는 거니? 몰라몰라~"

"…누나, 어린애 취향이었어요?"

사실 전부터 짐작하고 있기는 했지만 그녀는 내 질문에 앙증맞은 포즈를 취하며—적어도 본인은 그렇게 생각하는 듯했다—과장되게 고개를 좌우로 저었다.

"하지만 귀여운 게 좋은 걸 어떻게 해잉~"

"……." ×3

휘이이이잉~

잠시 실내에 싸늘한 침묵이 감돌았다. 그리고 얼마 지나 그 썰렁함이 풀려서야 나는 그녀가 여기 온 목적을 묻게 되었다.

"그런데 무슨 일이에요? 이렇게 급하게."

그제야 네이란 누나는 자신의 용건이 무엇인지 생각해 내고는 손바닥을 마주쳤다.

"아차, 내 정신 봐. 란아, 큰일이야, 큰일!"

"그러니까 어떻게 큰일이냐구요!"

앙증맞다기보다 방정맞은 그녀의 모습에 나는 소리를 질러 버렸다. 뭐, 네이란 누나 성격이 원래 저러지만.

그리고 네이란 누나의 대답은 약간은 예상 밖이었다.

"황제 둘이 쓰러졌어!"

"네? 무슨 일로요?"

"몰라. 그런데 상태가 심각해! 아직 이틀밖에 안 됐는데 맥박이 불규칙하고, 안색도 급격히 나빠지고, 가끔 뭐라고 중얼거리고……."

뭐가 뭔지는 모르겠지만 그녀가 이렇게 흥분한 것을 보아서는 그 두 황제에게 무슨 큰일이 생겼다는 것은 확실했다.

"그럼 빨리 가봐요!"

그 시각, 아아크는 한 무덤 앞에 와 있었다. 그의 손에는 삽이 들려 있었다.

그가 서 있는 무덤의 묘비에는 '에아크 하스, 신의 선택을 받은 위대한 음유 시인. 여기에 영원히 잠들다'라는 문구가 새겨져 있었다.

그의 모습은 보기에 따라 마치 한 폭의 그림이었다. 날은 이미 어둑어둑해져서 땅거미가 깔리려고 하는데 추운 날씨 때문에 두꺼운 방한복을 입은 채 털모자까지 눌러쓰고 한 손에는 삽을 들고 있는 그의 모습은 보기에 따라 엽기 연쇄 살인범 사촌동생쯤으로 보이게도 할 수 있을 정도였다.

"으으, 춥다. 오늘 날씨는 왜 이런다냐?"

아아크는 잠시 묘비를 바라보며 어색한 웃음을 지었다. 그것은 자신이 하는 짓이 잘못된 짓임을 알면서도 저지를 때의 죄책감 섞인 웃음이었다,

"안녕하세요, 선조님."

그는 묘비를 향해 고개를 숙여 보였고 이내 다시 고개를 들며 삽을 들어 올렸다.

"죄송해요. 오늘 못된 짓을 저지르게 생겼어요."

그리고 그는 바로 묘를 파기 시작했다. 얼굴에는 한가득 죄책감 섞인 표정을 지으며……

아아크가 그렇게 에아크 하스의 묘를 파고 있을 때 마침 그 묘에 찾아오는 다른 사람이 있었다. 165㎝ 정도의 키에 분홍 머리카락의 여성 레디였다.

이날이 그의 기일은 아니었으나 왠지 기분이 이상해서 와본 그녀는 굉장히 정확하게 맞아떨어진 자신의 느낌을 원망해야 했다. 아니, 정확히 말하면 저기서 묘를 파헤치는 미친 녀석을 미리 막지 못한 자신을 원망했다.

하지만 가만히 보고 있다가는 정말 묘를 완전히 뒤집어엎을 기세인 상대를 두 다리로 달려가서 말릴 정도로 레디는 침착하지 않았다. 그녀는 급한 나머지 공간 이동을 이용해 지금도 열심히 묘에 삽을 꽂아놓고 있는 저 미친 녀석을 붙잡았다.

"야! 너 지금 무슨……!!"

생각 같아서는 당장 자신의 힘을 실어 저 미친 자식을 가루로 만들어 버리고 싶었던 레디였으나 이내 그 생각은 순식간에 사라져 버렸다. 그의 얼굴을 본 직후에……

아아크는 갑자기 나타나서 자신을 붙잡은 여성을 의아한 시선으로 바라보았다. 적어도 자신의 기억에 이런 여자는 없었다. 그리고 자기 선조의 묘를 찾아올 사람 중에 이런 인상착의의 여성 또한 물론 존재하지 않았다.

얼마나 시간이 흘렀을까? 긴 시간이기도 했고 짧은 시간이기도 했다. 그런 시간이 지난 뒤 레디의 눈에 눈물이 맺혔다. 물론 그녀의 사정을 전혀 모르는 아아크는 갑작스레 나타나서 자기를 뜯어말리던 여성이 이번에는 갑자기 눈물을 흘리니 이해 못할 일이었지만 말이다.

와락—

이윽고 그녀는 아아크의 품에 자신의 몸을 파묻었다. 그리고 크게 흐느끼기 시작했다.

"에아크… 흐흑, 에아크… 어디 갔었어요?"

"네에?"

'오늘 내가 천벌을 받는 건가?' 라는 생각을 할 정도로 현재 아아크의 머리 속은 혼란스러웠다. 생전 본 적도 없는 여자가 자기를 끌어안더니 다짜고자 에아크라니? 게다가 에아크는 이미 자기가 파헤치고 있는 이 무덤 안에서 자고 있지 않은가? 아니, 이제는 다 썩어 흙으로 변했을 텐데.

"에아크… 다시는 절 두고 어디 가지 말아요. 으흑, 당신이 없을 때 저는… 흑."

"이, 이봐요. 저기 무언가 오해가 있으신 듯한데……."

하지만 생각보다 빨리 떨어지지 않는 이 여자 덕분에 지금 아아크는 그야말로 미칠 지경이었다. 게다가 살아서 최초로 경험하는 비슷한 나이대로 보이는 여성과의 스킨십에 아아크는 덜컹거리며 마구 흔들리는 심장을 주체할 수 없었다. 그렇다고 누구처럼 적당히 꼬셔서 일 저지르겠다는 음탕한 생각을 하는 것은 아니지만.

"저기, 이봐요. 사람 잘못 찾으셨어요……."

"아……!"

그제야 레디도 자신의 행동을 깨닫고는 급히 아아크의 품에서 떨어졌다. 짧은 시간 동안에도 많은 눈물을 흘린 그녀의 눈은 상당히 부어 있었고 얼굴은 발그랗게 물들었다.

아아크는 그런 그녀의 얼굴을 보며 생각했다.

'예, 예쁘다……!'

하지만 이내 발갛게 달아오르는 얼굴로 고개를 저었다. 아직 이상한 생각(?)을 하기에 그는 너무 순진했다.

아아크가 이런 헛생각을 하는 동안 레디는 눈가의 눈물을 모두 닦고 아아크를 바라보았다.

"저기… 혹시 성함이 어떻게 되시는지 여쭈어봐도 될까요?"

너무나 앳되어 보이는 레디의 모습에 아아크는 간신히 식혔던 얼굴이 또다시 순식간에 달아오르는 것을 느꼈다. 울고 있는 여성은 아름답다고 누가 그랬던가? 누가 그렇게 바른말을 했는지 쫓아가서 칭찬해 주고 싶은 생각을 억누르며 아아크는 대답했다.

"아, 저, 저기… 저기… 저는… 저기……."

"아, 저, 저기… 저기… 저는… 저기… 씨인가요?"

상투적인 농담, 레디는 얼굴이 새빨개진 채 연신 말을 더듬는 상대의 긴장을 풀어주겠다고 한 행동이었지만 오히려 당사자인 아아크는 더욱 얼굴이 붉어졌다.

"아, 그, 그게 아니고… 그러니까… 저는……."

그렇게 얼마나 말을 더듬으며 한마디를 제대로 못하는 추태를 보였을까? 어느 정도 진정이 되고서야 아아크는 간신히 자신의 이름을 대답하는 데 성공했다.

"저기… 저는 아아크, 아아크 하스입니다."

"아아크… 하스."

레디는 고개를 숙였다. 당연한 것이었다. 이미 2천 년도 훨씬 전의 사람인 그가 살아 있을 리가 없지 않은가? 내심 레디는 그가 거짓말을 해주기를 원했는지도 모른다. 자기 눈앞에 서 있는 붉은 머리의 사내가 자신을 에아크 하스라고 대답해 주기를, 비록 거짓말이라도.

"으흑, 흑. 흐흐흑."

"저, 저기… 이봐요."

아아크에게 있어 이 여자는 황당함의 연속이었다. 갑자기 자신을 말리던 처음 본 여자는 갑자기 자신의 품에 안겨 울음을 터뜨리더니 울음을 가라앉히고는 자신의 이름을 물어보았다. 그리고 이름을 가르쳐 주었더니 또다시 우는 것이 아닌가?

"저기, 진정하시고……."

"아아앙!"

와락―

또 안겨들었다. 이 여자, 대체 누구야!

엄청 당황스러워 욕지기가 나올 정도였지만 다른 한편으로는 기분 좋기도 한 아아크였다.

"으으음……."

"아아악……!"

두 황제를 본 나는 크게 기겁할 수밖에 없었다. 그들의 안색은 네이란 누나가 말한 것 이상으로 그 몰골이 장난이 아니었기 때문이다.

"사, 살아 있기는 한 건가……?"

솔직히 지금 두 황제의 모습은 거의 반쯤은 송장이라고 해도 좋을 정도였다. 새하얗게 질린 안색에 수척해지다 못해 비쩍 말라 버린 몸, 그리고 비 오듯이 쏟아지는 땀.

"무엄하십니다. 어찌 그런 말씀을 함부로 하십니까?"

황제의 옆에 있던 의사 한 명이 외쳤고 나는 그제야 내가 한 말을 알아채고는 사과했다.

"아, 죄송합니다. 그만 실언을 했군요."

"그건 그렇고 란아, 우리 황제 폐하 좀 어떻게 해봐아~"

정말 방정맞게 구네……. 나는 일단 두 황제의 옆에 다가갔다. 그리고 그들의 이마에 손을 얹고는 그들 내부 상태를 조사해 보았다.

…….

주문으로 그들의 몸을 조사한 지 얼마나 되었을까? 하지만 나는 아무것도 찾을 수 없었다.

"이상해요, 둘은 지극히 정상이에요. 정 문제를 뽑아보자면 조금 심한 영양실조 정도?"

하지만 이렇게 말해 놓고도 나는 이해할 수 없는 것이 하나 더 생겨난 것을 알았다.

"가만, 두 황제가 쓰러진 게 며칠 전이라고 했죠?"

"오늘로 삼 일째야."

고작 삼 일밖에 안 됐는데 이 정도로 심각한 증세라니! 게다가 벌써부터 영양실조 증세까지…….

"잠시 제가 한번 봐도 될까요?"

세린이 나서며 질문했고 네이란 누나와 의사는 고개를 끄덕이며 다시 자리를 비켜주었다.

"으음……."

세린은 두 황제의 이마를 짚어보더니 잠시 두 눈을 감더니 무언가를 생각하는 표정을 지었다. 아마 내 생각에는 용언을 쓰고 있는 거라고 생각한다. 그리고 그녀가 다시 눈을 떴을 때 그녀는 네이란 누나를 보며 질문했다.

"혹시… 이 두 분, 소환술사의 피를 잇고 계시나요?"

그녀의 질문에 네이란 누나는 고개를 끄덕였다.

"응, 크로이츠 황가 정통의 피를 이어받은 소환술사야."

네이란 누나의 대답에 세린은 인상을 찌푸렸다. 그것은 무언가를 혐오하는 그런 인상이었다.

"지저분한 인간들……."

그녀의 말에 모두가 깜짝 놀랐다. 세린은 드래곤 피어를 썼는지 순간이지만 상당한 위압감이 방 안에 퍼진 것이었다.

세린도 뒤늦게 자기 실수를 깨달았는지 고개를 저으며 어색하게 웃었다.

"아하하, 죄송해요. 제가 말이 헛 나왔어요. 어라? 그런데 왜들 그러세요? 추우신가요?"

다행히 능청을 떠는 세린의 모습에 아무도 그녀가 드래곤인지 짐작하지 못하는 듯하였다. 그렇게 잠시 작은 소란이 지나간 후 세린은 방 안의 인물들을 주욱 둘러본 뒤 설명을 해주었다.

"걱정할 거 없어요. 지금 두 황제 분은 '시련'을 겪으시는 거니까."

"네?"

무슨 소리인지 알아듣지 못하겠다는 네이란 누나와 의사들, 그리고 일부 마법사들의 의문 부호에 세린은 좀 더 자세하게 설명을 해주기로 마음먹은 듯 계속 말을 이었다.

"혹시 황제 폐하께서 쓰러지시기 전까지 보시던 책, 지금 백지가 되어 있지 않나요?"

"그, 그렇습니다만……."

한 의사의 대답에 세린은 '그럼 그렇지'라는 표정으로 고개를 끄덕였다.

"아마 그것은 '소환의 서'일 거예요. 폐하는 그것을 모두 마스터하기 위한 시련에 들어가신 것이구요."

하지만 나는 궁금증이 생겼다. 왜 그 두 황제만이 소환 마법을 사용할 수 있는 것일까? 물론 내가 죽어버려서(…) 직접 보지는 못했지만 다른 이들이 전해준 말에 의하면 전에도 한 번 천사급 존재를 소환한 적은 있었다고 한다. 하지만 그때는 그게 정말 소환이 아닌, 크로이츠가 가지고 있는 어떠한 아티팩트를 사용하여 소환한 뒤 자신들의 능력이라고 거짓말을 했을 것이라고만 생각을 했었다. 실제로 그 존재가 매우 희귀해서 대륙 전체를 뒤져도 한 손에 꼽을 정도로 그 수가 적지만 어떠한 다른 세계의 존재를 소환할 수 있는 아이템이 있다고는 한다. 대부분이 파괴, 혹은 실종된 데다가 효율이 매우 나빠서 9클래스급의 마법 수십 번은 쓸 수 있는 미력을 들이부어야 긴신히 하급 내지 중급의 천사가 나올 정도라는 문제가 있지는 말이다(그럼에도 이런 행위를 하는 것은 이런 존재를 소환함으로 사기에 영향을 주기 위한 것이라고 생각했었다).

"세린, 그런데 왜 두 황제만 소환 마법을 쓸 수 있는 거지?"

"그것은……."

세린은 순간 인상을 찌푸렸다. 아까의 불쾌하다는 그런 표정이었다.

하지만 세린은 내가 보고 있는 걸 의식했는 듯 이내 다시 인상을 폈다.

"그것은 신의 약속이에요. 영웅전쟁이 일어나기도 전에, 지금으로부터 몇만 년 전쯤의 이야기예요. 대강 삼만 년 조금 덜 되었을 거예요. 한 신께서, 이름은 저도 모르겠어요. 어쨌든 한 신께서 크로이츠 가문의 한 사람에게 축복을 내리셨어요. '너희 가족의 피가 흐르는 자만이 소환 마법을 쓸 수 있을 것이다' 라고. 아, 참고로 이미 그 당시에는 소환술사가 단종된 시기였어요. 그런데 이게 보니까 다른 집안의 피가 섞이면 그 자식은 소환 마법을 쓰지 못하더라죠. 그런데 근친혼으로 태어난 자식은 여전 소환 마법을 쓰는 것이었어요. 이제 오빠도 이해하겠죠? 크로이츠는 계속 근친혼으로 소환술사의 맥을 잇고 있는 거예요."

"그런……!"

인간은 참 별 짓을 다 한다는 생각이 들었다. 싫든 좋든 소환술자의 맥을 잇기 위해 근친혼을 강행해 왔다는 이야기니까.

"뭐, 어쨌든 그 책을 한번 가져와 보실래요?"

"네? 네, 아. 예."

한 마법사가 곧바로 나가서 그 책을 가져왔고 세린은 그 책을 보자마자 기겁을 했다.

"세상에! 이렇게 두꺼운 소환서를 다 읽고 있었다니……! 그렇다면 지금 폐하는……!"

세린의 말을 들어보니 아마 책이 두꺼울수록 그 '시련' 이라는 것도 더 어렵고 힘들어지는 듯한데… 세린은 그 소환서를 받아 들고는 페이지를 넘기며 한탄하듯 말했다.

"세상에… 세상에… 이 정도면 웬만한 인간 수준에서는 소환하기 힘든 것까지 적혀 있었을 정도일 거예요. 그걸 한 번에 익히시려 하니 이렇게 고생하실 수밖에요."

그런 세린의 모습을 보니 문득 궁금한 게 생겼다. 대체 그 소환 마법이라는 것이 얼마나 하는 것이길래 이렇게 놀라는 것일까?

"세린, 소환 마법이 얼마나 대단하길래 그러는 거야?"

이 질문을 하자마자 나는 실수—레아라고 부르지 않고 세린이라 부른—

했다는 것을 알아채고는 아차하는 심정으로 조심스럽게 주변을 둘러보았으나 다행히도 특별히 그것을 귀담아들은 이는 없었던 것 같았다(두 황제의 상태에 대한 걱정 때문일 것이다). 내 질문에 세린은 잠시 생각하는 듯하더니 이내 대답해 주었다.

"으음… 만약 저 황제 분들께서 이 책을 완전히 극복하신다면 순간적이나마 레전드 급 드래곤 이상의 힘을 내실 수가 있게 돼요."

"에엑?"

"물론 본인의 힘이 강해지거나 하는 건… 아, 그럴 수도 있기는 해요, 소환 마법이라는 것이 꼭 환수 계열만 소환하는 게 아니거든요. 자세한 것은 저도 모르겠지만… 고대 왕국이 얼마나 위대한 마법 문명을 갖추었는지는 많이 들어보셔서 아시죠?"

여기서 세린은 잠시 말을 끊고 나에게만 마법으로 말을 했다.

"인간이나 엘프는 그야말로 고대의 이야기겠지만 저희는 고작 몇 세대 전의 이야기라 그래도 꽤 잘 알고 있어요."

세린은 설명을 계속했다.

"어쨌든 그런 위대한 고대 문명 시대에는 인간이 드래곤을 노예처럼 부렸다는 신빙성 낮은 기록쯤은 많이 들어보셨을 거예요. 하지만 소환 마법이라면 이게 정 불가능한 일은 아니죠. 소환 마법은 그 정도로 강력한 마법이에요. 게다가 이상하게도 소환 마법은 인간만이 가능했다고 하더군요."

다른 말은 필요없었다. '드래곤을 노예로 부릴 정도'라는 말 하나로 이미 모두가 경외심 어린 표정으로 저기 누워 있는 두 황제를 쳐다보는 것이다. 나 역시 내심 놀라운 시선으로 그 둘을 바라보고 있었을 정도이니 오죽하겠는가?

"어쨌든 이제 남은 건 저 황제 폐하들께 달렸어요. 시험에 통과하시면 깨어나시는 거고, 만약 시험에 통과하지 못하셨을 경우에는……."

　말을 흐리며 고개를 젓는 세린의 모습에 모두가 긴장했다. 그렇다면 우리가 이 둘에게 해줄 수 있는 일은 없는 건가? 유감이지만 없었다. 우리 모두는 그저 아라나스와 아시아스가 그저 무사히 시험에 통과하고 깨어나기를 기원할 뿐이었다.

아아크에게도 봄날이?

아리나스와 아시아스가 소환사의 시험을 치르며 밤을 새는 동안 아아크도 나름대로 고생을 하고 있었다.

"야압!"

탁—

"으얍."

부웅—

아아크는 있는 힘을 다해서 자신이 할 수 있는 가장 빠른 공격을 펼쳐 보였으나 지금 자신의 눈앞의 인물에게 스치게조차 할 수 없었다. 오히려 놀림당하는 느낌이 들 정도로 눈앞의 인물은 자신을 마치 어린아이 대하듯 하고 있었던 것이다.

"하압!"

슈슈슉—

'제발 건드리기라도 해보자' 라는 생각으로 잽을 연발해 보기도 하는 그였으나 역시 헛수고였다. 그리고 상대도 슬슬 지겨워졌는지 공격을 시작했다.

"합!"

퍼퍽—

"아윽!"

상대의 주먹이 아아크의 왼쪽 어깨와 왼팔을 가격했고 순간 어깨에 강한 힘을 받은 아아크의 몸체는 옆으로 돌아갔다. 물론 상대가 그런 큰 빈틈을 그냥 넘어가 줄 리는 만무했다.

"타앗!"

픽—

"우갸~!"

왼쪽으로 몸이 돌아간 아아크를 향해 상대는 강한 돌려차기를 날렸고 피하기는커녕 막지도 못한 아아크는 멀리 날아가 처박혔다.

아아크를 날려 버린 상대는 양손을 툭툭 털고 아아크에게 다가갔다.

"아직이야, 아직! 이 정도로는 누구랑 싸워도 지는 것밖에 남을 게 없다구."

아아크의 앞에 서서 손가락을 까딱이며 설교하는 듯한 말투로 말하고 있는 이는 여자였다. 165㎝ 정도의 키, 분홍색 머리카락, 그리고 길게 뻗은 눈썹이 묘한 매력을 가져다 주는 여인이었다.

아아크는 허리를 부여잡으며 비틀비틀 일어섰다. 하지만 그런 그의 행동에는 은근히 엄살기가 섞여 있었다.

"아야야, 자칫하다가는 허리 부러지겠네. 레디 누나, 남자는 허리가 생명인 거 몰라요?"

아아크의 불평 아닌 불평에 레디는 피식 웃으며 손가락으로 그의 이마를 튕겼다. 그 충격에 아아크는 이마를 감싸며 뒤로 물러섰다.

"아야야……."

"거 엄살도 심하네. 그리고 허리는 남녀노소 안 가리고 다 중요한 부위야. 남자만 허리가 중요한 줄 알아?"

아아크는 지금 레디에게 격투기 교습을 받고 있었다. 아아크는 문득 지금 자신에게 격투기를 가르쳐 주는 이 여자와 처음 만나던 그날을 회상했다.

"으흑, 흐윽, 흑."

"이, 이봐요……!"

세상에 이런 황당하지만 묘하게 기분 좋은 사고가 또 있을까? 레디는 아아크의 품에서 끝도 없을 것같이 계속 울고 있었다.

그렇게 그녀가 얼마나 아아크의 품에서 울고 있었을까? 레디도 뒤늦게야 자신의 실수를 깨닫고는 재빨리 아아크의 품에서 벗어났다.

그녀는 손으로 흐르던 눈물을 닦아내며 아아크에게 질문했다.

"당신은 누구시길래 에아크… 님의 묘를 파헤치는 거죠?"

"……."

하지만 아아크는 지금 그런 질문에 대답할 상태가 아니었다. 그는 지금 멍한 시선으로 레디를 바라보고 있었던 것이다.

레디는 그런 아아크의 바보 같기까지 한 모습을 보며 웃음을 지었다.

"쿡쿡. 이보세요, 정신 차리세요."

"아, 아차차."

그제야 아아크도 제정신을 차린 듯 눈을 몇 번 깜빡였다.

"당신은 누구시죠? 왜 에아크님의 무덤을 파헤치려고 하신 거예요?"

"그것은……."

아아크는 잠시 말을 흐렸다. 자기 눈앞에 있는 이 여자가 누구인지도 모르는데 그런 이유를 곧이곧대로 알려주기도 조금은 곤란한 것 아닌가? 결국 아아크는 화제를 돌리기로 결심했고 마침 좋은 화젯거리가 있었다.

"그러는 당신은 누구시죠?"

"네?"

"아무리 이곳이 에아크 선조님의 무덤이라고 해도 이 위치를 아는 이는 이제 저희 가문의 사람, 그것도 직계 후손이 아니면 아는 사람이 없어요. 설마 길을 잃고 헤매다가 여기 오게 된 거라고 하려는 것은 아니겠죠? 아까 보니까 여기가 어디인지 정확히 알고 계시는 것 같던데."

잠시 말을 멈추며 아아크는 뒤쪽 땅바닥에 널브러져 있는 꽃다발을 가리켰다. 그것은 아까 아아크가 삽질―어감이……―하는 것을 보고 놀란 레디가 달려오면서 바닥에 떨어뜨린 것이었다.

"보아하니 조문객 같으신데, 적어도 제가 아는 한도에서, 게다가 이 시기에 이곳에 올 사람은 없어요. 당신은 누구시죠?"

"그건……."

레디는 대답을 할 수가 없었다. 그리고 그녀가 머뭇거릴수록 그녀를 보는 아아크의 의혹의 시선도 점점 더 짙어졌다.

결국 레디는 거짓말로 적당히 둘러대기로 했다.

"에루리아님을 아시나요?"

"물론이죠."

영웅전쟁의 영웅 중 한 명인 대마법사 에루리아. 그녀는 그 당시 인간이 드래곤을 이길 수 있게 해준 무기 초마동포 '이노센트'를 설계한 장본인이다. 그리고 그것의 발동과 함께 '실종'된 인물 중 하나이기도 하다.

하지만 말이 실종이지 이노센트의 중앙부에서 제어를 하던 인물이었으므로 사실상 사망했다고 기록해야 옳은 인물이다. 중앙 제어부 바로 바깥의 제어부에서 조종을 하던 인물들도 이노센트의 막대한 마나 요구량에 생명력까지 빨려 미라가 된 것으로 미루어보아 중앙 제어보에 있던 그녀는 육신조차, 어쩌면 영혼마저 그 저주받은 마동포에 흡수당했을지도 모른다는 것이 많은 마법사들의 견해였다.

그렇게 유명한 마법사의 이름을 거론하는 이유가 무엇인가? 아아크는 바로 그에 대한 대답을 해주기를 기대하며 고개를 끄덕였다.

그의 기대대로 레디는 비록 거짓이나마 그 '설명'을 계속하였다.

"저는 그 에루리아님의 후손 레디라고 해요."

당연히 새빨간 거짓말이다. 아아크도 그녀의 대답에 의구심을 품을 정도로 그녀의 거짓말은 어설펐다.

"하지만 역사책을 보면 에루리아님은……."

결혼을 하지 않았다. 아아크는 그렇게 말하려고 하는데 그 순간 레디가 그의 말을 자르고 들어왔다.

"네, 정식 자손은 아니에요. 저는 그분께서 양녀로 맞아들인 분의 후손이니까요."

"…그런… 가요?"

의심쩍은 감이 없지 않지만 아아크는 더 이상 따지지 않기로 했다. 무엇보다 이 여자는 악의를 가지고 이곳에 온 것이 아니었으니까. 게다가 그의 성격상 너무 깊게 따지는 것은 맞지 않았다.

"그럼 왜 저희 하스 가에 연락을 안 하신 건가요? 그리고 당신의 가문은 왜 역사에 그 이름을 거론하지 않으신 것이죠?"

영웅전쟁 당시의 영웅들, 그들은 전쟁 후에 각자의 나라를 세웠다. 비록 핵심 인물들은 이미 고인이 되었지만 그들의 가족, 자손들이 나라를 세우거나 대귀족이 되었다. 크로이츠를 제외한 나머지 나라의 핵심 인물들은 대부분이 그때를 계기로 역사의 중심부에 자신들의 가문의 이름을 올린 이들이었다. 심지어는 소브런 황가와 프로튼 왕가, 그리고 하스 공작가 역시 그때부터 역사에 자신들의 이름을 알린 가문들이다.

그런데 왜 에루리아의 후손은 세상에 나서지 않았던 것일까? 비록 직계가 아니라도 본인에게 인정받은 양자라면 충분히 그 이름값을 할 텐데 말이다.

"에루리아님의 말씀이셨죠. 세상에 나서지 말고 그림자가 되라고. 진정한 영웅이 되라구요."

역시나 아아크는 단순한 녀석이었을까? 그는 상대의 말의 신뢰도보다 그 숭고한 정신에 이미 넘어간 상태였다. 그는 거의 울 듯한 표정이 되어 있었던 것이다.

그리고 레디 역시 갑자기 표정을 바꾸는 아아크의 모습을 보며 깜짝 놀랐다.

"멋져요. 역시 에루리아님이십니다. 그리고 그분의 말씀을 지켜 이렇게 역사의 그림자가 되어주신 당신들이 존경스럽습니다. 감격입니다~!"

이미 아아크의 모습에서 의심이란 단어는 사라지고 없었다. 이미 그는 감동이라는 단어가 가득 찬 바다에 자신의 몸을 빠뜨려 버린 상태였던 것이다.

'이렇게 단순할 줄이야…….'

레디는 아아크를 보며 웃음을 지었으나 이내 어떤 한 사람에게까지 생각이 미치자 이내 다시 침울해졌다.

'그리고 보니 그 사람도 이렇게 단순하고 멍청했지. 너무 단순해서 사랑스러운…….'

그렇게 또 얼마나 시간이 지났을까? 어느새 두 사람은 상당히 친해져 있었다.

"그럼 레디 누나는 매년 여기 온 거예요?"

"뭐, 그렇긴 하지. 일단은."

별 대수로운 일이 아니라는 듯 대답하는 레디의 모습에 아아크는 더욱 감동받았다.

"대단해요! 우리 집안도 가끔 빼먹는 해가 있는데."

"별거 아니라니깐."

사실 지금 아아크는 소위 남들이 말하는 '콩깍지'라는 물건까지 눈에 씌인 상태였다. 그러다 보니 자신의 눈앞에 있는 이 레디라는 여자가 하는 것은 무엇이든 다 대단해 보이는 것이기도 했다.

그렇게 잠시 본론을 접어둔 채 잡담을 나누던 레디는 아까 전 아아크가 파헤치다 만 무덤을 가리키며 물어보았다.

"그런데 너는 무슨 이유로 이런 불경을 저지른 거지?"

그녀의 질문에 아아크는 잠시 망설이는 기색을 보였다. 하지만 이내 어색한 웃음을 지으며 설명하기 시작했다.

"아아… 그거요?"

"응, 왜 선조님의 묘를 파헤치려고 한 거야?"

아아크는 주머니에서 무언가를 꺼내었다. 그것은 그가 쓰던 너클이었다.

"이건 모닝스톰이라고 하는 너클이죠. 알고 계시나요?"

레디는 고개를 끄덕였다. 하지만 그녀의 표정은 그리 납득하는 표정이 아니었다.

하지만 아아크는 그런 그녀의 표정을 보지 못한 채 계속 말을 이었다.

"이게 그 에아크 하스 선조님께서 쓰셨던 그 전설의 너클이랍니다… 라고는 했지만 이건 가짜죠. 모조품이에요."

이번에 고개를 끄덕이는 레디의 표정은 방금 전과 달랐다. 알고 있다는 표정이었다.

"아버지한테 물어봤죠. 진짜는 어디 있냐고. 그랬더니 여기 있다더군요. 조상님 손에 끼워놓은 채 같이 묻어드렸다고 하더라요."

"……?"

이 이야기는 레디조차 모르던 것이었다. 물론 알려고 하면 알 수도 있었지만 그녀는 이런 일은 별로 알고 싶어하지 않았던 관계로 모르던 일이었다. 하지만 다른 문제가 하나 더 있었다. 아아크의 말은 잘못되었다는 것이다.

"모닝스톰은 따로 있는데? 같이 묻었다는 얘기는 금시초문이야."

"네에?"

아아크는 얼빠진 목소리로 대답하는 꼴불견을 연출해 버렸고, 레디는 잠시 자신의 행동을 부끄러워하며 얼굴을 붉히는 아아크를 보며 웃음 지었다.

"쿡쿡쿡, 뭘 그렇게 부끄러워하니?"

"……."

아아크는 잠시 동안 그렇게 얼굴을 돌린 채 있으면서도 자신조차 자신의 행동에 의문을 가지고 있었다.

'내가 왜 이렇게 부끄러워하지?'

그렇게 얼마나 지났을까. 가까스로 얼굴의 열이 식은 아아크는 다시 레디를 바라보며 질문했다.

"그, 그럼 진짜 모닝스톰은 어디 있는데요?"

그의 질문에 레디는 돌연 장난스러운 미소를 지으며 자신의 얼굴을 아아크의 얼굴 앞으로 내밀었다. 물론 아아크는 순식간에 얼굴이 붉어지며 뒤로 물러섰다.

"가, 갑자기 왜 그래요?"

레디는 고의적으로 엄한 표정을 지으며 방금 전까지 아아크가 파헤치던 무덤을 가리켰다.

"일단 저 무덤부터 원래대로 되돌려야지?"

"무슨 생각을 그렇게 골똘히 하니?"

아아크는 그제야 회상에서 빠져나왔다. 그는 정신을 차리자마자 자신을 바라보고 있는 레디를 보며 한마디 했다.

"레디 누나를 처음 만났던 날이요."

그의 대답과 동시에 레디 역시 그때를 생각해 보았다. 지금 생각하면 자기 자신도 황당한 날이었다. '그'와 이렇게까지 닮은 남자를 만날 줄 누가 알았겠는가?

"아아크……"

이름도 비슷했다. 성격도 비슷했다. 마치 에아크, 가끔은 그가 다시 자신의 앞에 나타난 듯한 착각이 들 정도였다.

하지만 그렇게 생각하면서도 이내 그녀는 고개를 저어야 했다. 하지만 아무리 아아크가 그와 닮았어도 그의 머리 속에 자신과 힘께 의행을 하던 시절의 기억이 생기는 것은 아니었다. 아아크는 자신과 여행을 한 적이 없으니까.

톡―

"……?"

그때 레디의 볼에 무언가 따뜻한 감촉이 느껴졌다. 아아크가 그녀의 볼에 따뜻한 커피가 담긴 컵을 갖다 댄 것이다.

"아아크……"

"좀 춥죠? 따뜻한 차 한 잔 하면서 쉬어요."

웃으며 김이 모락모락 나는 잔을 내미는 아아크를 보며 레디도 마주 웃으며 그가 내미는 잔을 받아 들었다.

그녀는 잔에 담긴 차를 한 모금 마신 뒤 놀란 눈으로 아아크를 바라보았다. 그가 건네준 차는 이미 전에도 마신 적이 있었다. 그리고 그때뿐이 마신 적이 없었다.

"이 차는……!"

"누나는 이 차를 좋아하셨다면서요? 그때도 이랬을까요?"

레디의 눈동자가 더욱 커졌다. 그녀는 아아크가 자신에 대해 알고 있는 것이라는 생각이 들었다. 그리고 실제로 아아크는 레디에 대해 어렴풋이나마 그 정체를 알고 있었다.

"너… 설마?"

"어라? 역시 맞았군요?"

이미 짐작은 다 하고 있었지만 정말 이런 반응을 보이는 레디의 모습에 아아크도 조금은 놀랐다. 하지만 이내 평정을 되찾으며 그녀에게 질문했다.

"궁금하네요. 어떻게 지금까지 살아 계시는 거죠? 2,600여 년이나."

"……!"

레디는 뒤로 물러섰다. 이미 그의 유도 심문에 넘어가 버린 이상 숨기기도 힘들었다.

"어디까지… 알고 있는 거니?"

아아크는 부드럽게 웃으며 대답하였다.

"누나가 그 에루리아님이라는 것까지요."

"어라? 저 녀석, 알아버렸네?"

하늘 위에서 한참 신나게 아아크와 레디의 연애 아닌 연애를 바라보던 쟈밀은 그가 레디의 정체를 알고 있다는 반응을 보이자 의외라는 표정을 지으며 고개를 갸웃했다.

"그러네요. 겉보기로는 안 그런 것 같지만 의외로 현명한 청년일지도 모르겠는데요?"

그리고 그것은 레이 역시 마찬가지였다. 그도 가벼운 탄성을 내지르며 아아크의 의외의 두뇌 활동 결과물(…)에 놀라워하고 있었다.

"어떻게 할까요?"

과장되게 심각한 표정까지 지으며 레이가 질문했지만 쟈밀은 피식 웃으며 고개를 저을 뿐이었다.

"냅둬. 어차피 알아봐야 별로 쓸 일도 없을 텐데."

"네? 하지만 만약에라도 여기저기 떠벌이고 다니면 어쩌라고……?"

"멍청하기는, 어차피 레디가 만나는 건 저 아아크라는 녀석 하나뿐이라고. 정작 레디가 다른 녀석들 앞에 나타나지 않는다면 저 녀석의 이야기는 헛소리가 되어버리잖아. 게다가 저 녀석 혼자도 알아서 잘 처신하겠지 뭐. 정 안 되면 그때 가서 알게 된 녀석들 기억을 한꺼번에 지워도 늦을 거 없는 거고. 게다가 저 녀석은 레디의 애인이잖아. 저 녀석 기억을 지우려 했다가는 레디가 펄펄 뛸걸?"

"아차… 제가 미처 그 생각을 못했군요."

겉으로는 그렇게 말하며 뒤통수를 긁는 레이였지만 쟈밀이 어디 그런 그에게 한두 번 속았는가? 그는 몰랐다고 하며 뒤통수를 긁는 연기를 하는 레이의 입가에 희미하게나마 무언가 비틀린 미소를 짓고 있는 것을 놓치지 않았다.

"허어, 몰랐다는 주제에 지금 짓고 있는 그 묘~한 미소는 대체 뭐냐?"

"어라? 역시 들켜 버린 건가요?"

"……"

보통 이런 상황에 처한 경우에 대부분은 '제가 언제요?' 라는 식으로 잡아떼기 마련이다. 쟈밀 역시 그런 상황을 예측하고 미리 반박할 말과 정수리에 한 대 꽂아줄 펀치를 준비하던 쟈밀은 오히려 순순히 자신의 범행(?)을 인정하는 레이의 태도 덕에 오히려 힘이 빠지며 몸이 휘청하고 말았다.

"무엇을 그렇게 열심히 떠들고 있어요?"

"아, 그건 말이… 으흑!"

"흐이……."

잠시 밑의 일은 생각하지도 않고 서로 잡담을 나누던 그들은 덕분에 어느새 레디가 그들 옆에 와 있다는 것을 눈치 채지 못하고 있었다. 물론 쟈밀과 레이는—본인들 기준으로는—갑작스럽게 나타나 자신들을 도끼눈으로 노려보는 레디의 모습에 식은땀을 흘리며 슬금슬금 뒤로 물러섰다.

"자, 설명해 보실까요? 대체 여기에서 무엇을 보고 있던 거지요?"

"아, 아하하하……." ×2

이런 상황에서 무엇을 변명하겠는가? 설령 변명을 한다고 해도 그것은 오히려 역효과를 낼 뿐일 텐데 말이다.

"아, 맞다. 레디, 난 좀 바쁜 일이 있어서……."

"그리고 보니 저도……."

그 말을 끝으로 순식간에 쟈밀과 레이의 모습이 사라졌다. 하지만 그들이 아무리 빨리 도망친들 레디에게서 벗어나는 것은 힘들었다.

"오호라, 이 양반들이 도망을 친다 이거지? 그래, 어디까지라도 쫓아가 주겠다 이거야."

곧 레디의 모습도 사라졌다. 그리고 그들 밑에서 머리 위의 진행 상황은 전혀 모른 채 난데없이 사라진 레디의 행동에 대해 당황스러워하는 아아크만이 남아서는 의아한 목소리로 중얼거렸다.

　“어라? 당장 데이트하러 갈 것 같더니 왜 갑자기 가버린 거지? 갑자기 급한 일이라도 생긴 건가?”

열면 안 되는 상자

역시 같은 시간, 레미엘은 자신의 아버지인 레델과 의견의 차이로 인한 말다툼을 하고 있었다.

탕—

"아버지! 왜 안 되는 겁니까?!"

레미엘은 책상을 거칠게 내려치며 그로서는 드물게 큰 소리까지 쳤지만 레델 역시 그렇게 호락호락 아들에게 기세를 꺾이지는 않았다.

탕—

"이 자식아! 책상 내려치면 만사가 풀린대냐!"

하지만 무슨 일이 있어도 허락을 얻겠다고 작정하고 온 레미엘인지라 레델 역시 조금은 밀리는 것이 현실이었다. 이미 서로가 그것을 알고 있다 보니 레미엘은 기세를 몰아 허락을 얻어내고 말겠다고, 그리고 레델의 경우 더 이상은 밀리지 않겠다는 기세의 말다툼이 계속되었다.

"이제 전쟁입니다, 전쟁! 지금 예상이고 뭐고 따질 때가 아니라니까요!"

레미엘은 평소 같지 않게 크게 흥분까지 해서 고래고래 소리 지르고 있었다. 하지만 아직 레델을 완전히 누르기에는 부족한 감도 없지 않았다. 레델 역시 이미 아들 녀석을 말리기에는 저 아들 놈이 너무 커버렸지만 그렇다고 아직은 그렇게 순순히 오냐오냐 할 때는 아니었다.

"총동원입니다, 총동원! 그것은 그 어떤 것에도 예외는 있을 수 없습니다."

"하지만 그렇다고 전쟁도 시작하지 않은 상태에서 그런 신무기 생산에 그렇게 많은 예산을 투자할 수는 없다!"

팽팽한 접전, 하지만 그 팽팽한 말싸움의 줄은 조금씩 레미엘 쪽으로 기울고 있었다.

"이건 인간과 인간의 전쟁 따위가 아니지 않습니까? 인류의 존속이라는 것을 걸고 싸우는 거라구요. 전심전력을 다해야죠!"

"그렇다면 타 국가에 예산 요청을 하면 되지 않겠느냐?"

"말이 되는 소리를 하십시오, 아버지! 그럴 경우 쏟아질 타 국가의 요구를 생각하시라구요!"

그렇게 또 얼마나 계속 다투었을까? 결국 승자는 레미엘로 결정이 났다.

레델은 질렸다는 표정으로 두 손을 들어 올렸다.

"그래그래, 내가 졌다. 죽을 쑤든 밥을 짓든 네 맘대로 해라."

"정말이죠?"

하지만 레델도 자존심 때문에라도 완전히 다 넘겨줄 수는 없다는 생각에 조건을 달았다.

"단, 아무리 그래도 '그것' 만은 절대로 쓰지 말 것!"

"…아버지, 저를 너무 무모한 녀석으로 보지는 마세요. 그 정도까지는 말 안 하셔도 안 합니다."

레델은 자신의 생각과는 달리 의외로 순순히 고개를 끄덕이는 레미엘의 모습에 이상한 듯 고개를 갸웃했다. 하지만 자기 아들도 알아서 스스로 위험한 행동은 하지 않겠다는 뜻으로 받아들이고는 더 이상 아무것도 따지지 않았다.

만족한 표정의 레미엘과 떨떠름한 표정의 레델, 두 사람은 이내 가운데 놓인 수정 구슬을 통해 자국 내의 모든 마법사를 소집했다. 그들은 다른 이들보다 조금 빠르게 전쟁을 시작한 것이었다.

비슷한 시간, 군사적인 문제로 고민을 하고 있는 것은 비단 프로튼만이 아니었다.

탕—

"말도 안 됩니다. 어쩌자고 그런 일을 할 생각을 하시는 겁니까?"

한 중년 남자는 흥분한 듯 탁자를 손으로 내려치며 자리에서 일어났다. 그는 자신의 흥분한 상태를 보여주기라도 하겠다는 듯 상당히 떨리는 목소리로 외치고 있었다.

"어찌하여 그런 위험한 일을 생각하시는 것입니까? 그것은 생각했다는 그 자체만으로도 죄가 될 행위입니다!"

그렇게 외치는 중년인은 자신의 높은 지위를 반영하기라도 하는 듯 몸 전체에서 고급스러운 분위기가 자연스럽게 흘러나오고 있었다. 하지만 그것은 그것 나름대로 잘 정갈되어 있어 그가 상당한 정신적 수련이 되어 있는 귀족이라는 것을 알 수 있게 해주었다.

그들이 토론을 하고 있는 방은 그다지 크지 않았다. 오히려 밀실이라는 느낌이 강하게 드는 작은 방이었다. 밖으로 나 있는 작은 창 하나와 통풍을 위한 통풍구조차 없이 오직 마법으로 방 안의 빛과 공기를 충당하고 있는, 말 그대로 비밀의 방이었다. 그 방 안에는 정확히 9명의 귀족들이 모여 서로의 의견을 주고받고 있었다.

"저는 그렇게 한다고 한 것이 아닙니다. 어디까지나 가능성을 이야기 했을 뿐입니다."

흥분한 중년 귀족에 비해 그의 외침을 받아주고 있는 이는 상당히 침착했다. 그 역시 자신이 지체 높은 귀족이라는 것을 알려주는 듯 자신의 눈앞에서 얼굴을 붉혀가며 외치고 있는 귀족 이상의 기품과 위엄을 내보이고 있었다.

"당신은 이 나라를 책임지고 있는 재상이십니다. 그리고 신을 받드는 한 명의 프리스트입니다. 아무리 단지 하나의 가정일 뿐일지라 하더라도 그렇게 함부로 말을 하신다면 만인에 의해 그 직위에 의심을 받게 될 것입니다!"

어찌 들으면 제법 비방성의 뜻이 있기도 한 발언이었지만 적어도 그 말을 한 중년 귀족의 표정에서는 그런 의도를 읽을 수 없었다. 그는 순수하게 연장자의 입장에서 충고를 하고 있었던 것이다.

"맞습니다. 재상께서도 잘 알고 계실 겁니다."

"그런 위험한 발언은 이시 철회해 주십시오."

"맞습니다."

"옳습니다."

거의 동시에 다른 귀족들로부터도 동의의 발언들이 튀어나왔다. 하지만 정작 그 말을 들어야 할 재상이라는 중년인은 담담히 고개를 끄덕였을 뿐 그 이상도 그 이하도 아니었다.

"경의 이야기, 잘 들었습니다."

고개를 끄덕이는 소르바스의 재상, 레저스 하스의 반응에 다른 귀족들은 드디어 그가 자신들의 의견에 승복했다 생각하고 안도한 표정을 지었다.

"그런데 그걸로 끝입니까?"

하지만 이어지는 그의 한마디로 인해 그들의 얼굴은 좀 전 이상으로 구겨져 버렸다. 그의 발언은 자신들에게 모욕적인 발언이기도 하였기 때문이다.

"묻겠습니다. 당신들은 지금 국가의 존속을 원하십니까, 인간의 존속을 원하십니까, 아니면 이 세계의 존속을 원하십니까?"

그의 질문에 잠시 아무도 입을 열지 못했다. 모두들 방금 전의 시끄러운 기세는 어디에 뒀는지 두 입술을 굳게 다문 채 아무 말도 하지 못하고 있었다.

"하지만 저라고 세계의 존속 같은 거창한 것은 원하지 않습니다. 저는 인간의 존속을 원합니다."

순간 모두의 눈이 크게 떠졌다. 그들로서는 신성국의 실질적인 권력을 쥐고 있는 재상이자 신의 선택을 받은 가문의 현 가주인 그의 입으로부터 그런 말이 나올 것이라고는 생각하지 못했기 때문이다.

"다들 놀라셨나 보군요. 하지만 저는 단순히 여러분을 놀래키기 위해 농담을 한 것은 아닙니다. 저도 인간입니다. 종족 보존의 본능은 너무나도 당연한 것이 아닐까요?"

또다시 잠시간의 침묵이 이어졌다. 레저스는 아무 말도 하지 않는, 정확히는 하지 못하고 있는 귀족들을 주욱 훑어본 뒤 말을 이었다.

"물론 '그들'은 도저히 저희들이 어찌할 수 있는 존재가 아닙니다. 자칫하면 오히려 그쪽이 인류의 멸망을 불러올 수도 있겠죠."

아무도 그의 말에 뭐라고 하지 않았다. 그렇게 모두가 레저스의 말을 이해하고 있다는 것을 확인한 뒤 그는 계속해서 자신의 말을 이어갔다.

"물론 여기 계신 분들은 그들의 진정한 정체가 무엇인지 대강이나마 알고 계실 것이라 믿습니다. 적어도 그들이 우리가 보통 알고 있던 그것이 아니라는 것도 말입니다."

쾅—

그는 주먹으로 세게 테이블을 내려쳤다. 내려칠 때의 레저스의 힘이 조금은 과했는지 대리석으로 만들어진 고운 백색의 테이블 위로 약간의 균열이 생겨났다.

"물론 다소의 위험성은 감수해야 합니다. 하지만 어차피 이대로 가면 결국 이 세계는 붕괴합니다. 그것을 모르는 것이 아니잖습니까?!"

쾅—

다시 이어진 또 한 번의 충격으로 인해 대리석 테이블 위의 균열이 더욱 커졌다. 하지만 레저스는 상관하지 않는다는 듯 흥분된 감정을 주체하지 못한 채 계속해서 자신의 의견을 이야기했다.

"결국 시기가 조금 이른… 아니, 이르다고도 할 수 없군요."

'이르다고도 할 수 없군요' 라는 레저스의 말에 모든 귀족은 의아한 표정으로 레저스를 바라보았다. 그들의 시선에 레저스는 가벼운 한숨을 쉬며 대답해 주었다.

"며칠 전, 새로운 신탁을 받았습니다. 이번, 신족과 마족들이 이 중간계를 노리고 침공해 오는 이유가 무엇인지 아십니까? 이미 신계와 마계는 붕괴 직전입니다."

"오오……!!"

레저스를 제외한 나머지 8명의 귀족들로부터 탄성이 터져 나왔다. 그것은 단순히 이번 신족, 마족의 중간계 침공의 이유를 알게 된 것뿐만이 아니었다. 그들은 하스 가의 놀라운 능력에 대해 진심으로 감탄하고 있었던 것이다.

"이제 아시겠습니까? 그들은 필사적이 될 것이란 말입니다. 이미 세계는 불안정해져 각 대류을 가로막던 초차원 결계조차 깨졌습니다. 이미 전쟁은 돌이킬 수 없습니다."

"공존의 길은 없습니까?"

한 노년의 귀족이 레저스에게 질문했다. 하지만 레저스는 고개를 저었다.

"그 점에 대해서 아직 확신은 할 수 없습니다만… 아마 불가능할 겁니다."

"어째서……?!"

"그것은……."

연속해서 이어지는 긴장감으로 인해 방 안에 있는 9명의 귀족들은 심장이 터져 나갈 것 같은 느낌을 받고 있었다. 하지만 그렇다고 해서 누구하나 뭐라고 하지도 못한 채 그 긴장감은 더욱 고조되어 가고 있었다.

"그것은 그들을 이끌고 있는 자는 이 세계의 파멸을 바라고 있는 듯하기 때문입니다."

"……!!"

웅성웅성─

순간 조용하던 귀족들 사이에서 큰 웅성거림이 생겨났다. 그도 그럴 것이 지금의 레저스가 한 발언은 아까 전까지의 신족, 마족들의 목적과 어긋나기 때문이기도 하지만 '세계의 파멸'이라는 것은 결코 가벼운 일이 아니기 때문이기도 했다.

"그게 무슨 소리입니까, 재상?!"

"파멸이라니요?!"

"그 말은 아까 전과 다르지 않습니까, 재상?!"

쾅─

"조용히!"

부스스스─

이어지는 긴장감으로 인해 이 자리에 모인 9명은 하나같이 엄청난 정신적 압박과 스트레스를 받고 있었다. 그중에서도 가장 크게 정신적 압박을 받고 있던 레저스는 결국 폭발하고 말았는지 아까 전의 두 번보다도 더욱 세게 테이블을 내려쳤고 그로 인해 테이블의 그가 내려친 부분 주위가 부서져 가루가 되어 바닥으로 흩어졌다.

"설명합니다, 설명한다고요! 그래서 제가 '있는 듯' 하다고 하지 않았습니까?! 이것은 신탁이 아닙니다."

"……?"

"어디까지나 이것은 제 느낌입니다. 다른 이들은 흔히 예지력이라고도 하지요. 그리고 왠지 그들의 우두머리로 군림해 있는 자는… 신족도, 마족도 아니라는 느낌이 드는군요."

"그게… 무슨……?"

"인간일 겁니다, 그 '우두머리' 는. 이런 황당한 일을 계획할 존재는 인간뿐이니까."

"……?!"

또다시 귀족들 사이에서 술렁임이 일어났다. 비록 그 숫자가 8명뿐이었지만 그들이 받은 충격은 이만저만이 아닌 듯 그 술렁임은 마치 수십 명이 술렁일 때와 같았다.

"어디까지나… 제 생각입니다. 하지만 왠지 그럴 것 같다는 생각을 지울 수는 없군요."

나직한 한마디였지만 그 말을 듣지 못한 이는 현재 이 자리에서 한 명도 없었다. 그리고 그 말에 경악하지 않은 이 역시 한 명도 없었다.

"그, 그러면 어떻게 해야 합니까?"

"어떻게 하느냐니… 이미 정해져 있지 않습니까?"

꿀꺽─

적막 속에서 숨소리와 침 삼키는 소리만이 방 안의 공기를 울렸다. 모두가 긴장 속에서 레저스의 대답을 기다렸다. 이미 그가 무엇을 말할지는 알고 있었지만 그래도 한 번 더 확인하고 싶은 것이었다. 그리고 다른 한편으로는 제발 그가 자신들이 생각하고 있는 것과 다른 대답을 해주기를 원하고 있기도 했다.

"우리는… 어쩌면 신을 섬기는 자로서, 인간으로서 해서는 안 될 짓을 해야 할지도 모릅니다."

비단 할 것인가 말 것인가를 두고 고민하는 것은 프로튼이나 소르바스 뿐이 아니었다. 다른 각 국가들도 중간계, 그리고 인간이라는 종족의 운명을 건 이 전쟁에 대한 중요한 회의들을 하고 있었다.

그리고 그것은 쟈밀 일행들도 마찬가지였다.

"정말 이대로 하게 할 거예요, 쟈밀 오빠?"

"저는 그다지 찬성하지 않습니다. 반대하지도 않지만요."

"이것은 자칫하면 과거의 실수를 다시 반복할 수도 있어요. 다시 한 번 신중히 검토해 보자고요."

"그래, 아직 늦지는 않았어. 다시 한 번 생각해 보자고."

라오, 레이, 루나, 제이는 각각 자신의 의견을 밝히며 쟈밀에게 대답을 요구하였다. 하지만 쟈밀은 조금은 생각을 한 뒤 대답할 것이라는 그들의 예상을 깬 채 곧바로 그들에게 대답을 해주었다.

"이미 충분히 늦었어. 그리고 그만둘 생각도 없어."

"그, 그런……!" ×4

하지만 그들 넷은 더 이상 아무 참견도 할 수 없었다. 그들은 방금의 쟈밀의 태도로 이미 그가 자신의 생각을 확고하게 굳혔다는 것을 눈치챘기 때문이다.

"그리고 전에도 몇 번이나 이야기했잖아? 이것은 꼭 해야 한다고!"

"하지만 시작하기 전까지 가장 반대가 심한 것은 쟈밀이지 않았……!"

흠칫―

하지만 레이는 더 이상 말을 이을 수 없었다. 반장난으로 이야기를 꺼내었던 그를 노려보는 쟈밀의 눈은 도저히 그에게 장난할 여유를 내주지 않았다.

"…확실히 그랬지. 나도 하고 싶지는 않아. 무엇보다 이 작은 세계를 상대로 이런 험한 짓을 한다는 것도, 게다가 라니오스와 그 외의 소중한 이들이 관계되어 있다는 것도. 하지만 이미 시작한 일, 꼭 해야만 해. 우리를 믿으며 사라져 간 그들을 위해서라도!"

모두들 아무 말도 없었다. 하지만 쟈밀은 더욱 감정이 고조되어서는 고개를 숙인 채 침묵하고 있는 그들을 향해 열변을 토하였다.

"이제 돌이킬 수 없어. 그러니까 나는 하겠어. 이왕 하는 것, 철저하게."

문득 쟈밀은 그들과 조금 떨어진 거리에서 벽에 기댄 채 눈을 감고 있는 레디를 바라보았다.

"레디, 너는 어떻게 할 거지?"

"저요?"

쟈밀의 호명에 레디는 자기 자신을 검지손가락으로 가리키며 묘한 웃음을 지었다.

"저야 아이크와 함께 있고 싶어서라도 이미 그만둘 수 없는 거 알잖아요? 게다가 이 일은 저에게도 책임이 있는걸요."

레디의 대답에 쟈밀과 레이, 루나는 피식 웃으며 고개를 끄덕였지만 영문을 모르는 나머지 이들은 고개를 갸웃하였다.

"그게 무슨 소리야? 너에게도 책임이 있다니?"

"그것은 비. 밀!"

제이의 질문에 레디는 검지를 입가에 가져가며 짓궂은 미소를 지을 뿐이었다. 하지만 제이 역시 대답을 기대한 것은 아니었기에 더 이상 캐묻지는 않았다.

"그러고 보니 포츈님께서 조만간 오시겠군. 준비하는 게 좋겠어."

"……?!"

아무렇지 않다는 듯 툭 내뱉은 쟈밀의 한마디였지만 그 대답은 결코 아무렇지 않은 게 아니었다. 그의 말을 들은 모두는 얼굴에 경악, 공포, 두려움 등의 감정들이 가득한 표정을 지은 채 그 자리에 굳어버린 것이다.

"포, 포, 포, 포, 포, 포츈님이라고 했어요?!"

이미 알고 있던 제이와 레이와 왠지 모르게 침착한 루나의 경우에는 그나마 그 경악의 정도가 덜했지만 레디와 라오의 경우에는 고양이 앞의 쥐조차 비교할 수 없을 정도로 질려 있었다. 물론 방금 전 그 사실을 말한 쟈밀 역시 겉으로는 가볍게 내뱉었을지언정 지금 그의 속은 지나친 긴장으로 뻣뻣하게 굳어 있었다.

"나, 나는 싫어. 도망쳐 버릴까 봐."

"라오, 너는 도망이라도 치지, 나는 도망 한번 쳤다가는 두 번 다시 아아크와 못 만날지도 모른다고."

"히잉, 그럼 나 혼자 도망치기도 뭣하잖아요."

"괜찮아. 그래도 우리에게는 희망이 있잖아?"

레디의 그 한마디에 순간 루나를 제외한 나머지는 일제히 쟈밀을 바라보았다. 물론 그들의 의미심장한 시선에 쟈밀이 가만있을 리는 없었다.

"뭐, 뭐야?! 왜 다들 한꺼번에 나를 그런 시선으로 쳐다보는데?!"

"지이~"

하지만 그들 네 명 역시 굴하지 않겠다는 듯 계속 쟈밀을 노려보았다. 그리고 그 결과는 머릿수에서 압도적으로 불리한 쟈밀의 패배가 되었다.

"뭐, 뭐야. 그럼 나보고 혼자서 포츈님을 붙잡으라고?"

"하지만 포츈님은 쟈밀을 제일 좋아하잖아요. 그렇다고 미워하는 것도 아닌데."

"그건 너희들도 마찬가지잖아?!"

결국 그들 다섯 명 사이에서 커다란 말싸움이 벌어졌다. 하지만 아까도 그랬듯이 이번 승부(?) 역시 압도적으로 머릿수에서 불리한 쟈밀의 패배로 끝이 나려고 했다.

달칵—

"쟈밀, 다녀왔어요."

"암마, 이 몸 오셨다."

하지만 레이 일당이 막 한 번만 더 찍으면 쟈밀이라는 나무가 넘어가려고 하는 순간 그들이 있는 방의 문이 열리며 데잘과 테올이 나타났다. 마음속으로 한숨 돌렸다고 생각한 쟈밀은 더 이상 레이 일당이 매달리기 전에 잽싸게 그들에게 말을 걸었다.

"아, 데잘, 테올. 일은 어떻게 됐어?"

"당신이 부탁한 대로 잘되었어요, 쟈밀."

"이 몸이 실수하는 거 본 적 있냐? 나나 우리 형은 너같이 칠칠맞은 녀석이 아니라고."

"뭐야?!"

"어어어, 지금 수고해 준 이에게 감사는커녕 주먹질을 할 생각이냐?"

"크으윽……."

생각 같아서는 '그게 뭐 어쨌는데?!'라고 외치며 그대로 펀치를 날리

거나 밥상 뒤집기를 시전하고 싶은 쟈밀이었지만 지금 그의 주변에는 많은 이들이 그의 행동을 지켜보고 있었기에 그것은 불가능했다. 다른 이들, 특히 레이와 루나가 보고 있는데 마구 날뛸 수는 없었기 때문이다. 물론 그 이유는 레이와 루나의 경우가 각각 달랐지만 어쨌든 지금 날뛰면 안 된다는 결론은 같았다.

"일단 이드 군과 세인 군의 뒷처리는 할 수 있는 만큼 해두었어요. 그리고 이드 군의 경우에는 그가 사망했을 경우까지 준비해 두었으니 염려하지 않아도 돼요."

전혀 그가 남자라는 사실을 믿을 수 없을 정도로 가늘고 부드러운 테올의 목소리가 곁들여진 설명에 쟈밀은 막 폭발하려던 화를 억누른 채 고개를 끄덕였다. 하지만 이 데잘이라는 녀석은 그런 쟈밀의 행동에 그가 더 만만하게 보였는지 또다시 그에게 시비를 걸기 시작했다.

"하여튼 너희들은 이 일이 얼마나 힘든 건지 알아야 한다니까. 너희야 윗대가리니까 명령만 내리면 되는 거지만 우리는 그걸 직접 다 실행해야 한다고. 아아, 이래서 상관 잘못 만나면 아랫것들이 고생한다니까."

"…네가 언제 내 부하였냐?"

"그랬다가는 차라리 내가 죽고 말지."

"네놈이 내 부하로 들어온다고 하면 오히려 이쪽에서 먼저 사양해 주마."

또다시 둘 사이에 스파크가 튀기 시작하려고 했으나 다행히도 루나와 테올이 미연에 그들의 충돌을 막았다.

"참아요, 쟈밀. 왜 이렇게 참을성이 없어요? 조금은 어른스러워지라고요."

"데잘, 넌 왜 항상 쟈밀에게는 그렇게 예의없이 구는 거니? 이제는 좀 어른스러워지렴."

'어른스러워져' 라는 루나와 테올의 훈계에 쟈밀과 데잘은 여전히 어른스럽지 못한 모습으로 대답했다.

"루나는 맨날 나만 미워해~"

"형은 맨날 나만 미워해~"

"……." ×6

순간 싸늘한 침묵이 주위를 휘감았고 잠시 제이의 '돌림빵?' 이라는 의미를 담은 시선이 그들 사이를 한 바퀴 돌았으나 빠르게 눈치를 챈 루나와 테올에 의해 그 시도는 미연에 무산될 수 있었다.

"그런데 테올… 군, 이번에도 정말 감사하군요. 이거 언제나 신세만 지고 삽니다."

"천만의 말씀을… 저희가 이런 일을 하는 건 오히려 당연한걸요."

조금은 갑작스러운 레이의 감사의 말에 테올은 생긋 웃으며 고개를 저었다. 레이그는 고개를 저으며 생긋 웃는 테올의 모습에 기분이 좋은 듯 뒤통수를 긁으며 밝게 웃었다.

"하하하, 겸손하실 것 없습니다. 언제나 잔손 많이 가는 일만 하셔서 힘드실 텐데요."

"그래, 테올. 네 일은 확실히 힘든 일이고 너는 잘해오고 있어. 이럴 때는 가슴 펴도 괜찮아."

레이가 칭찬을 할 때에는 그냥 평소처럼 생긋 웃으며 겸양을 표하는 테올이었지만 연이어 쟈밀의 칭찬과 그의 밝은 미소가 이어지자 테올은 부끄러운 듯 슬며시 고개를 돌리며 배시시 웃었다.

"아, 아니요… 천만……."

"테올, 방금 쟈밀이 테올에게 감사의 의미로 데이트 신청을 해왔는데, 어떻게 하실래요?"

갑작스런, 그리고 난데없는 레이의 한마디에 쟈밀과 테올의 안색이 동시에 변했다.

"네, 네에?"

"야, 레이! 내가……."

'내가 언제!' 라고 하기에는 왠지 테올에게 미안한 상황이었다. 레이역시 이런 상황으로 이어질 것을 노리고 한 행동이었기에 입꼬리가 슬그머니 올라갔지만 꼼짝없이 그의 술수(?)에 걸려들고 만 쟈밀의 경우에는어쩔 수 없이 하던 말을 도로 밀어넣을 수밖에 없었다.

"저, 저기……."

"그, 그러니까……."

테올과 쟈밀은 각각 데잘과 루나를 바라보며 구원을 요청했지만 데잘의 경우는 이미 고의적으로 그의 시선을 피하며 휘파람을 불고 있었고루나의 경우에는 생긋 웃을 뿐이었다.

"…그래, 이런 걸로 테올이 기뻐한다면 얼마든지."

"……."

상당히 전형적인 대사에 순식간에 테올의 얼굴이 붉어졌다. 아무것도모르는 이들이 보면 무언가 수군거릴 거리가 많은 장면이었지만 전후 사정을 알고 있는 레이나 루나 일행이었기에 그들의 모습에 부드러운 미소를 지을 수 있었다.

"하, 하지만… 전 아직 해야 할 일도 많고……."

"어차피 잠깐이잖아? 그리고 형이 데이트하는 동안은 나 혼자 다 알아서 해놓고 있을 테니 걱정 말고 놀다 와."

"그래요. 쟈밀도 요새 쉬지 않고 일만 하느라 지쳤을 텐데 좀 놀다 와요."

"그래. 게다가 테올 녀석, 너 때문에 인생 망친 불쌍한 녀석인데 이럴 때라도 조금은 위로해 주고 같이 있어줘라."

"이봐, 대체 누가 누구 인생을 망쳤다는……."

"사실 틀린 것도 아니잖아요? 테올은 쟈밀 하나만 바라보다가 쟈밀이 루나 언니랑 맺어지는 바람에 완전 신세 망쳤잖아요?"

"라오야, 그렇게 말하면 루나 언니가 너무 나쁘게 들리잖니? 말을 할 때도 골라서 해야 하는 법이란다."

"저기… 저는 괜찮지만 테올 군이……."

그들이 있던 방은 순식간에 수다로 시끄러워졌고 더불어 그들의 험담 아닌 험담은 테올을 절망 상태로 몰고 갔다.

"흐윽, 그래… 나 같은 건……."

"이, 이봐, 테올……."

이미 다른 이들은 완전히 다른 나라에 가버린 채 서로의 잡담에만 열 중하고 있었고 훌쩍거리는 테올과 어정쩡한 자세로나마 그를 다독거려 보겠다는 쟈밀만이 아직 이야기의 초점을 벗어나지 않고 있었다.

"내가 내일은 널 위해서 있을게. 네 연인이 되어줄게!"

"…정말요?"

쟈밀의 외침에 테올은 그제야 조금은 반응하는 모습을 보였다. 하지만 그것은 더불어 지금까지 신나게 다른 세계에서 잡담을 하고 있던 레이 일당도 같이 이야기에 끌어들이는 부작용까지 낳았다.

"정말?"

"쟈밀이 테올과 데이트를 한다고?!"

"거봐, 테올. 하면 된다니까."

"그런데 대체 테올이 쟈밀한테 빠진 이유가 뭐예요?"

"아, 그건 말이죠……."

하지만 그들은 또다시 쟈밀과 테올의 이야기 등을 주제로 자신들만의 세계로 빠져들었고 루나만이 멀쩡하게 있었다.

"…루나, 괜찮을까?"

"괜찮아요. 다녀오세요."

다행히도 루나는 별말없이 생긋 웃으며 선뜻 허락해 주었고 덕분에 쟈밀은 안도의 한숨을 쉬며 테올을 바라보았다.

"이렇게 됐으니까… 그런데 내일이라고 해봐야 네 시간 후면 내일이군. 네 시간 후에 이미르 중앙 광장에서 만나자."

"네."

이미 쟈밀과 데이트할 생각에 꽃밭을 걷는 기분이 된 테올은 홍조를 띤 얼굴로 환하게 웃으며 대답했다. 하지만 아무리 가냘픈 외모에 저런 수줍은 모습이라 해도 지금의 그는 엄연히 남자라는 점을 생각하자 쟈밀은 뒤통수에 땀이 흘렀지만 애써 감추며 최대한 멋있게 보이려 노력했다.

"그러니까 그때는 네 본모습으로 와줘. 지금의 가짜 모습 말고."

"네! 반드시."

다행히 테올은 선선히 허락했고 쟈밀은 내심 안도하며 방을 나섰다.

'아무리 나라도 그 많은 인간들 앞에서 남자끼리 연애하는 모습을 보이고 싶지는 않단 말야……'

하지만 내심 들켰다가는 엄청난 결과를 초래할지도 모르는 생각을 하고 있기도 하는 그였다.

여자이고 싶은 날

"흐음……."

내가 지금 제정신이 아닌가? 무슨 정신으로 이걸 가져왔을까?

게다가 왜 지금 이걸 꺼내서 이리저리 보고 있는 걸까?

"으으음……."

내가 이곳에 또 온 지 어느덧 사흘째, 아직도 아리나스와 아시아스 황제들은 여전히 그 '시험'에서 벗어나지 못한 채 누워 있었다. 이미 우리가 그들에게 해줄 게 없음을 알았지만 네이란 누나의 부탁도 있고 해서 그냥 여기 있는 것이다.

그런데 내가 왜…

"…내가 왜 이런 옷을 들고 있는 채 고민해야 하는 거지?"

그것도 사이즈가 전혀 다른 옷을 들고 말이다. 물론 내가 성장하기 전에는 잘 맞던 옷이었지만…

문제는 그 옷이 여자 옷이라는 점이다. 일전에 레아와 같이 쇼핑을 했을 때 사두었던 옷이다.

"…폴리모프."

결국 나는 그 강렬한 유혹을 이기지 못하고 예전의 여자 아이 모습으로 변해서 그 옷을 입어보고 말았다. 사실 이거 전에 입어보려고 사둔 건데 남자로 되돌아온 데다 이렇게 성장해 버려서 티니 주려고 했던 옷이다. 그런데 지금 이렇게 내가 걸치고 있으니…

"어라? 오빠, 뭐 해요?"

깜짝—

갑작스레 들려온 세린의 목소리에 나는 너무 놀란 나머지 심장이 입 밖으로 튀어나올 뻔했다. 그녀는 놀라서 가슴을 부여쥔 채 숨을 몰아쉬는 내 모습을 보며 웃음을 지었다.

"쿡쿡쿡. 오빠, 아직 미련이 남아요?"

장난기 어린 웃음을 지으며 던진 세린의 질문에 나는 얼굴이 붉어지는 것을 느꼈다. 이 얼마나 부끄러운 일인가?

"글쎄… 잘 모르겠어. 조금 그런 것 같기도 하지만……."

우물쭈물하는 내 모습을 보며 세린은 더욱 짙은 미소를 지었고 그에 비례해 내 얼굴은 점점 더 붉어졌다.

"그럼 오늘은 서로 역할을 바꾸어볼래요?"

"응?"

갑작스러운 세린의 한마디에 나는 그 말의 의미를 모른 채 어리둥절하고 있었다. 하지만 이미 그녀는 폴리모프를 해버린 상태였다. 게다가 그녀가 변한 모습은…

"자, 이렇게요."

그녀의 모습은 이제는 170㎝ 정도의 키를 한 엘프 남성의 모습으로 바뀌어 있었다. 그녀… 가 아닌 그의 모습은 방금 전까지 그… 가 여자의 모습이었다는 것을 잊게 할 정도로 아름다웠다.

하긴, 드래곤은 원래 중성이지?

"자, 오늘은 제가 남자 친구를 하죠. 란… 누나는 제 여자 친구를 해보시는 거예요."

목소리도 조금은 굵어져 있었다. 하지만 여전히 좋은 목소리였다. 남자치고는 아무리 엘프라고 해도 가늘다고 느낄 목소리였다.

그렇게 내가 여전히 제정신을 차리지 못한 채 서 있는 사이 레아는 내 손을 잡아끌고 있었다.

"자, 그럼 오늘은 둘이서 데이트나 실컷 해요."

"레, 레아……!"

하지만 이미 나는 레아의 손에 이끌려 방 밖으로 나가고 있었다.

우리는 결국 성 밖의 거리로 나가게 되었고 나도 결국에는 포기해 버린 채 레아와의 데이트를 즐기기로 결심했다. 그리고 우리는 지금 시내의 한 카페에 앉아 이야기를 나누고 있었다.

"흐음, 그런데 누나는 아직 여지였을 때의 생활에 미련이 남는 건가요?"

찻잔을 기울이며 질문해 오는 레아를 보며 나는 고개를 저었다.

"아니, 사실 별로 원하던 것도 아니라서 미련이 남지는 않아."

그러던 와중 레아는 나를 보며 갑자기 쿡 하며 웃음을 지었다. 그녀, 아니, 그는 뭐가 그리 재미있는지 연신 키득대었다.

"큭큭, 누나, 다리 모으세요."

"으, 응? 아차!"

나는 그제야 왜 그가 나를 보고 웃었는지를 눈치 채고 재빨리 다리를 모았다. 하지만 이런 나의 행동은 점점 더 내가 한 이 행동에 의구심을 가지게 했다. 확실히 여자로서의 버릇은 이미 남아 있지 않았다. 무의식적으로 하는 행동조차 이미 남자의 그것이었다. 하지만 더 깊숙한 의식에 아직 남아 있는 여자의 모습…

레아는 그런 내 표정을 보더니 덩달아 궁금하다는 표정을 지었다.

"응? 왜 그래요, 누나?"

하지만 나는 대답해 주기 전에 그의 문제점을 찾아내었다. 그 역시 다리에 문제점이 있었다.

"쿡쿡, 레아, 너도 다리에 문제가 있는데?"

"네?"

"남자가 그렇게 다리를 모으고 앉더래?"

내가 다리를 벌린 채 앉아 있었다면 반대로 레아는 다리를 모아 비스듬하게 한 채 앉아 있었던 것이다.

"아, 아차차. 이거 남자는 오랜만이라서……."

나와 비슷한 반응을 보이는 그를 보며 나는 미소를 지어주었다. 그 역시 나를 보며 마주 웃어주었다.

"그런데 누나, 아까 질문에 대답해 주셔야죠."

"응? 아… 알았어."

그전에 나는 잠시 말을 멈추고 찻잔을 입에 가져갔다. 따뜻한 액체가 내 입술을 적시는 걸 느끼며 나는 다시 찻잔을 내려놓았다.

"흐음. 그런 건 아냐. 하지만 뭐랄까… 이 모습을 지우고 싶지 않다…라고 할까? 별로 미련은 남지 않지만 왠지 완전히 내 머리 속에서 떠나보내서는 안 되는 것처럼 느껴지는 거 있지."

묘한 느낌이었다. 분명 전에, 기억을 찾은 직후부터는 하루라도 빨리 남자로 되돌아가고 싶어서 난리도 아니었다. 그런데 막상 남자로 되돌아오고, 게다가 이렇게 멋진 어른의 모습이 되었는데도 왠지 이 작은 모습이, 그것도 남자가 아닌 여자의 모습에 강한 미련이 남는 것이다. 아니, 미련이라고 하기보다는… 무언가의 연결 고리라고 할까?

하지만 레아는 그런 내 대답에 웃음을 지었다.

"하하하, 아직 미련이 있다는 거잖아요. 뭘 그렇게 돌려가며 말해요?"

"아냐!"

하지만 이미 늦어버렸다. 레아는 이미 내가 아직도 여자였을 때의 과거에 미련을 버리지 못하고 있다고 생각한 것이다.

그는 자리에서 일어나며 말했다.

"그럼 오늘은 마지막으로 여자로서 지내보세요. 저와 함께."

"응?"

그녀는 내게 다가오며 손을 내밀었다. 입가에는 부드러운 미소를 머금은 채.

"더 이상의 미련이 남지 않을 만큼 즐겨봐요. 자, 가실까요, 레이디?"

그런 그녀의 모습에 나는 그만 웃음이 나왔다. 그리고 그의 말대로 오늘을 내가 여자로서 있는 마지막 날이 되도록 하기로 결심했다. 내일부터는 다시 남자로서, 아무 미련 없이 돌아갈 수 있도록.

나는 그에게 마주 웃어주며 그의 손을 마주 잡았다.

"감사합니다, 나이트."

"우훗."

그의 웃음은 여전히 아름다웠다. 비록 입장을 바꾸고 있는 지금도 그의 미소는 너무나 사랑스러웠다. 그리고 어울렸다.

"늦네……"

쟈밀은 중앙 광장의 분수대 앞에 선 채 주머니에서 시계를 꺼내 시간을 확인하였다. 확실히 약속 시간으로부터 10여 분이 지났는데도 아직 테올의 모습은 보이지 않았다.

"쟈밀~!"

쟈밀이 막 그런 말을 할 때 즈음 광장 저편에서 누군가가 그를 향해 손짓을 하며 달려오고 있었다. 하지만 치마를 입은 차림이 아직 어색한 듯 그 걸음은 조금 서툴렀다.

"죄송해요. 제가 많이 늦었죠?"

상대는 분명 테올이었다. 하지만 안 그래도 가늘었던 그의 선은 더욱 가늘었고 허리는 더욱 잘록해졌다. 반면 그나마 남자였다는 증명을 하던 평평한 가슴이 나오고 그래도 남자티를 낼 정도는 되던 어깨가 더욱 좁아졌다는 것, 그리고 키가 165㎝ 정도로 작아지고 현재 그가 입고 있는 복장이 여성의 복장이며—그것도 제법 화려한 나들이 복—얼굴에는 가벼운 화장까지 하고 있다는 점이 평소의 그와 다른 점이었다.

"아니, 아직 10분도 채 지나지 않았어."

"화… 안 내시는 거죠?"

하지만 오히려 여자라는 점이 테올에게는 더욱 어울렸다. 쟈밀은 조심스럽게 물어오는 테올의 모습에 싱긋 미소를 지었다.

"화 안 났어."

"다행이다."

돌연 쟈밀은 테올의 앞에 무릎을 꿇었다. 그리고는 테올의 손을 잡으며 그녀를 올려다보았다.

"역시 진짜 모습이 더 어울리는군요, 레이디."

"…감사합니다."

쟈밀의 칭찬에 테올은 부끄러운 듯 얼굴을 붉히며 살짝 고개를 돌렸다.

그리고 문득 생각했다. 자신이 '여자'였음을 지우고 '남자'로 존재하려고 했던 과거들을…

"오늘 저에게 당신과 함께할 수 있는 영광의 기회를 주시겠습니까?"

하지만 후회는 없다. 그가 자신보다 루나를 택했던 것을 탓할 생각도 없고 그럴 수도 없었다. 그리고 아무도 강요하지 않았음에도 자신은 결국 더 이상 쟈밀에 대한 미련을 가지지 않기 위해 '여자'를 버렸음에도…

"기꺼이."

자신은 아직도 쟈밀을 사랑하고 있었다.

그리고 지금 이 순간, 자신은 잠시나마 여자로 되돌아와 다시 한 번 쟈밀과 서로 사랑을 하고 있다.

라니오스와 아힌세르린이 즐겁게 데이트를 즐기고 있는 그 시간, 아아크와 레디도 나름대로의 데이트를 즐기고 있었다. 그들은 잠시 쉬는 겸 마을 중앙 광장 바로 옆에 있는 한 찻집의 2층에서 차를 마시고 있었다.

"와아~ 아아크야, 저것 좀 봐!"

레디는 마을 중앙 광장에서 줄을 타며 갖가지 곡예를 부리는 광대들을 보며 연신 감탄하고 있었고 아아크는 그런 그녀를 이해할 수 없다는 듯 한숨을 쉬었다.

"하아. 누나, 누나도 당장 저 정도는 할 수 있잖아요. 뭘 저 정도 가지고 호들갑이에요?"

시큰둥한 아아크의 반응에 레디는 삐친 듯 양 볼을 부풀리며 아아크를 째려보았다.

"너는 이 누나가 이렇게 기뻐할 때 좀 맞장구쳐 주면 안 되니? 으이구, 하여튼 간에."

아아크는 삐친 듯한 레디의 모습에 그제야 자신이 실수했다는 것을 눈치 챘다. 조금은 미안한 감정에 사과를 하려던 아아크는 말을 꺼내기도 전에 레디가 먼저 한 한마디에 굳어버렸다.

"하여튼! 그러니까 그 나이까지 여자 친구 하나 못 만들었지."

쩌적—

'가슴에 비수가 꽂히는 듯한' 느낌이 이런 느낌일까? 아아크는 그렇게 꽤 오랫동안 찻잔을 반쯤 들어 올린 채 석화되어 있었다.

사실 자신이라고 여자 친구 만들고 싶지 않겠는가? 하지만 그녀의 말대로 자신의 눈치없는 행동이 꼭 가장 중요할 때 좋은 분위기에 찬물을 끼얹는 것이었다. 그렇게 무려 열일곱 번이나 연애에 실패하자 아아크는 결국 '그래, 나는 애초에 안 되는 놈이야'라는 생각으로 아예 여자 사귀는 것을 포기했다. 그리고는 재가 프리스트로서 신학의 연구와 공작가의 후계자로서 각종 제왕학의 공부, 그리고도 남는 시간에는 자기 저택의 집사장 일까지 했던 것이다. 그리고 가끔 레미엘을 볼 때마다 그가 부러워 뒷전에서 질투의 눈물을 흘리기도 했던, 알고 보면 슬픈 과거(…)를 지닌 아아크의 지난 인생이었다.

그런데 웃기는 것은 이때부터 갑자기 그를 사모하는 여성들이 늘어나기 시작했다는 것이다. 사실 그는 겉으로만 보면 어디 하나 흠 잡을 데가 없었다. 공작가의 장남—비록 본래는 애거트가 장남이었다고 하지만 이미 족보 파버렸으니 아아크가 장남이다—인데다 외동아들이니 이미 가문의 계승은 따놓은 데다가 성실하고, 능력과 수완 좋으며 외모도 절세 미남은 결코 아니었지만 어디 내세워도 손색없는 수준이었다. 게다가 이미 그와 결렬된 여인들도 '사실은 좋은 남자였어요'라는 식으로 말하고 있었으니, 그와 비슷한 나이에 그에게 연애 신청을 안 해본 귀족 영애는 거의 없었을 정도였다. 하지만 정작 당사자인 아아크는 '그래 봐야 정작 사귀면 화내며 차버릴 텐데, 난 더 이상 마음에 상처받기 싫어'라는 식의 대답으로 그 모든 것을 뿌리쳤다.

물론 집안에서 역시 난리가 아니었다. 애거트가 사라진 지금 유일한 가문의 상속자인 그가 '전 결혼 안 해요!' 라는 말을 했으니 그의 아버지인 레저스가 가만히 있을 리가 없었다. 하지만 아무리 그래도 이미 정해진 아아크의 마음을 돌이킬 수가 없었다. 아니, 연애 이야기만 꺼내어도 속칭 '자기 비관 모드'로 들어가 버리는 아아크를 보니 결국에는 레저스도 포기해 버린 것이다.

이제는 슬슬 잊혀져 가려는 듯한 그런 과거를 단 한 마디에 모두 들춰 쑤셨으니 당연히 아아크의 마음이 성할 리가 없었다. 그는 결국 그 '자기 비관 모드'에 들어가서는 당장 찻집의 구석에 처박혀 버린 것이다. 다만 정신에 그런 큰 충격을 받고도 좀비가 되지 않은 것은 나름대로의 미스테리인지도 모르겠다.

"그래, 나는 아무리 해도 안 되는 놈이야. 내가 무슨 여자를 꼬신다고… 궁시렁, 궁시렁. 씨부렁, 씨부렁."

그런 아아크의 모습은 삐쳐 버렸던 레디조차 당황하게 만들 정도였다. 그녀는 당장 삐친 표정을 되돌리며 아아크를 달래기에 바빴다.

"얘, 아아크야. 이 누나가 잘못했어, 미안해. 응? 화 풀어라~"

하지만 이미 자신만의 세계에 갇혀 버린 아아크의 귀에 그런 말이 들려올 리가 없었다.

"와아~ 레아, 저것 좀 봐. 모자에서 비둘기가 나와. 마법도 안 썼으면서."

정말 신기했다. 분명 저 인간의 주위에서는 전혀 마나의 반응이 없었는데 저 인간의 모자에서는 마치 게이트 마법으로 공간을 연결해 놓은 듯 총 일곱 마리의 비둘기들이 튀어나온 것이다.

짝짝짝—

나는 물론 레아, 그리고 다른 관중들까지 그 마술사의 묘기에 박수를 쳤고 그는 그런 관중들에게 허리를 숙이며 답례했다.

"감사합니다, 여러분! 그럼 이제부터 저희 곡예단의 홍일점과 청일점! 소레얀 양과 스펠린 군의 공중 곡예를 보여 드리겠습니다!"

그렇게 또 얼마나 구경을 하고 있었을까? 나는 어느새 나를 기준으로 레아의 반대쪽에 누군가가 나에게 기대고 있음을 느꼈다.

물론 나는 그 갑자기 기대오는 상대가 누구인지 확인하기 위해 고개를 돌렸고…

"티, 티니……!"

어떻게 여기를 알아냈는지는 그리 중요하지 않았다. 적어도 지금은…

티니는 삐쳤는지 날카로운 눈초리로 나를 째려보고 있었던 것이다. 덕분에 나는 어색하게밖에 웃을 수가 없었다.

"아, 아하하. 티니, 같이 나오지 않아서 화난 거야?"

찌릿—

티니는 아무래도 단단히 삐친 듯 아주 날카로운 눈매로 나를 쳐다보았고 그런 티니의 시선을 마주 대할 때마다 나는 온몸을 바늘로 콕콕 찔리는 듯한 느낌을 받아야 했다.

레아는 그렇게 고문(?)당하고 있는 나를 도와주려는 듯 같이 티니를 달래기 시작했다.

"어머, 티니, 미안해. 그만 우리들이 티니를 깜빡 잊어버렸구나. 우리가 잘못했어. 한 번만 용서해 주면 안 될까, 응?"

그 다음부터는 공연 구경이고 뭐고 없었다. 우리는 삐친 티니를 달래느라 남은 공연은 하나도 보지 못했다.

"와아, 아름다워요."

쟈밀과 테올, 그들은 지금 말 그대로 꽃밭을 걷고 있었다. 전 대륙에서도 프로튼과 최고의 자리를 다툰다는 명성에 걸맞는 규모와 아름다움을 자랑하는 식물원은 둘에게 최고의 데이트 환경을 만들어주고 있었다.

"쟈밀, 저 꽃 봐요! 저것은 곳트 서페트 종 중에서도 가장 아름답다는 페트카드사르캉이에요."

"아아… 그렇군……."

테올은 매우 기쁜 듯 그 문제의 '곳트 서페트 종 중에서도 가장 아름답다는 페트카드사르캉'이라는 꽃을 바라보았다. 하지만 그렇게 시선을 돌리는 그의 모습은 매우 힘이 없어 보였다. 아니, 실제로 상당히 힘이 없었다. 지금의 그는 흔히들 말하는 '탈력' 상태에 빠져 있었던 것이다.

"왜 그래요, 쟈밀? 힘이 없어 보여요."

"응? 설마. 잘못 본 거겠지. 난 지금 기운이 넘쳐서 어디다 써야 할지 모르겠다고! 에잇, 기왕 이 넘치는 기운을 사랑에 쏟아볼까?! 하하하하……."

자신으로서도 조금은 과하다고 생각할 발언이었지만 덕분에 쟈밀은 더 이상 테올의 추궁을 듣지 않아도 되게 되었다. 그녀는 '넘치는 기운을 사랑에…'라는 말에 부끄러운지 얼굴을 붉히면서도 한편으로는 기분이 좋은 듯+왠지 모르게 기대가 되는 듯 웃으며 몸을 비비 꼬는 것이었다.

'그런데 왜 하필 그 많은 식물 중에서 식충, 식인 식물이냐고오~?!'

생각 같아서는 이 도시가 떠나갈 정도로 크게 절규하고 싶었지만 그것을 입 밖으로 말했다가는 테올이 또다시 울어버릴지도 몰랐기에 쟈밀은 그저 속으로 외쳐야만 했다.

분명 저 꽃은 아름답기는 했다. 지금 겉으로 보기에는 말이다. 하지만 그 아름다운 외관은 테올이 그 식물 앞으로 그 고운 손을 내미는 순간 깨져 버렸다.

"쭈쿠아악!!"

촤악—

순식간에 그 아름다운 꽃은 온데간데없고 어디서 나타났는지 거대한 괴식물의 아가리가 테올을 노리고 달려드는 것이었다.

"어머, 얘도 참 성질이 급하구나. 많이 배고팠나 보지?"

물론 쟈밀은 테올을 걱정하지 않았다. 그도 그럴 것이 테올이 저런 몬스터에 가까운 식물에게 잡아먹힐 리가 없었으니까.

카카캉—

아쉽게도 식충 식물은 목표했던 테올의 살은 한 점도 먹지 못한 채 자신의 날카로운 이빨만 거세게 부딪치고 말았다. 쟈밀의 예상대로 테올은 유연하게 몸을 움직이며 그 문제의 식인 식물의 공격을 모두 피해내었던 것이다. 그 너무나도 매끄럽고 자연스러운 데다가 한 점의 군더더기도 없는 모습은 마치 그녀가 춤을 추고 있다는 착각에 빠지게 할 법도 했다.

'왜 레이 녀석이 저딴 식물들을 키우는지 이해가 가는군…….'

테올 본인은 잘 모르는 사실이지만 사실 레이는 그녀를 사모하고 있었다. 심지어는 그가 유일하게 쟈밀에게 화를 내며 언성을 높인 것은 테올이 쟈밀에게 차여서 울고 있을 때뿐이었으니 그가 얼마나 그녀를 좋아하고 있었는지 알 수 있다. 아무래도 자신이 일전에 레이의 화원에서 본 식물을 가장한 몬스터 떼는 테올을 의식하고 키운 것이리라.

쟈밀은 내심 이 화원에 대체 무슨 이유로 이런 몬스터까지 심어 기르는지 그 진의가 궁금해졌다. 그리고 훗날 그는 결국 그 원인을 알아내었는데 그 이유는 의외로 간단했다.

"같이 제일의 식물원의 자리를 겨루는 프로튼에서 기르길래 길렀다."

이 얼마나 간단한 이유인가? 덕분에 쟈밀은 이곳 이미르의 식물원에 앞서 아이어의 식물원에 그런 몬스터를 심어 기르는 의도부터 알아내어야 하게 되었다(하지만 결국 그만두었다).

펑―

퍼퍼펑―

그때 하늘 위로 불꽃들이 수놓아졌다. 순식간에 이미르 상공의 하늘은 밑에서부터 쏘아 올려진 폭죽들로 인해 화려한 불꽃의 꽃들이 피어났다 금방 사라졌다를 반복하고 있었다.

"와아, 아름다워요."

"그러고 보니 오늘이 축제일이었군."

사실 아침부터 이미르 내에서는 축제로 인해 떠들썩했으나 쟈밀과 테올은 시끄러움과는 거의 관계가 없는 식물원에 와 있다 보니 전혀 모르고 있었던 것이다. 그들이 약속 장소에 만났던 것도 다른 이들은 아직 깨지 않았거나 막 잠자리에서 일어나기 시작한 새벽이었는 데다 그들은 땅거미가 깔리기 시작하는 지금까지 이 식물원 안에만 있었으니―참고로 하루 종일 둘러봐도 모자랄 정도로 넓은 식물원이다―오늘이 축제였다는 것을 전혀 알 길이 없었던 것이다.

하지만 쟈밀의 경우에는 모르고 있지 않았다. 오히려 미리 축제 관계자에게 대량의 폭죽과 거금을 제공하며 특별히 더 많은 폭죽을 쏘아달라고 미리 부탁을 해둔 것이었다.

테올을 위해서.

'하지만 그런 건 말하면 재미없잖아?'

쟈밀은 멍하니 하늘을 바라보고 있는 테올의 허리에 자신의 손을 얹었다. 테올 역시 갑작스러운 쟈밀의 행동에 흠칫하면서도 곧 홍조 띤 얼굴로 쟈밀을 올려다보았다.

"어떠셨습니까? 오늘 하루 즐거우셨는지요?"

장난스럽게 웃으며 질문하는 쟈밀의 모습에 테올 역시 생긋 웃으며 대답하였다.

"예, 덕분에 매우 즐거웠습니다."

문득 테올은 생각했다. 이대로 그를 놓치는 것은 아까운 일이라고. 비록 오늘 하루뿐만 자신의 연인이라고는 하지만 아직 그 하루는 끝나지 않았고 쟈밀은 그녀의 연인이었다. 때문에 테올은 평소보다 조금 더 용기를 내었다.

"쟈밀… 오늘 밤 저를 안아주실 수 없을까요?"

"으, 으에……!"

순감 놀라움과 당황감으로 인해 이상한 괴성이 나올 뻔한 것을 필사적으로 참으며 쟈밀은 자신의 품에 안긴 테올을 바라보았다. 이미 그녀는 그 가느다란 양팔로 자신의 목을 꼬옥 끌어안은 채 놓아주지 않겠다는 듯 그에게 매달리고 있었다.

'루나… 화내지 않겠지?'

조금은 망설이면서도 쟈밀은 결국 고개를 끄덕이고 말았고 수줍게 미소 짓는 테올의 얼굴은 잘 익은 사과처럼 더욱더 붉어졌다.

그리고 이미 둘의 관심사에서 떠나 버린 폭죽은 조금이라도 더 둘의 관심을 끌겠다는 듯 더욱 큰 소리를 내며, 더욱 화려하게 하늘을 수놓고 있었다.

그리고 식인 식물들 역시 돌연 그들의 관심을 끌고 싶어졌는지 한꺼번에 와왁거리기 시작했다(사실은 폭죽 소리가 더욱 요란해지다 보니 그것들의 성격이 예민해진 것이지만).

"…아무래도 여기서는 아무것도 하지 못할 것 같군. 갈까?"

"네……."

수줍은 미소를 지으며 더욱 자신의 품 안으로 들어오는 테올을 끌어안으며 쟈밀은 이미르 내에서 가장 호화로운 호텔로 발걸음을 옮겼다.

그 호텔의 이름은 '악의 총본산 이미르 1호점'이었다.

● 외전
리히터

리히터

　"흐아압!"

　부웅—

　우렁찬 기합 소리와 함께 두 남자가 검을 휘둘렀다. 그들의 검은 보통의 철검과 달리 더욱 하얗게 빛나는 은제 검이었고 그 검을 휘두르는 이 역시 이미 보통의 검사를 뛰어넘는 실력의 인물들이었다.

　하지만 그런 그들의 실력도 눈앞에 있는 남자를 이기기에는, 아니, 그의 몸에 검을 대는 것조차 불가능했다.

　전체적으로 선이 가는 외모에 새하얀 백발을 한 그의 인상은 너무나도 차가웠다. 그는 입가에 냉소적인, 그리고 잔혹한 미소를 지은 채 상대 검사의 공격을 모두 피해내고 있었다.

　"매직 미사일!"

　뒤에 있던 동료 마법사의 주문에 12발의 마법 화살이 그에게 날아갔다. 하지만 상대는 자신의 팔에 검은 기류를 뭉치게 하더니 그것을 한번 휘두르는 것으로 마법사의 마법을 무위로 되돌렸다.

"하압!"

또다시 검사의 공격이 무위로 돌아가는 순간 백발의 사내는 뒤로 물러섰다. 그리고는 자신의 옷매무새를 고치며 상대를, 정확히는 상대 일행들을 노려보았다.

"형편없으시군요. 저를 처단하러 오셨다는 분이 맞습니까?"

그들 사이에는 이미 두 구의 시체가 쓰러져 있었다. 한 명은 성직자인 듯 하얀 법복을 입고 있었고 다른 한 명은 궁수인 듯 손에 활을 들고 있었다.

검사는 그가 일행의 시체를 발로 걷어차며 자신들을 깔보는 말을 하자 분노가 치미는 것을 느꼈다.

"이… 이 사악한 뱀파이어! 이런 짓을 일삼고도 신이 두렵지 않단 말이냐?!"

하지만 정작 당사자인 백발사내는 오히려 웃기지도 않는다는 듯 코웃음을 쳤다.

"흥, 웃기는군요. 제가 무슨 잘못을 했기에 이렇게 제 집에서 소란을 피우시는 것입니까? 당신들 덕분에 제 집은 어질러지고 저의 시종 셋과 부하 넷이 죽었습니다. 하지만 정작 무단침입자인 당신들은 아직 두 명밖에 안 죽었군요. 뭐, 이제 모두 죽으실 테지만요."

상대의 냉소 어린 대답에 일행은 발끈 화가 나서 악에 받친 듯 소리쳤다.

"이, 이 뻔뻔한 녀석! 아무 죄 없는 사람들의 피를 마시며 살아가는 악마인 네 녀석이 정녕 죄가 없다는 것이냐?!"

하지만 역시 백발사내의 입가에는 냉소 어린 웃음이 걸려 있었다. 그는 은근히 한기가 묻어나는 말투로 그들에게 질문했다.

"그럼 묻겠습니다. 당신들이 식사로 드시기 위해 죽이는 소나 돼지는 대체 무슨 큰 죄를 지었기에 그렇게 죽이시는 겁니까?"

순간 모험가들은 마치 자기 주변의 시간이 멈춘 듯 모든 동작을 멈추었다. 심지어는 숨 쉬는 것까지.

그리고 백발사내는 기세를 몰아 계속 말을 이었다.

"같은 이치입니다. 저희 뱀파이어에게 있어 당신들 인간은 한낱 먹잇감일 뿐입니다. 그것을 과연 사악한 행위라고 할 수 있을까요? 오히려 저는 동족끼리 죽이는 행위를 즐기는 당신들 인간이 더 사악해 보이는군요."

모험가들은 어떤 말로도 반박할 수 없었다. 그의 말은 옳았다. 너무나 옳은 그의 말은 말에 섞여 나오는 묘한 마력과 함께 순간 자신들의 모든 의욕을 상실하게 할 정도였다.

그리고 백발사내는 그 틈을 놓치지 않았다.

"이만 편히 죽게 해드리죠."

그는 자신의 허리에 매어진 검을 뽑았다. 보통의 것보다 검신의 길이가 긴 독특한 레이피어였다. 그가 자신의 검을 다 뽑은 순간 그의 검에 흑기가 서리기 시작했다. 마치 가느다란 실들과 같은 흑기는 순식간에 그의 검을 완전히 감쌌다.

"끝입니다."

그는 마치 솜방망이를 휘두르듯이 가볍게 검을 휘둘렀다. 조금도 호흡의 흐트러짐 없이. 하지만 마치 검무를 추듯 가볍게 휘두른 검이라고는 믿을 수 없는 결과가 눈앞에 벌어졌다.

서걱―

마치 공간 전체가 잘리는 듯한 모습과 함께 세 모험가의 몸이 잘려 나갔다. 너무나도 깨끗하게 잘려 나간 그들의 모습은 보는 이들에게 섬뜩함을 안겨줄지도 모르지만 지금 이 광경을 볼 이라고는 백발사내 한 명뿐이라 그 감상을 이야기할 이가 없었다.

이후 백발사내가 손가락을 한번 튕기자 그들의 시체에서 불길이 솟아올랐다. 하지만 보통의 발갛게 타오르는 불꽃과는 어딘가 이질적인 분위기의 불꽃이었다.

백발사내는 타오르는 모험가들의 시체를 뒤로한 채 자신의 방으로 걸어가며 나지막하게 한숨을 쉬었다.

"후우, 카말리아가 망한 지도 벌써 백여 년, 저도 이만 몸을 숨겨야 할 때가 온 것일까요?"

하지만 그의 질문에 대답할 이는 아무도 없었다. 자신의 방으로 향하는 백발사내, 리히터 사렐테온 제이드론스의 표정은 고민으로 인해 굳어 있었다.

"뭐야!"

크로이츠의 변방, 하지만 변방이라고 하기에는 너무나 번영하였고 또 그만큼 큰 세력을 가진 영지, 테콘 백작령의 성. 그곳의 한 방에서 한 중년인이 매우 충격을 받은 듯한 모습으로 서 있었다. 중년인치고는 탄탄한 몸을 가진 그는 지금 마치 그 불길한 소식의 원인이 자신의 눈앞에 서 있는 인물이기라도 하듯 그를 무서운 눈으로 쩌려보았다.

"다시 말해 보거라. 내 아들이 어떻게 되었다고?"

그의 시선에 소식을 가져온 청년은 속으로 자신의 앞에 있는 중년인의 욕을 하면서도 입으로는 그가 질문한 바를 다시 말해 주었다.

"배, 백작님의 아드님이신 노델님께서 사악한 뱀파이어와 싸우다 돌아가셨……."

쾅—

결국 참다못한 중년인은 자신의 옆에 있던 책상을 세게 내려쳤다. 그의 얼굴은 흥분과 분노로 인해 붉게 물든 채 부들부들 떨리고 있었다.

"말해라! 그 빌어먹을 뱀파이어 녀석의 이름을!"

매우 진노한 기색이 역력한 백작에게 사내는 천천히, 한 자 한 자 또박 또박 끊어 대답해 주었다.

"리히터, 리히터 사렐테온 제이드론스 전 후작입니다."

청년의 대답에 백작은 그 이름이 처음 듣는 이름이 아닌 것을 느꼈다. 그리고 이내 그 이름의 주인공이 이미 백여 년도 훨씬 전에 프로튼의 귀족이었다는 것을 깨달았다.

하지만 어디까지나 그것은 과거의 일. 이미 그는 작은 마을과 성 하나만이 남겨진 작위를 박탈당한 전 귀족이며 지금은 몬스터로 분류된 존재일 뿐이었다. 물론 인간에 의해 그렇게 된 것이지만.

청년이 물러간 뒤 백작은 자신의 직속 기사단장을 불렀다. 그리고는 여전히 흥분을 가라앉히지 못한 채 큰 소리로 그에게 명령했다.

"병사를 모아라. 그리고 소르바스에도 협력을 요청해라. 그리고 용병도 모아라. 될 수 있는 한 최대한 병력을 모으고 협력을 구해라!"

평소에는 언제나 침착하고 오회한 자신의 주인이 평소답지 않은 모습을 보이자 기사단장은 의아한 표정을 지었다. 그리고 그 이유는 바로 알 수가 있었다.

"지금부터 우리는 뱀파이어를 토벌하러 간다. 목적지는 전 제이드론스 성이다!"

그렇게 테콘 백작이 병사를 모은 뒤 프로튼에 양해를 구해 전 제이드론스 영지로 진입한 당일. 그들의 소식은 리히터의 귀에도 들어가게 되었다.

"흠… 그렇습니까? 알겠습니다."

리히터는 자신의 앞에 서 있는 사내를 보며 고개를 끄덕였다. 비록 지금은 평범한 인간 사내의 모습을 하고 있었지만 사실 그는 웨어울프였다.

웨어울프 사내는 걱정스러운 모습으로 리히터에게 조심스레 질문했다.

"저기… 리히터님, 준비가 필요하지 않겠습니까?"

"네? 무슨 준비를 말씀하시는 겁니까?"

정작 본인은 아무 걱정도 하지 않는 듯한 모습에 웨어울프 사내는 당황했다. 하지만 리히터는 여전 여유있는 웃음을 잃지 않은 채 자리에 앉아 있었다.

"괜찮습니다. 제가 손을 쓰도록 하지요. 이만 돌아가셔도 좋습니다."

자신이 알아서 하겠다는 리히터의 대답에도 사내는 적어도 이번만은 안심할 수 없었다. 비록 자신의 군주가 지금까지 실수한 일은 없었지만 이번 일은 전례가 없는 대규모 병력이 몰려오는 일이었기 때문이다.

하지만 저렇게 호언장담을 하는데 더 이상 따질 수도 없었다. 웨어울프 사내는 허리를 숙이며 홀을 빠져나가려다 이내 잠시 멈춰 섰다.

"리히터님."

"네? 말씀하시죠."

"리히터님 덕분에 저희는 이렇게 좋은 생활을 영위할 수 있었고 지금도 그렇습니다. 부디 무사하셔야 합니다."

그의 말에 리히터는 흡족한 미소를 지었다. 이럴 때마다 영주라는 일을 하는 것에 희열을 느끼는 그였다.

"물론입니다. 걱정하지 마십시오. 이 마을은 마지막으로 남은 제 영지입니다. 반드시 지킬 것이고 지도 살아서 계속 이 영지를 다스릴 겁니다."

자신감 넘치는 리히터의 말에 사내는 안도감을 느끼며 홀을 빠져나갔다.

그리고 그 다음날, 백작의 군대는 이미 마을 외곽으로 진입해 있었다.

"일단 여기서 식사를 한 뒤 계속 이동한다. 저녁까지는 마을에 도착할 수 있도록!"

백작의 명령이 떨어짐과 동시에 정규 병사들은 일사불란하게 자리를 깔고 식사를 만들기 시작했다. 그리고 용병들은 여기저기로 흩어져서는 자기들끼리 놀기 시작했다.

그리고 식사가 만들어지는 동안 백작은 자신의 전용 텐트에서 지도를 펼친 채 성을 포위할 방법을 연구하고 있었다.

"흐음… 이쪽은 계곡이니 좀 더 바깥쪽으로 해야겠고… 이쪽은……."

그때 그의 바로 옆에서 마치 수증기 또는 안개와도 같은 물질들이 생겨났다. 그리고 백작이 이상하다는 눈치를 채기 전에 그것은 사람의 형상으로 뭉쳤다.

"백작, 저를 보러 왔다고 하셨지요?"

그제야 백작은 자신의 옆에 누군가가 나타났다는 것을 알고는 재빨리 탁자를 뒤집으며 옆에 놓아둔 검을 집어 들었다. 하지만 여전 상대, 리히터는 여유만만한 웃음을 지으며 그의 행동을 보고 있었다.

백작은 내심 떨리는 속을 진정시키려고 노력하며 리히터를 노려보았다.

"너, 너는 누구냐? 누구인데 감히……."

상대의 당황한 모습을 보며 리히터는 입가에 비틀려진 웃음을 머금었다. 이내 그는 오른손을 왼쪽 가슴 위에 대며 살짝 허리를 숙였다.

"아, 제 소개가 늦었군요. 제 이름은 리히터 사렐테온 제이드론스, 이

작은 영지의 영주입니다."

리히터의 말에 백작은 크게 놀랐다. 그도 그럴 것이 지금은 해가 하늘 한가운데에 떠 있는 대낮이었던 것이다.

"무, 무슨 헛소리냐? 지금은 분명······."

하지만 리히터는 전혀 상관없다는 듯한 모습으로 양팔을 벌리며 섬뜩하게 웃어 보였다.

"아아, 왜 뱀파이어가 대낮에 돌아다니는지 그게 궁금하셨군요? 죄송하지만 전 이 정도 햇빛에는 끄떡도 하지 않는답니다."

백작은 완전히 겁에 질려 버렸다. 상황을 제대로 파악하고 난 이제야 자신의 눈앞에 있는 상대가 자신을 죽이러 왔음을 절실하게 느꼈기 때문이다. 그리고 상대의 능력으로 보건대 이미 자신은 그의 상대가 아니라는 것 역시 알았기 때문에 그 공포는 더욱 컸다.

"누, 누구 없느냐? 어, 어서 이 마물을 처치해라!"

하지만 아무도 그의 부름에 응하지 않았다. 리히터는 비웃음이 가득한 시선으로 백작을 노려보았다.

"소용없습니다, 백작. 이미 이 주변은 확실히 '청소' 해 두었으니까요."

"으으으, 이 악마······!"

리히터는 백작을 향해 걸음을 옮겼다. 검을 뽑을 필요는 없었다. 이런 인간, 가벼운 손짓 한번이면 충분히 죽일 수 있었다.

그리고 리히터가 한 걸음을 옮길 때마다 백작도 조금씩 뒤로 물러섰다.

"이 악마! 언젠가 신께서 너를 용서하지 않을 것이다!"

어찌 들으면 저주적인 내용이 담긴 백작의 말도 리히터는 가볍게 흘려들었다.

"마음대로 하시죠. 하지만 아마 제가 심판받기 전에 지금 당신이 저에게 심판받으시겠군요."

"으으으."

어느새 백작의 바로 앞에까지 온 리히터는 서서히 손을 들어 올렸다. 그의 손은 점점 흑색의 기운에 감싸여져 보는 이를 오싹하게 하였다.

"지금이라도 늦지 않았으니 병력을 철수시키라는 말 따위는 하지 않겠습니다. 그래 봤자 지킬 거라는 생각도 안 드는군요."

"사, 살려줘. 으악!"

그것이 백작의 마지막 한마디였다. 그는 이미 리히터의 수도로 인해 머리끝부터 세로로 쪼개져 버린 것이다.

리히터는 백작의 피가 묻은 손을 털어내며 몸을 돌렸다. 이미 그의 손은 물론이고 그의 몸 어디에서도 피 한 방울 묻어 있지 않았다.

"당신의 피 따위는 마시고 싶지도 않아."

그리고 리히터의 모습은 사라졌다. 마치 애초부터 없었다는 듯이.

"아버지, 아버지!!"

메릴은 처참하게 두 쪽으로 쪼개진 아버지의 시신을 붙들고 오열했다. 이미 속 안에 들어 있던 것들이 쏟아져 버린 빈 껍데기였지만, 그리고 그것을 끌어안느라 온몸이 피투성이가 되었지만 그녀는 그런 것을 신경 쓰지 않았다. 신경 쓰기에 그녀는 너무나도 슬펐던 것이다.

그저 이럴 때 바깥 구경을 해본다는 생각에 별 생각 없이 따라나선 길에 이런 일이 생기다니. 그녀는 마치 이것이 꿈인 것 같다는 생각을 하였다.

"으흑, 흑. 흐흑."

잠시 후 그녀의 울음이 조금 가라앉는 기미가 보였을 때 그녀의 뒤에 있던 기사단장이 엉거주춤한 모습으로 그녀에게 말을 꺼냈다.

"저, 아가씨, 이후 어떻게 하실 것인지…….'

"네?'

메릴은 아직은 머리 속이 덜 정리된 듯한 모습을 보였고 기사단장은 이내 헛기침을 하며 상황을 설명해 주었다.

"백작님께서 돌아가신 지금 가장 높은 분은 아가씨이십니다. 이후 어떻게 하실 것인지…….'

순간 그녀의 눈이 매서운 빛을 띠었다. 그녀는 이내 자리에서 일어나며 큰 소리로 주변의 기사들에게 명령했다. 이미 그녀에게 있어 아버지의 죽음을 슬퍼하던 소녀의 모습은 사라지고 없었다. 아니, 정확히는 없어진 것이 아니라 단지 숨기고 있을 뿐이지만.

"그렇다면 이제부터 이 정벌대의 총책임자로서 명령하겠습니다. 작전을 계속 수행해 주세요."

기사들은 순간 분위기가 바뀐 듯한, 그리고 보통의 귀족 영애답지 않게 빠르게 평정심을 찾는 그녀의 모습에 내심 놀라며 대답하였다.

"네!'

메릴은 빠른 속도로 내부의 동요를 진정시켰으며 직책이 높은, 또는 당시 현장에 있었던 이들을 제외한 다른 이들에게 백작의 죽음을 공표하지 않은 채 목적지인 제이드론스 영지로 발걸음을 옮겼다.

'일' 을 마치고 돌아온 리히터는 얼마 지나지 않아 자신을 죽이러 온 인간의 군대가 아직도 물러나지 않았다는 이야기를 접할 수 있었다. 물론 리히터는 우두머리를 죽였음에도 돌아가지 않았다는 이야기를 들을 때에는 그저 그러려니 하는 생각으로 들었으나 이내 현재 그들을 지휘하는 인물에 대한 이야기가 나오자 흥미로운 듯 묘한 웃음을 지었다.

"호오, 그럼 그 백작의 딸이 지금 군대를 통솔하고 있는 겁니까?"

리히터의 질문에 대답하는 이는 상당히 마른 몸을 한, 조금은 살벌해 보이는 인상의 사내였다. 그도 보통의 인간이 아닌 웨어 렛(쥐 인간)이었다.

"그렇습니다. 소문에 의하면 어렸을 때부터 보통의 귀족 소녀들과 달리 검이나 전술 등에 관심이 많았다고 하더군요."

"흐음⋯⋯."

리히터의 입가에 맺힌 웃음이 더욱 짙어졌다. 왠지 그냥 죽이고 싶지 않은 느낌이 드는 묘한 여자였다. 아직 만난 일조차 없는 지금도 말이다.

"흐음, 알겠습니다. 일단 제가 다시 그들이 있는 곳에 들렀다 와야겠군요."

"으음⋯ 음."

메릴은 조금은 머리가 어지러운 듯한 느낌을 받으며 정신을 차렸다. 그녀는 아픈 머리를 부여잡으며 상반신을 일으켰다.

"으음. 하악⋯⋯?!"

그녀는 정신을 차리자마자 보이는 주변의 모습에 크게 놀랐다. 자신이 잠든 막사의 침대가 아니었기 때문이다.

"여, 여기가⋯ 어디지?"

보통 이라면 이럴 때 당황해서는 안절부절못할 테지만 메릴은 달랐다. 우선 침착하게 현재 위치가 어디인지, 그리고 왜 자신이 이곳에 오게 되었는지 곰곰이 생각해 보기 시작했다.

"흐음⋯ 가만, 그러고 보니 어젯밤⋯⋯."

그제야 그녀는 지난밤에 갑작스레 자신의 막사에 찾아온 검은 옷의 사나이를 생각해 냈다. 그리고 그자가 누구인지도 제대로 눈치 채기 전에 왠지 모를 황홀감과 함께 정신을 잃었었다.

그리고 정신을 차리니 이곳이라는 것은 자신이 납치당한 확률이 높다는 것을 의미하기도 하였다. 그리고 아마 자신의 방에 찾아온 그 남자가 어쩌면 자신의 아버지와 오라버니를 살해한 그 리히터라는 뱀파이어였을지도 모른다.

하지만 그녀는 거기까지 생각하는 부분에서 의구심이 들기 시작했다. 자신의 아버지는 그렇게까지 잔인하게 죽여놓고서 왜 자신은 이렇게 납치해 왔을까? 하지만 아무리 생각해도 답은 보일 기미가 없었다.

"흐음… 그런데 여기서 어떻게 탈출한담?"

감금을 목적으로 하는 곳치고 현재 자신이 있는 방의 수준은 상당히 좋은 편이었다. 짐작해 보건대 이곳은 아마 상당히 큰 건물의 실내일 테고 자신이 갇힐 만한 장소로는 아마도 리히터의 성이리라. 그렇다면 분명 이 성에 있는 몬스터 등도 분명 만만치 않으리라. 어설픈 탈출 계획을 세웠다가 그런 몬스터 몇 마리만 마주쳐도 자신은 다시 이곳으로 잡혀오든가 아니면 더 이상 산 사람이 아니게 되리라.

그렇게 그녀가 열심히 탈출 방법을 모색하기 시작한 지 얼마나 되었을까? 누군가 그녀를 감금하고 있는 방의 문을 두들기는 소리가 났다.

"들어가겠습니다."

조금은 낮은 듯한, 하지만 상당히 미성의 목소리에 메릴은 순간적으로나마 '좋은 목소리다'라는 생각을 가졌다. 하지만 이내 다시 정신을 차리고는 방금 전 누군가가 두들긴 방문에 신경을 집중했다.

끼익—

조금은 듣기 싫은 소리를 내며 문이 열렸고 메릴은 다시 그 사내를 만날 수 있었다. 온통 검은색의 옷과 그에 반대되면서도 묘하게 어울리는 백발, 그리고 조금은 선이 가늘면서도 날카롭게 다듬어진 얼굴 선.

그는 메릴을 보자마자 허리를 숙이며 인사했다. 메릴조차 갑작스러운 그의 행동에 조금은 당황하는 모습이었다.

"처음 뵙겠습니다. 제 이름은 리히터 사렐테온 제이드론스, 당신이 메릴 헤리온 테콘 양이십니까?"

그가 자신의 소개를 하는 순간 메릴은 머리털이 쭈뼛 곤두설 정도로 크게 긴장했다. 그녀는 서서히 뒤로 물러서며 허리로 손을 가져갔지만 당연하게도 그녀의 검은 이미 없어진 상태였다.

그녀는 떨리는 목소리로, 하지만 명백히 노기가 서린 목소리로 그에게 말했다.

"이, 이 살인마! 당신이 아버지와 오라버니를 죽였어! 죽일 거야, 당신을! 반드시!"

그녀의 외침에 리히터는 순간 고개를 갸웃했다. 하지만 이내 상황을 이해하며 그녀를 향해 조금은 비웃음 담긴 웃음을 지어 보였다.

"마치 제가 그들을 아무 이유 없이 죽였다는 듯 이야기하시는군요. 분명히 그들이 먼저 저를 죽이겠다고 온 것입니다. 비록 당신의 아버지께서 아들의 복수를 하고 싶어서 그런 병력을 끌고 오셨겠지만 그 아드님은 저에게 있어 아무 이유 없이 조용하게 이 성에 살고 있는 저를 죽이겠다고 쳐들어온 무뢰배들 중 한 명이었습니다."

너무나도 매몰찬 리히터의 반응에 메릴은 할 말을 잃었다. 그리고 리히터의 말은 아직 끝나지 않았다.

"만약 그들을 죽이지 않았으면 제가 죽었을 겁니다. 제가 살기 위해 저를 죽이려는 이들을 죽인 것이 잔혹한 행위라면 당신 인간들이 벌이는 행위들은 대부분이 잔혹하기 이를 데 없는 행위가 되겠군요."

메릴은 아무 말도 할 수가 없었다. 잠시 동안 서로가 한마디도 하지 않는 무거운 분위기가 주변을 감쌌고 그것을 깨고 입을 연 것은 리히터였다.

"어쨌든 당신은 인질이 되어주셔야겠습니다. 저도 누군가를 마구 죽이는 것은 싫어하는 성격이니까요."

그 말을 끝으로 리히터는 방을 나갔다. 메릴만이 남게 된 방은 무거운 정적만이 감돌 뿐이었다.

그 이후에도 리히터는 자주 메릴에게 찾아왔고 그때마다 메릴은 표독스러운 시선으로 그를 노려보았다. 그리고 리히터는 그런 그녀의 시선을 담담하게 받아내며 묘한 웃음과 함께 곧 방을 나가곤 했다.

메릴은 왜 그렇게 리히터가 자신에게 잘 대해주려고 하는지에 의문이 들었다. 그것은 리히터 자신도 마찬가지였다. 그녀를 만나면 이상한 기분이 든다. 그리고 그 느낌은 전에도 느껴본 것 같기도 하지만 지금은 기억이 안 나는 그런 느낌이었다.

그는 손으로 자신의 머리를 감싸 쥐며 한숨을 쉬었다.

"후우, 모르겠군. 내가 왜 인간에게⋯⋯."

계속 보고 있어도 질리지가 않았다. 적어도 자신의 눈에는 그녀가 세상의 그 어떤 절세미인보다도 아름다워 보였다. 그녀가 자신을 증오가 담긴 시선으로 노려보아도 마냥 좋았다. 그저 그녀 옆에 있으면 기분이 좋아졌고 그런 기분은 자신을 매일 메릴의 방에 찾아가게 만들었다.

"혹시⋯ 이것이 사랑이라고 하는 것인가?"

하지만 리히터는 곧 고개를 저었다. 자신이 가장 경멸해 왔던 인간과 사랑이라니, 그것은 자신이 생각해도 말이 안 되고 어이없는 일이었기 때문이다.

하지만 그러면서도 다른 마음으로는 고개를 저어야 했다.

"차라리⋯ 그녀를⋯⋯."

이미 저들의 군대는 물러갔지만 그들은 메릴을 찾으러 올 생각도 하지 않는 듯 두 달이 넘게 지난 지금조차 아무도 오지 않고 있었다. 아마도 그녀에 대해서 포기한 것이리라.

그리고 그런 생각은 순간적으로 리히터조차 이성을 잃게 만들었다. 그는 바로 메릴의 방으로 향한 것이다.

"차라리 죽여요! 당신의 노예 따위가 되느니 차라리……."

그 말과 함께 메릴은 자신의 혀를 깨물려고 하였으나 그럴 수도 없었다. 리히터가 자신의 눈을 직접 바라보는 순간 몸의 제어가 풀어져 버렸기 때문이다.

"아아……."

저항할 수가 없었다. 마치 자신을 꿰뚫는 듯한 시선. 그리고 왠지 모를 황홀감. 리히터의 시선은 자신의 모든 감각을 붙들고는 놓아주지 않았다.

"이리 오십시오."

사박—

자신의 의지였을까, 아니면 아니었을까? 메릴은 스스로의 발을 움직여 리히터를 향해 걸어갔고 그럴 때마다 자신은 자신 몸의 움직임을 부정하고 싶었지만 오히려 그럴수록 자신 두 다리는 더욱 빨리 그를 향해 움직였다.

어느새 메릴은 리히터의 품에 있었다. 그리고 리히터는 묘한 웃음과 함께 그녀의 목에 입을 가져갔다.

"아아……."

메릴의 입에서 가는 신음성이 흘러나왔다. 그리고 그녀의 눈에 가느다란 눈물이 흘렀다.

하늘에 뜬 보름달은 조용히 둘의 모습을 내려다보고만 있었다.

그렇게 메릴이 뱀파이어가 된 지도 벌써 네 달. 메릴은 창가에 앉아 달을 보고 있었다. 그날은 보름달이 떠 있어 너무나도 밝은 밤하늘을 보여주고 있었다.

"하아……"

그녀가 작게 한숨을 쉬는 순간 그녀가 있는 방의 문이 열리며 리히터가 들어왔다. 그는 방금 전에 그녀가 한숨을 쉬는 것을 보았는지 웃음을 지으며 그녀에게 다가갔다.

"무슨 일이지, 메릴? 이런 밤에 한숨을 쉬고."

이미 리히터에 대한 증오의 감정은 거의 사그라든 지 오래였다. 처음에는 더욱 그를 증오했다. 하지만 그 다음은 체념이었다. 그리고 어느샌가 조금씩 정이 들기 시작했고 그것은 묘한 감정이 되어 그녀의 마음속에 자리 잡았다. 그리고 두 달쯤 리히터의 고백은 결국 그녀의 마음의 벽을 허무는 데 성공했다.

메릴은 리히터를 바라보며 생긋 마주 웃어주었다.

"우훗, 이상하게 오늘따라 그날이 생각나네요?"

"그날?"

리히터 역시 많은 변화가 있었다. 언제나 굳은 표정을 짓고 있던 그가 자주 웃음을 짓기 시작했고 어느새 그녀의 앞에 있을 때는 언제나 웃음을 짓고 있었다.

리히터의 질문에 메릴은 더욱 짙은 웃음을 지으며 그를 바라보았다.

"제가 당신의 일부가 된 그날이요."

그렇게 말하며 메릴은 자신의 목을 쓰다듬었고 그녀의 손에 전에 리히터의 이빨 자국이 있었을 듯한 부분이 만져졌다. 리히터는 그런 그녀의 모습에 머쓱한 웃음을 지으며 슬며시 고개를 돌렸다.

"하하, 그때는……"

"원망하지 않아요. 그건 당신도 잘 알잖아요?"

메릴의 말에 리히터 역시 짙은 웃음을 지었고 메릴은 순간 장난기 섞인 웃음을 지으며 그의 품에 안겨들었다.

"하지만 그래도 난 당신을 죽일 거예요. 알아요?"

하지만 어디에도 진심이라고 생각되지 않는 말투였다. 리히터 역시 그것을 알고 있었다. 그리고 순간 리히터 역시 입가에 장난스러운 미소를 머금었다.

"그럼 오늘 죽어볼래? 내가 지쳐 죽게 해보는 거야."

"네? 무슨… 꺄악!"

메릴이 그의 말뜻을 알아듣기도 전에 그는 메릴을 번쩍 안아 들었고 그대로 옆의 침대로 걸어갔다. 메릴은 붉어진 얼굴로 다급하게 외쳤다.

"자, 잠깐만요. 저번 달에도…….."

"그때도 이것과 거의 똑같은 상황을 연출하고 그때도 이랬지. 사실 메릴도 원하고 있던 거 아니었어?"

장난스러운 리히터의 반박에 메릴은 더욱 얼굴이 붉어졌지만 더 이상 반항하지도 않았다. 오히려 이제는 양팔로 리히터의 목을 끌어안고 있었다.

"리히터…….."

"응."

"…살살 해줘요. 전에는 너무 아팠어요."

"…….."

왠지 할 말이 없어지는 리히터였다. 그는 그저 어색한 미소로 메릴에게 화답할 뿐이었다.

사실 그는 죄책감을 느끼고 있었다. 그는 끝까지 자신을 거부하던 그녀에게 최면을 걸어버린 것이었다. 최면이라고 하기도 힘든 작은 암시 비슷한 것이었지만 그 영향은 컸다. 얼마 전까지만 해도 언제나 자신에게 증오의 눈빛을 보내오던 그녀는 진심으로 자신을 사랑해 주고 있었다. 그리고 자신도 어느샌가 그녀에게 빠져 있었다. 자신의 모든 것을 바쳐도 좋을 만큼.

메릴은 나무 위에서 밑을 내려보고 있었다. 그녀의 시선에는 일련의 모험가들이 잡혔다.

"흐음, 저들인가?"

메릴의 말에 옆에 있던 청년이 대답했다.

"그렇습니다만… 마님, 정말 괜찮으시겠습니까?"

하지만 메릴은 빙긋 웃으며 몸을 움직였다.

"걱정 말아요. 저도 이제 여러분 정도는 쉽게 이길 정도로 강하니까."

그녀의 표정은 마치 부모의 칭찬을 기대하며 선행을 하려는 어린아이와 같았다.

"게다가 그이는 잠꾸러기라서 아직도 자고 있는걸요. 괜히 깨게 해서 기분 나쁘게 할 건 없잖아요?"

그녀의 말에 그녀 주변을 따라가던 다섯 명의 청년들은 어색한 미소를 지었다. 그리고는 계속 그 모험가들을 쫓아 몸을 날렸다. 그렇게 계속 그들을 미행하던 중 그녀들은 상대가 이미 자신들이 쫓아옴을 알고 있음을 눈치 챘다. 그들이 자신들을 바라보았기 때문이다.

결국 메릴과 그녀의 뒤를 따른 청년들은 그들 앞에 모습을 드러내었고 잠시 두 집단의 무언의 대치가 이어졌다. 그러던 중 그 고요를 깬 것은 메릴이었다.

"무슨 일이신지 모르겠지만 이만 이 영지에서 나가주셨으면 해요. 여기가 어떤 곳인지 모르고 온 것은 아니겠죠?"

하지만 그녀의 위협에도 상대들은 오히려 잘되었다는 듯 냉큼 무기를 뽑아 들었다. 그것은 명백한 도전 신호였다. 그리고 메릴 역시 검을 뽑았고 그녀 주위의 청년들은 각자의 진짜 모습으로 변신했다. 그리고 메릴의 검이 얇게나마 흑기에 둘러싸이는 순간 싸움은 시작되었다.

"합!"

메릴은 빠르게 움직이며 검을 찔러들었지만 상대는 대단한 실력의 소유자인 듯 메릴의 공격을 그리 어렵지 않게 받아내었다. 그리고 그것은 나머지 일행도 마찬가지였다.

"크아앙!"

쨍—

라이칸스롭으로 변신한 청년들의 손톱이 모험가들을 향해 날아들었으나 허사였다. 오히려 그들은 여유롭게 공격을 피하며 청년들의 몸에 하나둘씩 상처를 입히고 있었다. 게다가 그들의 무기는 은으로 만든 무기인 듯 베인 부위가 조금씩 타 들어가고 있었다.

"히얍!"

메릴온 있은 힘껏 검을 휘둘렀으나 역시 허사였다. 그리고 순간 상대의 눈이 빛난다고 느꼈을 때 이미 자신의 손목은 그의 검에 잘린 채 바닥으로 떨어지고 있었다.

툭—

그리고 끝이었다. 그들 뒤에 있던 마법사로 보이는 이가 자신에게 주문을 외우자 그녀는 얇은 푸른색의 실에 온몸을 포박당했고 같이 온 라이칸스롭들은 이미 다른 검사들에 의해 시체로 화해 바닥에 뒹굴고 있었다.

"이익, 익!"

메릴은 어떻게든 자신의 몸을 묶고 있는 마법의 실로부터 풀려나려고 안간힘을 썼지만 상대 마법사는 자신보다 뛰어난 마법사인지 전혀 꿈쩍

할 기미도 보이지 않았다. 그리고 모험가들 중 리더로 보이는 전사가 그에게 말을 걸었다.

"할 수 있겠습니까?"

"음. 내 생각보다는 수준이 낮은 뱀파이어인 듯하니 조종은 가능할 걸세. 그래도 암시 따위는 먹히지 않겠어. 직접 조종하는 수밖에."

"가능합니까, 그런 게?"

순간 후드에 가려진 마법사의 눈에서 빛이 나오는 듯하였다. 그는 음침하게 웃으며 메릴에게 다가갔다.

"가능하고말고. 이 술법은 패밀리어와의 소통을 응용한 것이라 그 효과도 비슷하네. 차이점이 있다면 피술자는 시술자에 의한 꼭두각시 인형이 된다는 정도와 시술자에게 상당한 무리가 따른다는 것이지만. 뭐, 나 정도면 충분히 커버할 수 있으니 안심하게."

마법사는 메릴의 앞에 서서는 무언가 주문을 외우기 시작했다. 그리고 메릴은 점점 자신의 몸이 제어가 안 된다는 것을 느끼며 정신을 잃어갔다.

"아마 이 뱀파이어는 리히터라는 자와 가까운 사이일 테지. 그가 의심을 하는 사이 이미 그의 가슴에는 못이 박히게 되어 있어. 하하하."

그리고 그녀는 결국 의식의 끈을 놓치고 말았다.

그리고 그녀가 정신을 차렸을 때 그녀 자신은 성의 통로를 걸어가고 있었다.

'이, 이게 무슨 일이야?'

하지만 그 말은 입 밖으로 나올 수 없었다. 그녀의 몸은 자신의 의지와 상관없이 계속 리히터의 방으로 걸어가고 있었다.

'안 돼, 설마 리히터를 죽이러……!'

하지만 아무리 발버둥을 쳐도 몸은 자신의 제어를 벗어난 채 계속 걸어가고 있었다.

스륵―

문 열리는 소리와 함께 그녀의 눈에 익숙한 관이 보였다. 리히터는 오늘따라 오래 자고 있었다. 그리고 그것은 그녀의 감정을 더욱 불안하게 하고 있었다.

끼익―

그녀의 몸은 관 뚜껑을 열었고 그 안에는 리히터가 평온한 모습으로 잠을 자고 있었다. 그리고 메릴은 서서히 그의 심장 위로 커다란 나무못을 가져갔다.

"으응? 메릴이야? 또 무슨 일……!"

퍼억―

"커헉!"

리히터의 가슴에 못이 박혔다. 그리고 피가 분수같이 솟아올랐다. 그는 경악에 찬 눈동자로 메릴을 바라보았다.

"메릴… 어째… 서……."

그 순간 메릴의 입은 본인의 의지와 진히 상관없이 리히터의 마음에 상처를 줄 만한 말들을 뱉어내었다.

"흥, 내가 말했지? 반드시 널 죽이고 말겠다고. 그리고 난 그 말을 지킨 것뿐이야."

리히터의 눈이 커졌다. 그리고 아직 그녀의 입에서는 그를 절망시킬 말들이 계속해서 쏟아졌다.

"내가 정말 너 따위를 사랑했을 거라고 생각했어? 미친 자식. 나는 이 날만을 기다렸지."

리히터는 몸을 떨었다. 배신감, 슬픔. 그런 여러 가지 감정이 교차해 갔다. 그리고 그런 감정은 이내 분노와 증오로 변했다. 비록 애초에 자신이

'만든' 감정이었지만 지금의 그는 그런 것을 생각할 수 있는 상태가 아니었다. 그는 메릴을 노려보며 음산한 목소리로 한 자 한 자 끊어 말했다.

"메릴, 넌 실수했어."

"응?"

퍼억—

리히터의 왼손이 메릴의 심장에 꽂혔다. 리히터는 싸늘한 표정으로 그녀를 노려보았다.

"심장이 언제나 왼쪽 가슴에 있으리라……!!"

하지만 그는 하던 말을 다 이을 수가 없었다. 메릴은 쓰러지면서 눈물을 흘리고 있었던 것이다.

스륵—

그제야 리히터는 무언가 잘못되었다는 것을 알아채었다. 그리고 그제야 그는 그녀가 조종당하고 있었다는 것과 이제야 그 조종이 풀렸다는 것을 눈치 챘다.

"메릴!!"

리히터는 급히 그녀를 안아 들었다. 하지만 이미 그녀의 심장은 파괴된 후였다. 메릴은 연신 피를 흘리면서 그에게 띄엄띄엄 말했다.

"리… 히터… 저는……."

"아무 말 하지 마! 내가 잘못했어! 제발 죽지 마!"

리히터의 눈가에 물기가 차 올랐다. 메릴은 힘겹게 손을 들어 그의 눈물을 닦아주었다.

"리히터, 미안해요. 그래도 저는 당신을… 죽일 거예요."

그녀의 얼굴은 웃고 있었지만 눈에서는 연신 눈물이 쏟아지고 있었다. 리히터 역시 두 손으로 그녀를 꽉 붙든 채 눈물을 흘리고 있었다.

"그래! 농담이어도 좋고 진담이어도 좋아! 몇 번이라도 죽어주겠어.

제발 죽지 마! 메릴!"

하지만 이미 그녀의 눈동자의 빛은 꺼져 가고 있었다. 그녀는 리히터의 뺨에 손을 가져가며 힘겹게 말을 이었다.

"저는… 안 죽어요. 보이지 않는… 원령이 되어서… 당신 주위에서… 항상 당신을… 죽일… 기회를 노리고 있을… 거예요… 알았죠?"

"메릴……."

"그러니까… 슬퍼할 틈은 없어요… 언제나… 조… 심… 해야……."

스륵―

그녀의 팔이 힘없이 떨어졌다. 그리고 그 순간 그녀의 몸은 새하얀 잿가루가 되어 바닥에 흩어졌다. 그리고 리히터는 결국 참지 못하고 크게 울부짖었다.

"으아아! 으아, 으아, 으아아아!!"

빠각―

리치의 반대쪽 팔이 부러져 날아갔다. 그리고 그의 양팔과 두 다리를 부러뜨린 장본인, 리히터는 그의 머리를 잡이 들어 올린 채 무서운 눈으로 그를 노려보고 있었다.

"이걸로 당신이 마지막입니다. 그래도 당신이 뼈만 남은 해골이라 제일 덜 고통스럽게 죽는 것을 다행으로 아십시오."

파삭―

리치의 머리는 힘없이 부서졌고 리히터는 두 손을 털며 그 자리를 나섰다.

"메릴… 복수도 끝냈어. 난… 이제 뭘 하면서 살아가야 하지?"

그의 발걸음에는 힘이 없었다. 아무 상처도 입지 않았음에도 불구하고 그의 걸음걸이는 비틀거리고 있었고 눈에서는 끊임없이 눈물이 흐르고 있었다.

"이미 너도 버리고… 뱀파이어도 버린 나는… 이제 뭘 하면 좋을
까……?"

"긴 말 않겠다. 나를 따르라."

"훗, 재미있는 말씀을 하시는군요."

리히터는 상대를 비웃었다. 그도 그럴 것이 자신의 앞에 서 있는, 양손
에 각각 붉은색과 푸른색의 검을 들고 있는 이 사내는 자신의 앞에 모습
을 보이자마자 다짜고자 자신에게 복종하라 하고 있었으니.

"…아무래도 말로 해서는 못 알아듣겠군."

"어디 해보시… 크흡!"

푸학―

"크윽!"

리히터는 힘없이 무릎을 꿇었다. 그리고 그의 앞에는 예의 그 사내가 아
무 일 없었다는 듯 아까 전과 같은 자세로 양손에 검을 든 채 서 있었다.

"이제 다시 묻겠다. 나를 따르겠는가?"

리히터는 사내에게 굴복했다. 하지만 후회는 없었다. 어차피 더 이상
아무 목적도 없던 삶이었다. 차라리 이렇게라도 목적을 얻은 것이 다행
인지도 모른다고 생각하며 그 사내를 따라갔다. 세상을 벌하기 위해. 인
간을 벌하기 위해.

〈제3권 끝〉